KNAUR

Über die Autorin:
Anne von Vaszary, 1975 geboren und aufgewachsen in Sachsen, studierte Dramaturgie und Drehbuchschreiben an der Filmuniversität Babelsberg Konrad Wolf und arbeitete zehn Jahre als freie Autorin und Narrative Designerin in der Gamesbranche. Nach »Die Schnüfflerin« ist »Schattenjagd« der zweite Band der Krimireihe um Nina Buck, die ihre Fälle mithilfe ihres außergewöhnlichen Geruchssinns löst. Anne von Vaszary lebt mit ihrer Familie in Berlin.

ANNE VON VASZARY

SCHATTENJAGD

EIN NEUER FALL FÜR NINA BUCK

Kriminalroman

Besuchen Sie uns im Internet:
www.knaur.de

Aus Verantwortung für die Umwelt hat sich die Verlagsgruppe
Droemer Knaur zu einer nachhaltigen Buchproduktion verpflichtet.
Der bewusste Umgang mit unseren Ressourcen, der Schutz unseres Klimas
und der Natur gehören zu unseren obersten Unternehmenszielen.
Gemeinsam mit unseren Partnern und Lieferanten setzen wir uns für
eine klimaneutrale Buchproduktion ein, die den Erwerb von Klima-
zertifikaten zur Kompensation des CO_2-Ausstoßes einschließt.
Weitere Informationen finden Sie unter: www.klimaneutralerverlag.de

Originalausgabe September 2021
Knaur Taschenbuch
© 2021 Knaur Verlag
Ein Imprint der Verlagsgruppe
Droemer Knaur GmbH & Co. KG, München
Alle Rechte vorbehalten. Das Werk darf – auch teilweise –
nur mit Genehmigung des Verlags wiedergegeben werden.
Redaktion: Peter Hammans
Covergestaltung: Alexander Kopainski, www.kopainski.com.
Coverabbildung: Collage von Alexander Kopainski
unter Verwendung von Bildern von Shutterstock.com
Satz: Adobe InDesign im Verlag
Druck und Bindung: GGP Media GmbH, Pößneck
ISBN 978-3-426-52655-2

2 4 5 3 1

*Für alle Verschwundenen und diejenigen,
die noch immer auf sie warten.*

1

Eindeutig Ziegenkäse. Können wir dann langsam Schluss machen? Ich hab Hunger, ist schließlich meine Mittagspause.«
»Gleich. Wonach riecht's hier?«
»Getrocknete Tomaten und Essig …«
»Richtig. Und hier?«
»Total eklig. Nach was Fettigem, Ranzigem. Vielleicht in Salbei eingelegter Speck?«
»Sehe ich hier nicht, aber könnte vom Verkäufer kommen, der schwitzt ganz schön.«
»Koller, mir reicht's wirklich!«
Seit einer halben Stunde führte mich dieser große blonde schnauzbärtige Mann nun schon humpelnd über den Wochenmarkt. Mit verbundenen Augen sollte ich alles aufzählen, was mir an diesem lauen Augusttag in die Nase stach. Sicher schüttelten die Leute den Kopf über uns. Aber das war ich gewöhnt. Koller zog diesen straffen Trainingsplan durch, um meinen Geruchssinn, der sich während der Schwangerschaft vor einem Jahr so empfindlich ausgeprägt hatte, zu erhalten und zu verfeinern. Ich hatte schon meine Ernährung umgestellt, vermied künstliche Aromen, Kaffee und Zucker, sollte meinen Körper von derlei Einflüssen fernhalten, um seine Reaktion auf Düfte ungefiltert wahrnehmen zu können – was Koller nicht davon abhielt, in meiner Gegenwart ungeniert Kuchen mit Zuckerguss und Kaffee in sich reinzuschaufeln.

Zu den täglichen Ernährungsgängeleien, Atemübungen und Schnuppertests an nummerierten Duftsticks gehörten dienstags, donnerstags und sonntags Riech-Challenges in freiem

Gelände. Der Blindgang über den Wochenmarkt war noch die angenehmste Aufgabe, trotzdem fand ich, dass es für heute genug war.

»Na schön, dann schnüffeln Sie sich jetzt nur noch zum Schinkenstand durch, und dann essen wir was.«

»Nein«, sagte ich, wand meinen Arm aus Kollers Griff und nahm die Augenbinde ab. »Ich hole mir *jetzt* was. Und zwar was Vegetarisches.«

In einer halben Stunde ging mein Praktikum weiter – bei der Polizeidirektion Mitte, Abschnitt 57. Heute war Donnerstag der zweiten Woche, und die beiden Polizisten, die mich unter ihre Fittiche genommen hatten, würde ich ganz sicher nicht warten lassen. Mit ihnen Streife zu fahren war besser, als ich erwartet hatte, denn eigentlich wäre ich viel lieber bei der Mordkommission gelandet.

Aber da würde ich schon noch hinkommen, und zwar nicht nur für ein kurzes Praktikum. Im letzten Jahr hatte ich mein Abi nachgeholt, und wenn alles gut ging, würde ich im Oktober einen Studienplatz bekommen, der mich meinem Traum, Kriminalkommissarin zu werden, näher brachte.

Ich bestellte mir einen Wrap, und während der Verkäufer ihn mir einpackte, sagte ich Koller, dass ich nächsten Donnerstag keine Zeit fürs Training haben würde. »Da darf ich bei den K1-Leuten mitlaufen!«

K1, die Kriminalinspektion, auch Kriminaldauerdienst genannt, war einen Schritt näher an der Mordkommission dran. Dort arbeiteten Leute, die sich sieben Tage die Woche vierundzwanzig Stunden lang mit Tatortarbeit beschäftigten. Sie waren das Bindeglied zwischen Funkstreife und Mordkommission. Der Donnerstag nächster Woche war in meinem Kalender rot eingekreist.

»Vielleicht können wir unsere Treffen generell ausfallen lassen, solange das Praktikum läuft?«, fragte ich ganz beiläufig und so, als wäre es mir eben erst eingefallen. Dabei hatte ich mich bisher nur nicht getraut. Auch wenn man nicht viel von Kollers Gesicht sah, weil der Schnurrbart die Hälfte verdeckte – manchmal nahmen seine stahlgrauen Augen so ein düsteres Regengrau an, das mich fertigmachte.

»Ich meine werktags. Sind ja nur noch zwei Wochen«, schob ich direkt nach.

»Hm«, knurrte Koller, wackelte mit dem Bart und zog die Stirn kraus. War sein Blick dunkler geworden, oder lag das am Schatten, den die Wrap-Wagen-Markise auf sein Gesicht warf?

»Aber diesen Sonntag bleibt's dabei?«, fragte er. »Ich habe schon einen festen Plan.«

»Klar, Sonntag passt«, sagte ich, erleichtert darüber, endlich mehr Zeit fürs Praktikum zu haben.

»Dann acht Uhr an der S-Bahn-Station Gesundbrunnen.«

»Morgens?«

»Na, wenn Sie werktags streichen.«

An dieser Stelle holte ich tief Luft, verkniff mir jede Widerrede und biss in meinen Wrap.

Wann würde Koller sich endlich ein anderes Hobby suchen? Nach seiner Suspendierung bestätigte ihm nun ein ärztliches Attest, dass er bis auf Weiteres dienstuntauglich war. Er nutzte die Zeit, sich in die Feinheiten der Sommelierkunst und der Parfümeure einzuarbeiten. Nur zwei von zahlreichen Berufszweigen, die auf gute Nasen angewiesen waren und viele Tricks und Kniffe kannten, diese zu trainieren. Das Schlüsselwort beim Geruchstraining war Regelmäßigkeit, sonst verlor sich die Differenzierungsfähigkeit schnell wieder. Es war ja sehr nett von Koller, dass er sich für mich so viel Zeit nahm und sogar Schnupperkurse finanzierte, aber mir war auch klar, dass seine Konzentration auf mich nur eine willkommene Ablenkung von seinen eigenen Problemen war. Ganz oben auf der Liste stand dort ein alter Fall, der ihn nicht losließ – und natürlich das Problem mit seinem Bein. Noch immer hatte er kein Prothesensystem gefunden, mit dem er vernünftig laufen konnte, und wenn er mich mit verbundenen Augen herumführte, um irgendwelche Spezialgerüche zu erschnüffeln, dann sah ich zwar nicht, wie er die Zähne zusammenbiss, aber ich hörte es. Und ich wusste von dem Schmerztablettenmix, den er heimlich – aber nicht heimlich genug – in seinen Wassergläsern und Kaffeebechern auflöste.

Dabei war ich überzeugt davon, dass ich auch ohne den Geruchssinn eine gute Polizistin werden würde, und wollte das auch beweisen. Aber solange Kollers Humpelei nicht besser wurde, konnte er nicht in den Dienst zurückkehren. Ein Teufelskreis.

»Okay, acht Uhr dann, am Sonntag«, sagte ich.

Koller nickte mir zu, und der Schatten über seinen Augen verschwand.

***

2

Der Wochenmarkt am Kollwitzplatz lag einen gemütlichen Spaziergang entfernt vom Treffpunkt an der Nebenwache auf dem Alexanderplatz. Die Strecke führte an einem der selten gewordenen Softeisläden vorbei, doch leider war ich dank Kollers Trainingseinheiten wieder einmal spät dran. Ich beeilte mich, die Treppen zur U-Bahn-Station am Senefelderplatz hinunterzukommen, wurde angerempelt, rempelte zurück und erwischte gerade noch die bereitstehende Bahn Richtung Alex.

In der U2 roch es normalerweise so, dass ich mir am liebsten die Nase zuhalten wollte. Der Geruch kam von niemand Bestimmtem, es war der muffige und abgestandene Gestank des Unterirdischen. Aber heute schien diesem trüben Dunst eine freundliche, zitrusfruchtige Note beigemischt zu sein.

Ich schaute mich um und sah den Kerl, der mich eben noch weggerempelt hatte, in unmittelbarer Nähe sitzen und eine Mandarine schälen. Er trug ein schlichtes graues Leinenhemd zu einer olivfarbenen Armeehose, was sehr lässig wirkte, und sah auch sonst nicht schlecht aus. Er schien viel unter freiem Himmel unterwegs zu sein, wirkte wettererprobt, so als würde ihm auch eine Wanderung im Regen wenig ausmachen. Seine Locken waren ähnlich dicht und schwarz wie Rickys, nur trug er sie länger und legte weniger Wert darauf, sie zu stylen.

Er bemerkte meinen Blick und erwiderte ihn mit blitzenden Augen. Dann lächelte er, wobei sich seine Mundwinkel kräuselten und eine Lücke zwischen den beiden Vorderzähnen zum Vorschein kam. Es war mir unmöglich, diesem Lächeln zu widerstehen.

Als er mir ein Stück seiner Mandarine reichte, nahm ich es an.

Dieser Duft! Wann hatte ich den das letzte Mal gerochen?

Meine Oma hatte Mandarinen um die Weihnachtszeit immer stiegenweise gekauft. Sie achtete darauf, dass sie nicht gespritzt waren, verwendete ihre Schalen fürs Keksebacken oder dafür, den Raum zu beduften, indem sie die Schale vor einer brennenden Kerze zusammendrückte und durch die heraussprühende Flüssigkeit eine Art Stichflamme erzeugte. Bewusst wahrgenommen hatte ich die Aromawirkung damals nicht, aber ich erinnerte mich, wie ich als Kind massenhaft Mandarinenschalen für Stichflammen und Kekse hortete. Sie backte sie mit Kokosraspeln.

Wo hatte der Typ diese Weihnachtsmandarinen her?

Ich schaute wieder zu ihm hinüber. Seine Haare glänzten wie frisch gewaschen, vielleicht benutzte er ein Shampoo mit Kokosduft, das diese Keksassoziation verstärkte. Jetzt holte er noch eine Mandarine aus der gut gefüllten Seitentasche seiner Hose hervor und begann, sie zu schälen.

Wie schön unser Weihnachtsbaum immer geschmückt war; meine Oma versah jeden noch so kleinen Zweig mit Schleifen aus Geschenkbändern. Sechs Jahre lag das letzte gemeinsame Fest zurück, sechs Jahre lang war meine Oma nun schon nicht mehr in der Welt.

Die U-Bahn hielt am Rosa-Luxemburg-Platz, Leute stiegen aus, neben dem Mandarinentyp wurde ein Platz frei. Sollte ich mich für eine Station noch hinsetzen?

Ich dachte an Ricky, kaute das Mandarinenstück und blieb stehen. Wir waren jetzt seit einem Jahr zusammen, und ich wollte, dass das noch länger so blieb. Allerdings hatte ich wenig Erfahrung mit derart verbindlichen Beziehungen und wusste manchmal nicht so recht, wie ich ein Zusammensein realistisch durchziehen sollte. Meine Oma hatte immer gesagt: Distanz schafft Nähe. Also ließ ich Ricky möglichst viele Freiheiten und sah zu, dass ich mir diese ebenfalls nahm, um das Gleichgewicht zu halten. Auch, damit ich nicht in die Verlegenheit kam, mich so auf Ricky zu konzentrieren wie Koller auf meine Nase. Bis jetzt schien diese Methode jedenfalls zu funktionieren.

»Fahrscheinkontrolle!«, tönte es plötzlich durch die Bahn, und ich bekam wie immer einen Schreck, obwohl ich schon seit einer Weile ganz legal mit einem Jahresabo fuhr. Das steckte ganz ordnungsgemäß in meinem Geldbeutel.

Doch leider ließ sich der nirgends finden. Auf dem Wochenmarkt hatte ich damit noch den Veggie-Wrap bezahlt und ihn dann zurück in meine Tasche gesteckt. Aber dort war er nicht! Konnte er vielleicht bei der Hetzerei zur Bahn herausgefallen sein?

Die Kontrolleure kamen näher. Wenn die Bahn nicht bald in die Alex-Haltestelle einfuhr, würde ich ihnen nicht entwischen können und noch später beim Praktikum erscheinen. Die Lichter im U-Bahn-Tunnel wurden heller. Die Bremsen begannen zu quietschen. Ich krempelte meine Tasche abermals von innen nach außen, aber der Geldbeutel blieb verschwunden. Da waren nicht nur meine Ausweise und Geldkarten drin, sondern – was noch wichtiger war – das einzige Bild von meiner Elli.

Bei dem Gedanken daran, dass ich es verloren haben könnte, wurde mir direkt schwarz vor Augen.

Wieso hatte ich es überhaupt in den Geldbeutel gesteckt? Hätte ich es nicht besser zu Hause, an einem sicheren Ort aufbewahren sollen?

Der Mandarinentyp war gerade kontrolliert worden, stand auf und stellte sich neben mich an die Tür. Er lächelte wieder sein süßes Lächeln. Vor lauter Verlegenheit wühlte ich in meiner Tasche, als könnte ich mir durch sie hindurch einen Fluchtweg graben.

»Gehört dir das?«, fragte er und hob hinter mir etwas vom Boden auf – meinen Geldbeutel!

Ich durchsuchte ihn erleichtert. Papiere, Geld, Ellis Bild – es war alles noch drin.

Die Kontrolleure waren heran, und ich zeigte ihnen mein Jahresabo. Rettung in letzter Sekunde.

Bevor ich mich allerdings bei Mandarino bedanken konnte, hielt die Bahn an, und in dem Gedränge der ein- und ausströmenden Leute am Bahnsteig der U2 wurden wir für einen kurzen Moment so fest aneinandergepresst, dass mir die Luft wegblieb. Kann auch sein, dass es an Mandarino selbst lag. Dieses Lächeln, diese Locken, diese Mischung aus Weihnachtskeksen und Männerduft ... einfach nur Hammer!

Schon zwei Sekunden später wogte der Menschenstrom auseinander, und obwohl ich sehr gut im Observieren bin, verlor ich Mandarino aus den Augen. Meine Nase blieb auch nicht länger dran, denn heute wimmelte es in den U-Bahn-Katakomben unter dem Alexanderplatz nur so von Vierbeinern, die mit ihren Besitzern auf dem Weg zur Hundemesse *Capital of Dogs* im Postbahnhof am Ostbahnhof waren und jedes Mauerstück nutzten, um die Markierungen des Vorpinklers olfaktorisch zu übertreffen.

Der Wind, der über den Alexanderplatz zog, wehte mir alle Untergrundgerüche aus der Nase und die Autoabgase der mehrspurigen Karl-Marx-Straße zu, aber auch den Duft des

Bratwurstmannes, der seine Ware, wie immer, neben Galeria Kaufhof feilbot.

Ich mochte diesen Geruch. Ich mochte den ganzen Alexanderplatz – den Fernsehturm mit seiner diskokugelartigen Kuppel, die Weltzeituhr, die drei Brunnen: den der Völkerfreundschaft vor Galeria Kaufhof, den Stufenbrunnen mit wechselnden Fontänen neben dem Beachvolleyballfeld hinterm Fernsehturm und den Neptunbrunnen mit seinen herrlichen Bronzefiguren. Den Mix aus geschäftigem Treiben von Leuten auf Shoppingtour, Schulschwänzern, Straßenkünstlern, Dealern und schlendernden Touristen.

Die Polizeidirektion Mitte, Abschnitt 57, hatte auf dem Alexanderplatz eine kleine Nebenwache. Die eigentliche Wache befand sich auf der anderen Seite der sechsspurigen Karl-Marx-Allee in einem unscheinbaren Bürogebäude, versteckt in einer Seitenstraße.

Aber dort drinnen war ich nur selten, meistens war ich mit Billy und Khan unterwegs. Verena Billwitz und Ali Khan waren mein Funkwagenteam und die beiden, die sich während des Praktikums um mich kümmerten. Ein sogenanntes *Schnupperpraktikum zur Berufsorientierung*, das genau diesen Zweck erfüllte: Es gab ziemlich viel zum Schnuppern. Der Funkwagen selber roch nach dem Melonenaroma von Billys Elektrozigarette, die sie bei jeder Gelegenheit rauchte, meist an den Wagen gelehnt und in große weiße Qualmwolken gehüllt. Sie war meine direkte Praxisanleiterin, auch Bärenführerin genannt. Eine stille, in sich ruhende Frau von Mitte vierzig mit sprechenden Augen. Sie zwinkerte gern, mal freundlich, mal ironisch, und man sah ihr an, dass sie sich stets ihren Teil dachte.

Ali Khan war fünfzehn Jahre jünger und zwei Köpfe größer

als Billy, er redete viel und gern, vor allem über Rezepte. Tagsüber überlegte er sich, was er abends kochen wollte, und wenn wir Interesse zeigten, brachte er am nächsten Tag eine Kostprobe mit. Dann roch es im Auto nach würziger Quiche Lorraine oder süßsaurem Amaranthsalat.

Noch bevor ich die Nebenwache erreicht hatte, rief Khan mich an.

»Planänderung. Komm zum S-Bahnsteig hoch, Alexanderplatz, Richtung Ostbahnhof. Und mach dich auf was gefasst.«

»Was ist los?«

Khan holte Luft, bevor er weitersprach, und in diesem Luftholen schwang eine Schwere mit, die ich körperlich fühlen konnte. Da ahnte ich: Hier geht's um mehr als um die üblichen Streitereien.

* * *

3

Ein Mann war auf die Gleise geschubst worden, und zwar direkt vor eine einfahrende S-Bahn. Innerhalb einer Sekunde war er zermalmt worden. Es gab mehrere Zeugen, die gesehen hatten, wie er kurz vorher mit Schwung aus der wartenden Menschenmenge heraus über den Bahnsteigrand gestoßen wurde. Jetzt waren nur seine Beine, unnatürlich weit voneinander entfernt, unter der Lok zu sehen und viel zu viel Blut auf den Gleisen.

Der Blutgeruch war überwältigend und ließ die ganze Szenerie schmerzhaft real wirken, die Gewalt erahnen, die den Körper des Mannes dort auf den Gleisen zerrissen hatte.

Sein Blut roch scharf, metallisch, ich schmeckte es regelrecht in meiner Atemluft – und musste einen Würgereiz unterdrücken. Die Schärfe konnte aber auch von etwas anderem kommen, möglicherweise dem Abrieb durch den Bremsvorgang der S-Bahn.

Billy und Khan sperrten zusammen mit weiteren Kollegen vom Abschnitt 57 den gesamten Bahnsteig ab. Sie sicherten erste Spuren, nahmen die Personalien der umstehenden Leute auf und baten mich, an der Seite zu warten, in der Menge der Schaulustigen. Da stand ich dann »undercover« und sperrte Ohren und Nase auf. Zu riechen bekam ich Schweiß, Hundepipi und Kaffee-Atem. Zu hören: Bellen, Kläffen, Entsetzen und die Sorge darüber, dass die Bahnen auf dieser Strecke nun erst mal nicht fahren würden, sowie Handygeknipse.

Bis der K1 kam und die Abschnittskräfte ablöste, hatte ich mitbekommen, dass der Mann unter dem Zug offenbar ein gut aussehender Vierziger in Jeans und Karohemd gewesen war. Bis zu dem Moment, als er aus der Menge geflogen war, hatte er an einem Pizzastück gekaut, auf den Zehen gewippt und nach der Bahn Ausschau gehalten. Mit Einfahrt der S-Bahn, die Richtung Ostbahnhof unterwegs gewesen war, hatten die Leute ihre Aufmerksamkeit auf den Zug gerichtet, sodass sie seinen Sturz nur aus dem Augenwinkel mitbekamen. Viele hatten Hunde dabei und wedelten ungeduldig mit ihren Eintrittskarten für die Messe, zu der sie dringend weiterwollten. Ich war froh, dass nach zehn Minuten die K1-Leute übernahmen. Sie rauschten an wie die Sheriffs der Stadt, in ihren Westen und mit ihren Koffern. Übernahmen sofort die Befragung der Zeugen und die Sicherung des Tatorts. Mit kritischer Miene prüften sie, ob die Abschnittskräfte Dinge übersehen, Spuren nicht gesichert oder gar verwischt hatten, ob man Absperrbänder zu nah oder zu weit gezogen, Zeugen vom Gleis gegenüber festgesetzt und alle Zugänge und Fluchtwege registriert hatte.

»Wir wissen schon, was wir tun«, ärgerte Khan sich laut, »wir machen den Job auch nicht erst seit gestern.«

Aus der Zuschauermenge drängte jemand zur Treppe und versuchte, unter dem Absperrband durchzuschlüpfen. Der Mann schien es sehr eilig zu haben. Khan setzte sich blitzschnell in Bewegung und verstellte ihm den Weg. Zum Glück war er auch geistesgegenwärtig genug, sich wegzudrehen, als der Mann sich in hohem Bogen erbrach. So bekam er nur ein paar Spritzer ab. Ich entfernte mich eilig von der Szenerie – der reinste Amoklauf für meine Rezeptoren – und stellte mich zu Billy, die Khans Aktion mit amüsiertem Blick verfolgt hatte.

Sanitäter kümmerten sich um den Mann, und Khan kam mit einem stinkenden Fleck auf seiner blauen Uniformhose auf uns zu.

»Currywurst«, kommentierte er mit finsterer Miene. »Ist auch schon vor der Verdauung eine Straftat.«

»Nehmt's mir nicht übel«, sagte ich, »aber ich fahr nachher mit jemand anderem im Funkwagen mit, okay?«

»Wir bleiben hier alle noch eine ganze Weile.« Wenn Billy sprach, dann schnurrte ihre Stimme wie die einer Katze. »Und halten die Leute bei Laune, bis die Mordkommission kommt.«

Das war Musik in meinen Ohren. Ich würde live dabei sein, wenn die Mordkommission ihre Arbeit aufnahm, und dieses Mal nicht als Verdächtige!

* * *

4

Es kam noch besser. Einige Stunden später wurde ich als Zeugin mit aufs Morddezernat genommen. Es lag wohl daran, dass ich genau zur Tatzeit, kurz vor zwei, in den U-Bahn-Katakomben und in der Erdgeschosshalle des Bahnhofsgebäudes unterwegs gewesen war – womöglich war ich dem Opfer oder seinem Schubser begegnet!

Auf dem Gang vor den Vernehmungsräumen sollte ich warten, bis der zuständige Ermittlungsleiter, Hauptkommissar Dragic, die Zeit fand, mit mir zu sprechen.

Solange rief ich Ricky an und gab Bescheid, dass es heute wahrscheinlich später werden würde.

»Mein zweiter Mordfall«, sagte ich nicht ohne Stolz. »Und wieder bin ich mittendrin.«

»Ist es denn ein Mord? Vielleicht wurde er versehentlich geschubst«, wandte Ricky ein.

»Eher nicht.«

»Oder der Schubser war betrunken, auf Droge oder so.«

»Möglich.«

»Sieht man das nicht auf den Bändern? Da sind doch überall Kameras.«

»Ja, die werten das gerade aus. Deswegen bin ich hier, die haben mich auf den Bändern auch gesehen. Überleg mal, wie nah ich da dran gewesen sein könnte! Ich könnte dem Mörder begegnet sein, ohne es zu ahnen. Fast wie vor einem Jahr. Und wenn ich so etwas magisch anziehe? Das wäre doch unheimlich, nicht?«

»Ja, klar, wenn es das ist, was dich glücklich macht«, erkannte Ricky ganz richtig. »Ich hab nur gedacht, wir essen heute mal was zusammen.«

»Machen wir doch dauernd.«

»Ich meine, was Selbstgekochtes. Ich hab grad 'nen Heilbutt gekauft.«

»Ernsthaft? Wieso das denn?«

»Na ja, also ... ich dachte, wir feiern endlich unseren Tag nach.«

»Welchen Tag?«

»Na, den 12. August.«

Der 12. August – das war der Tag, an dem wir vor einem Jahr in einem Cabrio einen betrunkenen One-Night-Stand gehabt hatten, aus dem dann doch viel mehr geworden war.

»Ja, stimmt, ach, das ist ja blöd jetzt.«

»Macht nichts, ich brate den Heilbutt gut durch und stelle ihn in den Kühlschrank. Morgen kann man ihn dann auch noch essen.«

»Mist, tut mir leid. Wieso überhaupt Heilbutt?«

»Der hat dir so gut geschmeckt, als wir das letzte Mal am Strand waren.«

Ricky lieh sich manchmal das Wohnmobil von seiner Arbeitskollegin Bascha aus, und dann fuhren wir ein paar Tage an die Ostsee.

»Sorry. Lass uns das am Wochenende nachholen, ich sag Koller für Sonntag ab, dann haben wir Zeit für uns, okay?«

Ich legte bedröppelt auf und kam mir richtig mies vor. War es wirklich so, dass ich unseren Jahrestag einfach so vergessen hatte? Oder hatte ich nicht vielmehr wochenlang im Vorfeld darüber nachgedacht, wie ich mit dem unaufhaltsam heranrückenden 12. August klarkommen sollte? Denn für mich war es vor allem der Tag, an dem Elli gezeugt worden war, der Tag, an dem ihr Leben begonnen hatte. Wenn es nicht im September vorzeitig beendet worden wäre, dann wäre sie dieses Jahr im Mai zur Welt gekommen und jetzt bereits drei Monate alt. Ricky und ich wären Eltern einer kleinen Tochter, und unser Leben sähe ganz anders aus.

Mein Unterbewusstsein hatte sich allem Anschein nach dazu entschieden, das zu verdrängen.

Nach vierzig Minuten Warterei holte Kommissar Dragic mich in einen großen Raum am Ende des Ganges, an dessen Tisch zehn Personen Platz gehabt hätten.

»Verzeihung, es ist gerade nichts anderes frei. Setzen Sie sich doch hierhin, bitte.« Er zeigte auf einen Stuhl, der in guter Sichtweite zu einem Bildschirm stand, auf dem das Standbild von dem Mann im Karohemd zu sehen war, wie er gerade im Sturz vor die S-Bahn eingefroren war. Weniger als eine Sekunde bevor die Bahn ihn tötete.

»Stört es Sie, wenn ich die Tür offen lasse? Ich muss jemanden erwischen, der gleich hier vorbeiläuft.«

»Klar, kein Problem.«

Dragic setzte sich auf einen Drehstuhl, und zwar so, dass er sowohl den Bildschirm als auch den Gang im Blick hatte. Seine Füße reichten gerade auf den Boden. Er war ein kleiner, kompakter Mann, kaum größer als ich, braun gebrannt, mit dichtem, silbernem Haarschopf. Seine Gesichtszüge wirkten streng, Nase und Kinn kantig, der Blick aus Augen mit hellblauer Iris um eine stecknadelkopfgroße schwarze Pupille stechend wie bei einem Husky. Das Aftershave, das ihn intensiv umwölkte, schien aus einer anderen Zeit zu stammen, aus einer Szene wie aus einem alten Film – Lino Ventura düst mit offenem Verdeck die Riviera entlang, die Sonne brennt, der Geruch nach schmelzendem Teer liegt in der Luft, nach Zedernholz und Ozean.

»Ninella-Pritilata Buck?« Dragic sprach meinen Namen aus wie einen Irrtum. »Interessanter Klang. Kann ich Ihnen was zu trinken anbieten?«

»Ach, muss nicht sein.«

Dragic schob mir trotzdem ein Glas und eine Wasserflasche rüber.

»Ninella ist italienisch und Pritilata indisch, oder?«

»Ich weiß auch nicht, was sich meine Mutter dabei gedacht hat. Sie kommt viel in der Welt rum. Nennen Sie mich einfach Nina.«

»Auch schön.«

Ich schaute Dragic aufmerksam an. Bereit, voll und ganz mitzuarbeiten.

»Sie sind also die Frau, der Koller seine Suspendierung zu verdanken hat. Sie hatten etwas mit diesem Giftmordfall zu tun, richtig?«

»Äh ... nein. Ich war nur zufällig in dem Restaurant, auf das der Anschlag verübt wurde. Und wie Koller seine Arbeit macht, entscheidet er ganz allein. Genau wie Sie, vermute ich mal.«

Dragic schaute mich mit seinen kalten Husky-Augen abschätzend an. Nichts an seiner Körperhaltung ließ die Angriffslust erkennen, die ich spürte.

»Verzeihung, ich wollte Ihnen damit nichts unterstellen«, gab er vor. »Koller ist hier in der Abteilung natürlich eine Legende. Wir kennen ihn alle nur zu gut. Na ja, so gut man einen Einzelgänger eben kennen kann. Umso mehr haben wir uns gewundert, dass er mit Ihnen zusammen ... na, wie wollen wir es nennen ... unterwegs ist. Haben Sie immer noch Kontakt zu ihm?«

»Ab und an. Wieso?«

»Ach, ich wollte nur wissen ... Mich hätte interessiert, wie es ihm geht und wann er wiederzukommen gedenkt. Irgendwie fehlt was, wenn er nicht durch die Gänge pfeift und einen herumkommandiert.«

»Werde ich ihm ausrichten.«

»Wann treffen Sie ihn denn das nächste Mal?«

»Am Sonntag.«

»Tatsächlich?«

Ich konnte Dragic seine Neugierde direkt ansehen. Er hätte zu gern gewusst, wie meine Beziehung zu dem dreißig Jahre älteren Koller zu definieren war, wenn wir uns sogar am Wochenende sahen.

»Wir trainieren meinen Geruchssinn«, erklärte ich so sachlich wie möglich.

»Ja, von dieser Schnüffelsache habe ich gehört.«

»Jetzt hab ich natürlich das Praktikum, aber ich muss im Training bleiben, um das Level zu halten. Da geht's um Fährtenlesen und so. Odorologie«, versuchte ich, das Ganze auf eine wissenschaftlich-seriöse Ebene zu heben. »Identifizierung von Personen über den Geruch.«

Dragic nickte, obwohl ihm anzusehen war, dass er nur verstand, was er verstehen wollte.

»Ja, klar«, sagte er und griff nach einer Plastikbox, die er aufschnappen ließ. Der süßliche Geruch von Fertigpizza mit Mais, Salami, Geschmacksverstärkern und jeder Menge Käse eroberte die Luft. Während er mir die Dose hinschob, fragte er: »Was fällt Ihnen ein, wenn Sie das riechen?«

Meinte er das ernst? Ich schaute Dragic mit skeptischem Blick an. Doch er nickte mir aufmunternd zu und schubste die Box noch näher zu mir.

»Kein Geistesblitz aus der Nase?«

Das Pizzastück war rechteckig, so wie man es an einem To-go-Stand zu kaufen bekam, angebissen und völlig zugekleistert mit Käse. Außerdem klebten kleine Steinchen dran, so als hätte Dragic es vom Boden aufgeklaubt.

»Dass Sie sich was anderes zum Essen holen sollten, vielleicht?«

»Ist das alles? Ich dachte, Sie könnten mir jetzt vielleicht sagen, welche Zahnpastasorte der Abbeißer benutzt.«

Dragics Botschaft war bei mir angekommen. Er hielt nicht viel von der Schnüffelei und legte großen Wert darauf, mir das auch zu zeigen.

»Gut, lassen wir das. Sie sind als Augenzeugin hier, mit Betonung auf Augen.« Dragic verschloss die Box wieder, stellte sie unter den Tisch und holte einige Unterlagen hervor, darunter meine Bewerbungsmappe für das Praktikum bei der Polizei.

»Sie wollen also zur Mordkommission, ja?«

»Das ist der Plan.«

»Schön. Dann wissen Sie, wie wichtig jeder noch so kleine Hinweis für uns sein kann.«

»Ja.«

Dragic lehnte sich zur Tastatur für den Bildschirm rüber, tippte beim Video auf »Play«, und zu meinem Erstaunen wurde der Karomann nicht im nächsten Moment von der einfahrenden S-Bahn zermalmt, sondern sprang zurück auf den Bahnsteig und wackelte dort herum, Essen aus einer Tüte knabbernd, während die Bahn sich dahin entfernte, woher sie gekommen war – das Band lief im Zeitraffer rückwärts. Genau genommen war es ein Zusammenschnitt aus mehreren Bändern, und so ließ sich verfolgen, mit welcher Rolltreppe der Karomann auf den Bahnsteig gekommen war und wo er seine Futtertüte gekauft hatte.

»Hier. Nein, besser hier. Sehen Sie das?«

Dragic hielt das Band an, spulte wieder ein Stück vor, dann zurück, wieder vor, sodass der Karomann sich linkisch vor und zurück bewegte, als würde er Charleston tanzen. Eine Sequenz vorher hatte er seine Tüte an einem Pizzastand in Empfang genommen und sich vom Imbiss weggewandt, hin zur S-Bahn-Rolltreppe.

»Ja, er kauft sich das Pizzastück, das Sie mir eben gezeigt haben. Er hatte es in der Hand, als ihn die Bahn erwischte, und Sie haben es von den Schienen gekratzt.«

»Ja, aber das meine ich nicht. Sehen Sie den Mann hier?«

»Den im Karohemd – oder wen meinen Sie? Den Pizzaverkäufer?«

»Nein, den hier.« Dragic zeigte auf eine dunkle Gestalt bei den Rolltreppen, von der nur ein Schatten zu sehen war. »Der ist an dem Pizzastand vorbeigelaufen, während der Mann im Karohemd dort seine Bestellung entgegengenommen hat. Okay, nennen wir ihn beim Namen, es wird sowieso schon in den Nachrichten stehen. Hannes Ortleb, das ist der Mann, der auf die Schienen gestoßen wurde, der Mann im Karohemd, ja? Und der hier, der an ihm vorbeigelaufen ist, also der wird ein paar Minuten später sein Mörder sein.«

»Sie meinen, sein Mörder ist vor ihm auf dem Bahnsteig gewesen? Dann sind sie sich dort begegnet? Gab es da einen Streit oder so etwas?«

»Schauen Sie selbst.« Dragic ließ das Band weiterlaufen. Die Kameraperspektive wechselte auf den Bahnsteig der S-Bahn.

Die schmale, dunkle Gestalt, die sich mit schwarzer Jeans und Kapuzenpulli nun deutlicher zeigte, schlenderte von der Rolltreppe zu einem Schaukasten, blieb dort stehen und betrachtete ausgiebig den Fahrplan, derweil Ortleb zwanzig Meter entfernt ebenfalls mit der Rolltreppe ankam, ein paar

Schritte Richtung Bahnsteigkante lief, stehen blieb und sich auf das Vertilgen seines Pizzastücks konzentrierte. Zwischen ihnen standen grüppchenweise Leute mit Hunden.

Während der folgenden Wartezeit füllte sich der Bahnsteig mehr und mehr mit Leuten, und als die Ankunft der S-Bahn, auf die Ortleb wartete, angezeigt wurde, bewegte sich die dunkle Gestalt vom Schaukasten weg, hin zur Bahnsteigkante. Das wirkte ganz beiläufig mäandernd. Zweimal schaute die Gestalt sich um, so, als würde sie jemanden hinter sich vermuten. Leider war ihr Gesicht dabei nicht zu sehen, sie hielt es stets so, dass die Kapuze einen Schatten darauf warf, sehr geschickt, als wären ihr die Winkel der Überwachungskameras bewusst.

Beim letzten Umschauen war die Person zum Stehen gekommen. Völlig unvermittelt versetzte sie dem vor ihr stehenden Ortleb einen heftigen Stoß, der ihn aus der Menschenmenge heraus direkt vor die Bahn katapultierte.

Der Mann stand nah genug an der Kante, sodass er niemand anderen mit sich riss.

Dragic hielt das Band an.

»Zufall oder Absicht?«, fragte er. »Was meinen Sie?«

»Schwer zu sagen. Wie der Schubser sich bewegt, wirkt unvermittelt, spontan. So, als hätte er sich aus dem Augenblick heraus dazu entschlossen. Andererseits ist die Attacke selbst ganz schön gut getimt.«

»Ein Zeitspiel. Absicht also?«

»Er hat den Mann auf jeden Fall im richtigen Moment vor die Bahn befördert. Aber ob er es unbedingt auf Ortleb abgesehen hat oder nur irgendjemanden töten wollte, der in Reichweite stand, also das könnte ich jetzt nicht beschwören. Auf jeden Fall wollte er ihn nicht nur erschrecken, für mich ist er ganz klar ein Mörder.«

»Sie denken, dass es ein Mann ist?«

»Ja, doch. Natürlich jetzt kein muskulöser Riese. Er ist sehr dünn oder noch sehr jung, die Klamotten würden ja auch dafür sprechen. Vom Alter her so … wie der da.«

Ich zeigte auf den Gang hinaus, auf dem ein schüchterner junger Typ mit Baseballkappe suchend umherschaute. Als Dragic ihn sah, sprang er auf und ging zu ihm.

Sie unterhielten sich, dann tätschelte Dragic ihm die Schulter und begleitete ihn zu einem Büro, dessen Tür er für ihn öffnete.

Während Dragic den Gang zu mir zurücklief, fuhr er sich mit der rechten Hand durch seine Silbertolle, was fast wirkte, als würde er sich die Haare raufen, und dann noch über Stirn und Augen. Als er den Raum betrat, schloss er die Tür hinter sich, atmete durch und schien sich erst einmal sammeln zu müssen.

»Das war Ortlebs Sohn. Er ist gerade mal achtzehn Jahre alt und muss jetzt ganz allein zurechtkommen.«

Dass Dragic dafür Mitgefühl aufbrachte, ließ ihn in meiner Gunst wieder steigen.

Auch ich wusste, wie hart es war, so früh ganz auf sich allein gestellt zu sein. Meine Oma, die Vater und Mutter für mich gewesen war, starb, während ich die Abiturprüfungen versemmelte.

Dragic trank einen Schluck Wasser, schnäuzte sich die Nase und ließ dann die Aufnahmen weiterlaufen. So sahen wir Ortlebs Mörder dabei zu, wie er nach seiner Attacke verschwand. Dabei zeigte sich, wieso es niemandem gelungen war, ihn aufzuhalten. Tatsächlich hatten einige Leute nach ihm gegriffen, nach seinem Ärmel, seiner Kapuze, sich nach ihm umgedreht, ihm den Weg verstellt oder ihn sogar ein Stück verfolgt, aber der Typ glitt von einer Menschentraube in die nächste und passte sich deren Bewegung an, sodass man keinen Anhaltspunkt dafür hatte, wohin er sich eigentlich bewegte. Ich brauchte ewig, um seine dunkle, schattenhafte Gestalt in den Verbindungsgängen zu den U-Bahnen zwischen all den Touristen, Schulklassen und Messebesuchern ausfindig zu machen. Der Zeitangabe nach war das um 13:55 Uhr herum geschehen.

Genau in dieser Zeit war ich mit der U2 am Alex angekommen und durch die Gänge im Untergeschoss hinauf zur Wache geeilt. Sollte ich dem Mörder wirklich begegnet sein?

Ich lehnte mich zum Bildschirm vor und riss die Augen noch weiter auf, um ja nichts zu übersehen. Und tatsächlich – ich sah mich den Verbindungsgang von den U-Bahn-Katakomben zum Erdgeschoss entlanglaufen, dem Mörder entgegen. Die hochgesteckten Haare, die blaue Jeans, das weiße T-Shirt, die gelbe Tasche schräg über die Schulter gespannt – das war eindeutig ich. Ich und Ortlebs Mörder, wir liefen leibhaftig aneinander vorbei! Allerdings waren da fünf Meter zwischen uns, gefüllt mit zwanzig Leuten und vier Hunden. Nicht unbedingt das, was man eine echte Begegnung nennen könnte. Ich warf Dragic einen kritischen Blick zu. Er erwartete doch nicht von mir, dass ich dazu irgendwas Sinnvolles zu sagen hatte?

Nein, anscheinend nicht, Dragic starrte weiter auf den Bildschirm, als würde die Pointe noch kommen. Und dann kam sie: Der Mörder bog zu den Treppen zum U2-Bahnsteig ein und hatte dort nach all dem eleganten Gleiten durchs Bahnhofsgewimmel das erste Mal unsanft Körperkontakt mit einer Person, die mir sehr bekannt vorkam. Die strubbligen schwarzen Locken, die ausgebeulte Armeehose – Mandarino brachte Ortlebs Mörder mit einem kleinen Rempler auf den Treppen genauso aus dem Gleichgewicht, wie er es bei mir am Senefelderplatz getan hatte!

Ebenso schnell war es auch hier wieder vergessen, denn die Bahnlichter blinkten, die Türen gingen zu. Ortlebs Mörder sprang gerade noch dazwischen, fuhr Richtung Olympiastadion davon, und Mandarino lief die Treppe weiter hinauf, querte den Verbindungsgang und ging auf der anderen Seite die Treppen zur U2 wieder hinab, wobei er auch da einem Passanten zu spät auswich, ihn körperlich touchierte und diesem dann beschwichtigend zunickte.

»Das ... das ist ein Taschendieb, stimmt's?«

Dragic nickte.

»Und er hat Ortlebs Mörder die Brieftasche geklaut.«

Wieder nickte Dragic. »So sieht's aus.«

»Das heißt ja dann«, versuchte ich, die Absurdität der Zusammenhänge in Worte zu fassen, »Sie brauchen nur den Dieb zu schnappen, um an den Ausweis des Mörders zu kommen.«

»Vorausgesetzt, er steckt in seinem Geldbeutel und der Dieb hat ihn noch bei sich.«

»Klar«, nickte ich. »Wissen Sie denn, wer dieser Dieb ist?«

»Leider nicht. Darum hoffen wir, dass Sie uns weiterhelfen können.«

»Ich? Aber wieso? Ich kenne den nicht, bin ihm vorher selber das erste Mal in der U-Bahn begegnet.«

»Das weiß ich«, sagte Dragic und schaltete auf eine andere Aufnahme um, wenige Minuten vor der letzten, aufgenommen auf dem Bahnsteig der U2, als ich zusammen mit den beiden Fahrkartenkontrolleuren und Mandarino beim Aussteigen in eine Art Menschenstrudel hineingeraten war. Mir war die Luft weggeblieben, und doch konnte ich mich an den Duft, der von Mandarino ausgegangen war, noch sehr gut erinnern. Es war ein merkwürdiges Gefühl, eine Situation, die mir doch sehr nahegegangen war, noch einmal von einer distanzierten Warte aus zu betrachten. Ich sah, dass es zu dieser Massenverschiebung gekommen war, weil die Tür meines Waggons auf Höhe des Treppenzugangs lag, auf den gerade mehrere schulklassengroße Gruppen in Richtung U-Bahn drängten. Tatsächlich war ich für einige Sekunden komplett im Menschengewimmel verschwunden, nichts von mir war noch zu sehen gewesen. So aus der Welt hatte ich mich in diesem Moment ja auch wirklich gefühlt.

Mandarinos dunkler Lockenschopf aber war zu sehen, und dank dieser Videoaufnahme erfuhr ich nun doch noch, wohin es ihn nach unserer Begegnung verschlagen hatte. Und zwar zurück in den Waggon. Er hatte sich von der Schulklasse ins Wageninnere mitreißen lassen und den Zug dann erst weiter hinten durch eine andere Tür verlassen. Da war ich schon die Treppe rauf und auf der Ebene unterwegs, auf der mir Ortlebs Mörder entgegenkam.

»Es gibt auch Aufnahmen vom Senefelderplatz und aus dem Inneren der U-Bahn. Wir können Sie uns anschauen, einen Augenblick ...«

Wenn ich nur daran dachte, wie ich mich von Mandarino hatte an der Nase herumführen lassen! Der tolle Weihnachtsduft, die Blicke, das Lächeln, das Geflirte. Und all das für die Nachwelt aufgezeichnet, live und in Farbe.

»Das ist nicht nötig, ich weiß, was da passiert ist. Mandarino hat mich beklaut.«

»Mandarino? Ach so, natürlich. Er hat Ihnen was von seiner Mandarine angeboten.« Dragic nickte, dann sagte er: »Darf ich mal einen Blick in Ihre Tasche werfen?« Diese Frage war nur rhetorisch gemeint, denn Dragic hatte sich bereits Handschuhe übergestreift.

Es sah so aus, als wäre ich hier nicht die Einzige, die sich dämlich verhalten hatte. Denn wenn Mandarino mir bei dem Rempler am Senefelderplatz meinen Geldbeutel geklaut hatte, war völlig klar, warum ich ihn vergeblich in meiner Tasche gesucht hatte. Und dann diese scheinheilige Rettungsaktion vor den Kontrolleuren. Nette Geste, aber grober Fehler, denn dadurch hatte er seine Fingerabdrücke auf meinem Geldbeutel hinterlassen!

Mit spitzen Fingern holte Dragic jeden Gegenstand einzeln aus meiner Tasche heraus, um nichts durcheinanderzuwerfen und eventuelle Spuren zu verwischen. Zuerst ein Aufladekabel fürs Handy. Als Nächstes war Kollers Augenbinde dran. Dragic hielt sie hoch und betrachtete sie argwöhnisch. Ich hatte nicht vor, ihren Zweck zu erläutern. Schlimm genug, dass er mir vorgeführt hatte, wie ich auf peinlichste Weise einem Taschendieb auf den Leim gegangen war. Nun wühlte er auch noch in meiner Privatsphäre herum.

Er legte die Augenbinde weit von sich, so als wäre sie eine schmutzige Socke, kramte alte Duftsticks hervor, an denen er prüfend schnupperte. Dann mein Handy, Kaugummis, noch ältere Duftsticks, Haargummis, meinen Hausschlüssel, ein weiteres Aufladekabel (keine Ahnung, wofür). Tausend Sachen, nur meinen Geldbeutel fand er nicht.

Stattdessen holte Dragic etwas aus meiner Tasche, das ich dort definitiv niemals hineingetan hatte und das mich umso höhnischer anzugrinsen schien – eine Mandarine.

***

5

Ich war tatsächlich *zweimal* von Mandarino beklaut worden! Für diese Nullchecker-Meisterleistung hatte ich mir seinen Verarschungsgruß in Form einer Mandarine redlich verdient.

»Gehört dir das?«, hatte er scheinheilig gefragt, während er meinen Geldbeutel hinter mich kickte, nachdem er ihn mir vorher geklaut hatte. Blauäugig hatte ich den Geldbeutel aufgesammelt und mich darüber gefreut, sogar dafür bedankt! Keine Minute später hatte er ihn mir dann beim Aussteigen ein zweites Mal abgeknöpft. Was für eine hinterlistige Aktion!

Ellis Bild war abermals weg und ich kam aus dem Kopfschütteln über meine eigene Dummheit nicht heraus.

Am Freitag würde ich Überstunden machen, statt mit Ricky zu verreisen. Nicht nur die Mordkommission war hinter Mandarino her. Ich wollte unbedingt mithelfen, den dreistesten aller Taschendiebe zu schnappen!

Alle Abschnittskräfte vom Alexanderplatz waren darauf eingenordet worden, nach Mandarino Ausschau zu halten.

Und mir hatte unsere Dienstgruppenleiterin Alice eine ganz besondere Aufgabe zugeteilt – als Hospitantin des Polizisten im Sicherheitsraum der U-Bahn-Überwachung der Berliner Verkehrsbetriebe am Alexanderplatz. Ich durfte den ganzen Tag mitschauen und live dabei sein, wenn Mandarino seine nächste Show abzog. Allerdings wettete ich darauf, dass er kein Frühaufsteher war und mit seiner »Arbeit« heute erst wieder mittags beginnen würde. Genug Zeit also, sich darüber zu ärgern, wie aufwendig und teuer es werden würde, alle Zugangs-, Abo- und Kundenkarten aus meinem Geldbeutel zu ersetzen, die Bankkarten hatte ich bereits gestern sperren lassen. Bestimmt hatte Mandarino längst alles weggeworfen, nur das Bargeld behalten. Vielleicht auch den Personalausweis. Der Gedanke, dass Ellis Bild jetzt irgendwo im Rinnstein lag, machte mich unglaublich wütend.

So ein Dieb konnte doch nicht so schwer zu fassen sein!

Als Praktikantin bekam ich natürlich nicht alle Details und Interna mit, aber aus dem, was ich mitbekam, zog ich meine Schlüsse. Im Moment gab es von Mandarino nur eine Personenbeschreibung, die von mir und den Überwachungskameras stammte, er selbst blieb namenlos.

Das und die Tatsache, dass die Abschnittskräfte vom Alexanderplatz weiterhin nach ihm Ausschau halten sollten, ließ darauf schließen, dass man auf der Mandarine entweder keine brauchbaren Spuren gefunden hatte oder dass es dazu kein Match in der Datenbank gab. Allem Anschein nach war Mandarino ein frei laufender Dieb ohne Vorstrafen.

Über seine Mandarine war mir jedenfalls mehr bekannt als über ihn. Sie war kernreich und losschalig, was bedeutete, dass es zwischen der Schale und dem Fruchtfleisch einen Hohlraum gab. Damit war sie keine Clementine oder eine andere kernlose Mischform aus Mandarine und Orange, wie sie heute im Handel üblich waren, sondern tatsächlich eine echte Mandarine, so wie die ersten Sorten, die aus China stammten, benannt nach den Mandarinen, den hohen Beamten des Kaisers, die orange Roben trugen.

Jetzt lag sie in einem Kühlschrank im Labor und verlor ihren Duft.

Mandarino selbst ließ sich auch am Nachmittag nicht blicken, obwohl die Touristenmengen am und um den Alexanderplatz herum sich zum Wochenende hin auf eine für Taschendiebe Erfolg versprechende Weise verdichteten.

Ich würde Alice darum bitten, auch am Samstag die BVG-Monitore im Sicherheitsraum, der täglich vierundzwanzig Stunden lang besetzt war, wieder mit überwachen zu dürfen. Ich wollte sichergehen, dass niemand den Kerl übersah. Ich wollte diejenige sein, die ihm ein Bein stellte. Wollte dabei sein, wenn er gefasst wurde. Wenn ich Glück hatte, von Billy und Khan. Und bevor sie ihn an Dragic überstellten, würde ich ihn persönlich fragen, was er verdammt noch mal mit dem für ihn nutzlosen Inhalt meines Geldbeutels gemacht hatte.

Ich stierte rund um die Uhr auf die Monitore, um seinen Auftritt ja nicht zu verpassen. Musste nicht mal zum Mittag raus, denn ich hatte Rickys Heilbutt in einer Tupperdose dabei.

Wenn ich etwas aus meiner Tasche kramte, tat ich das mit verdrehtem Hals, ohne den Blick vom Bildschirm abzuwenden. Wenn Khan das gesehen hätte, dann hätte er bestimmt gefragt: Hat Mandarino dir den Kopf verdreht? Das Gegenteil war der Fall. Was auch immer für eine nette Stimmung zwischen mir und diesem Dieb in der U-Bahn geherrscht haben mochte, nun war sie vergiftet. Er hatte mich zweimal verarscht, mir das Bild von Elli weggenommen, womöglich schon in irgendeinen verdreckten Mülleimer geworfen, und das würde ich nicht hinnehmen. Ich würde mir das Bild zurückholen, egal, wie.

Vielleicht hätte ich meinen Augen zwischendurch doch eine Pause gönnen sollen, denn auf einmal meinte ich, Ricky in den U-Bahn-Gängen am Alexanderplatz herumlaufen zu sehen. Dabei hatte er eine ausgeprägte Phobie davor, in Wagen zu steigen, die er nicht selber steuerte. Das rührte von einem Kindheitstrauma her, einem Autounfall, den sein Vater absichtlich verursacht und den nur Ricky überlebt hatte. Damals war er neun Jahre alt gewesen, Mutter und Vater kamen beide ums Leben und Ricky ins Kinderheim. Es war also nicht nur eine kleine Macke. Wenn er gerade kein Auto hatte, fuhr er Fahrrad. Öffentliche Verkehrsmittel nur in Ausnahmefällen. Und das hier sah ehrlich gesagt nicht wie einer aus. Außerdem trug dieser Doppelgänger ein schwarz-weiß gestreiftes T-Shirt, das ich noch nie an Ricky gesehen hatte, das auch einfach nicht sein Style war, und obendrein noch einen mopsartigen Hund auf dem Arm. Neben ihm lief eine blonde, langhaarige Frau, die ihrerseits einen kleinen Hund wie ein Baby auf dem Arm trug. Sie kamen von der U5 und bogen in den Gang zur U2 ein. Obwohl es unsinnig war, schaltete ich auf die Überwachungsbänder des U2-Bahnsteigs um und beobachtete sie dort weiter. Die Ähnlichkeit des Mannes mit Ricky war verblüffend, aber Ricky wäre in diesen Katakomben mit Aussicht auf eine Tour als Fahrgast nie so entspannt geblieben. Er wäre hin und her getigert, hätte sich immer wieder durch die Haare gestrichen und überlegt, wie er doch noch um die Fahrt herumkäme.

Dieser Ricky hier streichelte einen Mops und plauderte nebenher. Sein Umgang mit der Frau wirkte sehr vertraut. Sie kam mir aber nicht bekannt vor. Dabei kannte ich alle Frauen, mit denen Ricky zu tun hatte, und davon gab es eine Menge. Seit er seinen Job im Autohaus los war, arbeitete er in Baschas Pfegedienstcrew mit. Bascha war eine gute Freundin von ihm aus Kinderheimzeiten, und die Arbeit mit ihr, den anderen sechs Kolleginnen und den ganzen einsamen, kranken, lustigen und traurigen alten Leuten war viel mehr als nur ein Job für ihn. Er ging auf in dieser Arbeit, und die Leute liebten ihn dafür – Männer wie Frauen blühten auf, wenn er da war, fingen wieder an zu sprechen, zu laufen, zu lachen. Ricky war der geborene Pfleger. Aber hören wollte er das nicht. Abenteurer, Rockstar, Rennfahrer – ja. Aber Pfleger? Offiziell war der Pflegejob bei Bascha für Ricky nur vorübergehend, eine Zwischenstation, Aushilfe für eine Freundin. Wer war ich, ihm diese Illusion zu rauben?

Die Blonde sah keiner von Rickys Kolleginnen ähnlich. Auch keiner seiner Ex-Freundinnen oder Ex-Flammen aus dem Einkaufszentrum, in dem wir vor einem Jahr noch gejobbt hatten. Gemeinsam stiegen Rickys Doppelgänger und seine Freundin, ihre Möpse streichelnd, in die U2 Richtung Olympiastadion ein.

Tatsächlich hatte ich schon viel zu lange auf die Bildschirme gestarrt und sah nicht nur Ricky, sondern auch Säulen und Torbögen doppelt. Es war wohl an der Zeit, eine Pause einzulegen und frische Luft zu schnappen.

* * *

6

Mehrere Stunden akribischen Starrens auf die Monitore später gab ich die Hoffnung auf eine Mandarinosichtung für heute auf. Ich folgte dem Polizeikollegen in den Feierabend und freute mich darauf, Ricky von seinem Doppelgänger zu erzählen. Inzwischen war ich der Meinung, dass es sich unmöglich um Ricky handeln konnte, nicht nur wegen seiner Bahnphobie. Da er wusste, dass ich wegen meines Praktikums möglicherweise im Bahnhofsgelände des Alexanderplatzes abhing, wäre er mit seiner Affäre dort bestimmt nicht aufgetaucht. Wieder einmal hatte meine Eifersucht meine Fantasie befeuert, und das gefiel mir nicht.

Bevor ich Ricky kannte, war ich nie eifersüchtig gewesen, und zu diesem Zustand wollte ich zurück. Schluss mit dieser komplizierten Liebe. *Back to the roots.* Ein bisschen Freundschaft, ein bisschen Sex, Netflix und Pizza.

Dafür nahm ich den Umweg zu unserer Lieblingspizzeria in Kauf. Nur war ja leider mein Geldbeutel weg, und bis die neue Bankkarte per Post kam, dauerte es. Also lieh ich mir etwas von meinem Polizeikollegen. Das reichte sogar noch für eine Flasche Rotwein. Den Rotwein kaufte ich, weil mich die Pizza an Hannes Ortleb erinnerte. Sie roch zwar nicht so nach billigem Fertigteig, aber hier ging's ums Prinzip. Der Mann war beim Pizzakauen gestorben. Ich stellte mir vor, wie die Spurensicherung das angebissene Stück zwischen den Schienen gefunden und mit spitzen Fingern eingesammelt hatte. Mit einigen Schlucken Rotwein würden sich diese Assoziationen vielleicht verwässern lassen.

An unserer Haustür klingelte ich Sturm, damit Ricky schon mal den Bildschirm anschmiss. Sturmklingeln war immer unser Signal für diese Art von Abend. Der fing im Wohnzimmer mit Futtern und Schauen an, spätestens nach der halben Pizza gerieten wir in Streit über die Glaubwürdigkeit der Serienfiguren, und dann wälzten wir uns knutschend auf dem Sofa herum, natürlich nur, um einander vom nervigen Kommentieren abzuhalten.

»Korkenzieher müsste unterm Sofa liegen!«, rief Ricky mir aus dem Bad zu, nachdem ich die Wohnungstür mit einem Rums zugeknallt hatte. Meine frühere Mitbewohnerin Fanny hätte das gehasst, aber nun wohnte ich mit Ricky hier und knallte die Türen, wie ich wollte. Unterm Sofa fand sich tatsächlich der Korkenzieher, ziemlich weit hinten, direkt neben der Pizzaschachtel vom letzten Mal. Ich klopfte mir gerade die Staubmäuse von den Klamotten, da hörte ich Ricky in die Küche spazieren.

Ich nutzte die Gelegenheit dazu, im Bad unbemerkt in den Wäschekorb zu schauen, und – bingo! – darin lag ein frisch getragenes, schwarz-weiß gestreiftes T-Shirt, genau wie das vom Mopsmann in der U-Bahn! Sogar kurze hellbraune Mopshaare befanden sich darauf, neben langen blonden. Also doch.

Was war hier los? Wieso konnte Ricky plötzlich problemlos U-Bahn fahren? Und wer war die blonde Frau?

Noch immer den Korkenzieher in der Hand, stakste ich mit steifen Beinen ins Wohnzimmer zurück. Dort rückte Ricky gerade die Teller auf dem Couchtisch zurecht, Messer und Gabel hatte er fein säuberlich danebengelegt. Dabei verspachtelten wir die Pizza sonst immer direkt aus dem Karton. Hier stimmte gar nichts mehr.

Ich griff nach der Weinflasche und hantierte mit dem Korkenzieher herum, versuchte, mir nichts anmerken zu lassen.

»Du siehst aber schon, dass die einen Drehverschluss hat?«

Nun merkte ich es auch und warf Ricky die Flasche unvermittelt zu. Er fing sie gerade noch auf und schaute mich mit hochgezogenen Augenbrauen an. »Alles okay, Ninja?«

»Nee«, antwortete ich wahrheitsgemäß und schob hinterher: »Diese U-Bahn-Sache macht mich fertig.«

»U-Bahn-Sache? Ich dachte, der Mann wäre vor eine S-Bahn geschubst worden.«

War im Grunde richtig. Die U-Bahnen gehörten den Berliner Verkehrsbetrieben und fuhren zumeist im Untergrund, darum hießen sie U-Bahnen. Die S-Bahnen, Kurzform für Stadtbahnen, gehörten zur Deutschen Bahn und fuhren mehr oberhalb über Brücken und Trassen, wobei es hier wie da ober- und unterirdische Streckenabschnitte gab.

Dass Ricky da so eine klare Trennung vorschwebte, konnte der Grund dafür sein, dass er sich in den Tiefen des U-Bahn-Bereichs unbeobachtet gefühlt hatte, da er annahm, dass ich wegen der Ermittlungen im Schubserfall eher in den Höhen des S-Bahn-Geländes unterwegs war. Denkfehler.

Ich hielt ihm mein Weinglas zum Einschenken hin. »Und was hast du so gemacht?«

»Ach, ich hab nur am Wohnmobil rumgeschraubt, muss da einiges reparieren.«

»Dann warst du den ganzen Tag zu Hause?«

»Einmal kurz an der Waschanlage, wieso?« Ricky verschüttete direkt ein bisschen Wein bei dieser Lüge. Darauf fiel mir keine Antwort ein, ich griff nach einem Pizzastück und zögerte, sah Ortlebs abgetrennte Beine vor meinem geistigen Auge. Der Abend wurde nicht besser.

»Warte mal«, hakte Ricky ein. »Ich dachte, wir tun heute mal zivilisiert.« Mit einem Griff hinter das Sofa holte er zwei zu Blumen gefaltete Servietten hervor.

Jetzt schaute ich ihn mit hochgezogenen Augenbrauen an.

»Sind noch von gestern, da hatte ich eigentlich einen romantischen Abend vor, mit Kerzen und so.«

»Du hast Servietten gefaltet?«

»Die kann man so kaufen. Wieso schockt dich das so? Ich find's witzig.«

Ich kam nicht klar mit diesen widersprüchlichen Signalen – einerseits bereitete Ricky ein Abendessen mit gefalteten Servietten zum Einjährigen vor, andererseits startete er mit neuem Look, Tragehund und neuer Frau ein Leben als angstfreier U-Bahn-Fahrer.

Wenn ich noch mit Fanny befreundet gewesen wäre, hätte sie jetzt gesagt, dass das überhaupt nicht widersprüchlich wäre – Ricky hatte ein schlechtes Gewissen, weil er fremdging, und hängte sich deshalb so rein. Ich hatte von Anfang an richtiggelegen damit, nicht zu hohe Erwartungen in diese Beziehung zu setzen. Ricky war ein Frauenheld und würde das auch immer bleiben. Wieso machte er nicht gleich Schluss, warum zog er vorher noch so eine Show ab?

Ich nahm eine der kunstvoll gefalteten Serviettenblumen und drückte sie in den Rotweinfleck, sie löste sich sofort auf. Ricky beobachtete mich mit einem seltsamen Blick. Irgendwie mitleidig.

»Ärgerst du dich über das geklaute Portemonnaie?«

»Ach, der Typ kriegt sein Fett schon noch weg, Dragic hat ihn bereits zur Fahndung ausgeschrieben.«

»Das bringt dir Ellis Bild auch nicht zurück. Hast du bei deiner Frauenärztin schon nachgefragt, ob sie es noch mal ausdrucken kann?«

Ich schaute Ricky sprachlos an. Anscheinend wusste er, worum es hier in Wirklichkeit ging.

»Utraschallbilder sind Untersuchungsbefunde, und die werden jahrelang gespeichert«, sagte er.

War das die Lösung?

Für einen Augenblick wollte ich das glauben, aber dann wurde mir klar, dass mir mit einem neuen Bild nicht geholfen war. Ich wollte das verlorene retten, darum ging es mir. Die Vorstellung, dass Ellis Bild da draußen irgendwo herumlag, belastete mich genauso schwer wie das Wissen darum, dass sie nicht beerdigt worden war. Nach meiner Fehlgeburt und der Rauchvergiftung vor einem Jahr war ich erst Stunden später im Krankenhaus erwacht, und da war Elli schon »weg« gewesen.

»Da gibt es nicht viel, was man hätte beerdigen können«, hatte die Krankenschwester gesagt, »so ein sieben Wochen alter Fötus hat gerade mal die Größe einer Heidelbeere.«

Ich musste unter Schock gestanden haben, anders konnte ich es mir aus meiner heutigen Sicht heraus nicht erklären, wie ich das so einfach hatte hinnehmen können.

Ich hatte nicht nachgefragt, und genau das machte mir jetzt zu schaffen. Wo genau war Elli gelandet?

Inzwischen wusste ich, dass nur für Föten über 500 Gramm Bestattungspflicht bestand. Alle unter dieser Gewichtsgrenze wurden auf Initiative der Eltern entweder gesammelt und alle Vierteljahre in Sammelgräbern bestattet oder aber als Sondermüll verbrannt – wie jeder andere »organische Müll«, der in einem normalen Krankenhausbetrieb so anfiel, wie zum Beispiel abgetrennte Gliedmaßen, Tumore, Blinddarmfortsätze.

Während meines damaligen Krankenhausaufenthaltes war ich damit beschäftigt gewesen, mich um andere Leute zu sorgen, um Ricky, der wegen Kollers Kollegen in Schwierigkeiten steckte, und um ein kleines Mädchen, das mit mir zusammen eingeliefert worden war. Ich hatte mich bereitwillig ablenken lassen, und nun gab es keinen Ort, an dem ich Elli besuchen konnte, keine Möglichkeit, in Frieden zu ruhen.

»Okay«, sagte ich zu Ricky. »Gleich morgen ruf ich meine Ärztin an und frage nach einem neuen Ultraschallbild. Gute Idee.« Damit war das Thema hoffentlich erledigt. Ich würde heute Abend jedenfalls nicht mein Seelenleben vor Ricky ausbreiten, während fremde Frauenhaare an seinem Pulli klebten und er Pizza mit Messer und Gabel aß.

»Du sagst einfach okay? Kein Streit mehr heute Abend?« Enttäuscht schaute Ricky mich an.

Das machte mich so sauer, dass ich ihn am liebsten geküsst hätte. Er sah mir das an, legte das bescheuerte Besteck zur Seite und schob den Tisch weg, hinter dem ich mich sicher gefühlt hatte. Als er mich küsste und ich meine Hände in seinen herrlichen Locken vergrub, dachte ich an Mandarino. Dann rollten wir über Pizzastücke hinweg, und ich musste an Ortlebs abgetrennte Beine denken und an all das Blut auf den Gleisen. Als Ricky meinen Pulli hochschob, um an meine Brüste ranzukommen, dachte ich an die Mopsfrau.

Ich brach die Sache ab und verzog mich in die Badewanne.

Ich ließ mir ein Orangenduftbad ein und überlegte, was ich tun könnte, wenn Mandarino morgen wieder nicht am Alexanderplatz aufkreuzte.

Immerhin hatten wir seine Mandarine.

Vielleicht ließe sich darüber eine Spur zu ihm verfolgen. Ich griff mir mein Handy und las mir alles durch, was ich im Netz über Mandarinen finden konnte, dass sie kernreich waren, mit dünner Schale in kräftigem Orange, klein, dafür umso aromatischer. Ihr Duft unterschied sich nach Anbauregion. Und wenn ich tatsächlich so hart trainierte, wie Koller es die ganze Zeit schon von mir erwartete, würde ich den Unterschied vielleicht sogar herausriechen. Das Sondertraining mit Koller am Sonntag würde ich also besser doch nicht absagen.

Ricky konnte sich den Tag ja mit Blondie und den Möpsen vertreiben.

* * *

7

Auf dem Wochenmarkt am Kollwitzplatz, über den Koller mich am Donnerstag gescheucht hatte, waren keine Mandarinen angeboten worden. Ich war mir deshalb so sicher, weil Koller Fotos von den Ständen geschossen hatte, um meine Geruchserfolge zu dokumentieren. Nach einem Anruf ließ er mir die Fotos zukommen.

Mandarino musste sich anderswo damit eingedeckt haben. Ich würde wohl die Gegend um den Senefelderplatz großflächiger nach Bioläden und Obsthändlern abgrasen müssen. Wobei ich nicht sicher war, ob Mandarino überhaupt die U-Bahn-Katakomben der Senefelder Station verlassen hatte. Es war möglich, dass er die Mandarinen ganz woandersher hatte. Vielleicht war er mit der Bahn dort angekommen und nur auf und ab gewandert, um Leute anzurempeln, eine Station weiterzufahren, erneut Leute anzurempeln und so weiter. Wenn man sich die Überwachungsbänder von verschiedenen U-Bahn-Stationen, an denen er aufgetaucht war, anschaute, dann ließ sich vielleicht herausfinden, wo seine Taschen sich mit Mandarinen gefüllt hatten. Im Umkreis dieser Station würde ich dann nach einer passenden Quelle suchen.

Allerdings wurden die Aufzeichnungen nach achtundvierzig Stunden überschrieben, viel verwertbares Videomaterial würde es also nicht mehr geben, vorausgesetzt, ich kam da überhaupt ran.

Am Samstag startete ich so früh wie möglich meinen Arbeitstag vor den Überwachungsbildschirmen der BVG, auch um nicht mit Ricky frühstücken zu müssen.

Ich war voller Elan – bis ich hörte, dass Alice Kollegen vor

Ort damit beauftragt hatte, einige mögliche Bekannte von Mandarino am Alexanderplatz aufzustöbern und zu befragen.

Wie gern wäre ich dabei gewesen!

Stattdessen gab es wieder nur Monitore für mich, auf denen sich Leute tummelten, deren Gestalten sich mehr und mehr zu abstrakten Flecken formierten. Hin und her wuselnde Ameisen in kurzen und langen Hosen, Kleidern und Tanktops. Der Polizist, dem ich heute über die Schulter schaute, hatte mir bereits seine Augentropfen hingeschoben, die er sich fünfmal täglich in zeitlich akkuraten Abständen einträufelte.

Leider nahm er auch das Einhalten der Vorschriften überaus genau.

Als Hospitantin hatte ich keine Befugnis dazu, ältere Bänder anzuschauen oder irgendetwas anzuhalten und zurückzuspulen. Ich durfte gar nichts machen, nur dasitzen und anderen über die Schulter schauen. Und in Echtzeit tat sich einfach nichts, da konnte ich meine frisch mit Hyaluronsäure und Euphrasia versorgten Augen aufreißen, wie ich wollte.

Der Geruch nach Staub, nach Tatenlosigkeit hing in der Luft und blieb da auch.

Ich gönnte mir eine Mittagspause, bei der ich mir draußen die Beine vertrat und mir vom Rest des geborgten Geldes in einem Imbiss eine Falafel holte.

Während ich sie auf einer der Bänke vor dem Imbiss aß, blätterte ich in den ausliegenden Zeitungen. Die Schubsattacke bestimmte schon nicht mehr die Titelseiten, aber immerhin gab es auf Seite drei ein paar Zeilen zum Toten, Hannes Ortleb. Er wurde als Zufallsopfer und Mensch wie du und ich beschrieben, mit einem normalen Job und einem einfachen Leben. Selbstständiger Handwerker, alleinstehender Vater, Karohemdträger, Pizzaesser, mit gültigem Fahrausweis. Sein Schicksal hätte jedem widerfahren können.

Wie lange dieser Gedanke wohl in den Köpfen der Leute verankert bleiben würde? Wie viele Wochen sie wohl mit Unbehagen auf ihre Bahn warten würden, mit Sicherheitsabstand zur Bahnsteigkante, den Rücken von einer Säule geschützt, die Mitwartenden im Augenwinkel präsent? Bis das Vergessen die Vorsicht wieder auslöschte.

Der Artikel endete mit einer Auflistung von Straftaten am Alexanderplatz und der Schlussfolgerung, dass es sich meist um eine ganz bestimmte Tätergruppe handelte, die wesentlich mehr Aufmerksamkeit verdiente. Es folgte ein Appell an die Entscheidungsträger der Stadt, sich gefälligst endlich für die obdachlosen und drogenabhängigen Jugendlichen zu interessieren, die den Alexanderplatz zu ihrem zweiten Zuhause erklärt hatten, und mehr Geld in Sozialarbeit zu investieren.

Ich wischte mir die Finger mit einer Serviette ab, holte mein Handy heraus und googelte nach Wochenmärkten mit Obstverkauf in der Gegend um den Alexanderplatz und den Senefelderplatz herum, die donnerstags geöffnet hatten. Außer den am Kollwitzplatz, den ich bereits ausgeschlossen hatte, gab es noch den am Hackeschen Markt. Und zu meinem Glück hatte er auch samstags geöffnet, gleich nach Feierabend würde ich dort heute noch vorbeischauen können. Ich konnte es nicht abwarten, Mandarino auf die Spur zu kommen. Was er wohl mit den geleerten Brieftaschen anstellte? Ich nahm mir vor, an keinem Mülleimer mehr vorbeizugehen, ohne einen Blick hineinzuwerfen.

Pünktlich um 16 Uhr machte ich Feierabend und beeilte mich, zum Hackeschen Markt zu kommen. Schon von Weitem roch ich die orientalischen Gewürze türkischer Spezialitäten vermischt mit dem satten Fleischgeruch der Grillstände. Die Essensdüfte überlagerten alle anderen Gerüche, außer den eines Standes mit alten Taschen und Schallplatten, über dem eine Haschischwolke hing. Aber Koller war nicht da, und keiner verlangte von mir, den Obststand mit verbundenen Augen zu finden. Also hielt ich einfach Ausschau danach und fand ihn schnell, die Mandarinen lachten mich direkt an. Ich wollte gleich ein paar kaufen, aber zum Glück roch ich vorher daran – sie bestanden den Test nicht, rochen giftig, mit Pestiziden gespritzt.

Ich graste weitere Obstläden in der Gegend ab. Es war erstaunlich, wie viele davon Mandarinen anboten, sie waren inzwischen wohl keine Saisonfrüchte mehr. Ich hielt mir alle unter die Nase, aber da passierte nichts, nie stellte sich das Bild von Weihnachten ein, kein Gedanke an Oma und ihre Weihnachtskekse.

Zurück am Alexanderplatz setzte ich mich schlapp auf den Rand des Brunnens vor Galeria Kaufhof und fühlte mich vom Bratwurstduft, der über den Platz wehte, schon wieder dazu verleitet, übers Fleischessen nachzudenken, obwohl ich doch vegetarisch leben wollte. Da fiel mir ein, dass es in dem Kaufhaus vor meiner Nase eine riesige und gut sortierte Lebensmittelabteilung gab.

***

8

Schon von der Taschenabteilung aus strahlte mich das breit aufgestellte Orange der Obstabteilung an und weckte mit seiner Vielfalt hohe Erwartungen. Und tatsächlich, neben Nabelorangen und den üblichen Clementinen lagen dort perfekte kleine Mandarinen. Ich griff danach, und ein kleiner Engelschor stimmte *O Tannenbaum* an.

Sollte es wirklich so einfach sein?

Ich fragte eine junge Angestellte, die von einer aromatischen Trüffelpilzwolke umgeben war, ob sie mir etwas über ihre Mandarinen erzählen könne, wie viele davon verkauft würden und an wen, ob es Videoaufzeichnungen davon gäbe oder Verkäuferinnen, die sich an einen Kunden in Armeehosen erinnerten.

Sie schaute mich verwundert an, war aber so nett, von den Trüffeln, die sie gerade sortiert hatte, abzulassen und nach einer Kollegin zu suchen, die meinem Anliegen gewachsen war.

Der Trüffelduft zog mich in seinen Bann, er roch nach Pilzen, Moos, dunklem Kakao und Moschus. Mein Weihnachtskeksappetit verlagerte sich auf Bandnudeln mit angebratenen Trüffeln in Butter. Hm ... Kartoffel-Trüffel-Püree mit Schwarzwurzel!

Da stand ich also und durchforstete mein Handy nach Trüffelrezepten, obwohl ich eigentlich nach einem mandarinenfutternden Taschendieb suchte. Meine Schnüffelstärke war gleichzeitig meine größte Schwäche – Gerüche lenkten mich viel zu schnell ab. Manchmal in die richtige Richtung, oft genug in die falsche.

Ich steckte mein Handy weg, ging ein paar Schritte von der Trüffelkiste weg und schaute mir die Überwachungskameras, von denen es hier im Kaufhaus reichlich gab, genauer an. Gleich zwei davon waren auf die Frischobstabteilung gerichtet. Aber auch, wenn Mandarino zu sehen war, wie er Mandarinen befingerte, hieß das noch nicht, dass er hier bald wieder Nachschub holen würde. Wer sollte sich solange auf die Lauer legen?

Die Vorgesetzte der Trüffelfrau kam auf mich zu und schaute mich auf eine Art an, die mir klarmachte, dass es keine weitere Auskunft von ihr geben würde, wenn ich ihr nicht eine vernünftige Begründung für mein Interesse präsentierte. Mit der Wahrheit lag man selten falsch, also sagte ich ihr, dass ich angehende Polizistin wäre und auf der Suche nach einem Taschendieb mit einem Faible für Mandarinen.

Ihre skeptische Miene hellte sich schlagartig auf. Tatsächlich hatte sich die Klaurate bei den Mandarinen seit Juli hier deutlich erhöht, erst gestern war eine Überwachungskamera auf die Obstabteilung gedreht und eine zweite installiert worden. Nicht, dass Mandarinen besonders wertvoll gewesen wären – hier ging es einfach ums Prinzip. Sie selbst und ihre Mitarbeiterinnen würden verstärkt darauf achten, wer sich in der Zitrusecke herumdrückte.

Ich schrieb ihr meine Telefonnummer auf und bat sie, mich sofort anzurufen, sollte der Dieb erneut zuschlagen. Sie nickte mit einem entschlossenen Ausdruck im Gesicht, der uns zu Verschworenen machte. Ich nickte auf gleiche Weise zurück.

Den Rest des Nachmittags verbrachte ich damit, die Mülleimer auf und um den Alexanderplatz herum systematisch nach weggeworfenen Geldbörsen zu durchsuchen. Das war nicht nur für meine Nase eine Herausforderung. Schlimmer war das Schamgefühl, als bedürftig wahrgenommen zu werden, obwohl sich eigentlich diejenigen schämen sollten, die diesen Wohlstandsmüll produzierten. Zwei Flaschensammler, ein Mann und eine Frau, verfolgten mich mit kritischen Blicken durch ihr Revier, so lange, bis ich zu ihnen rüberging und sie fragte, ob ihnen in den letzten Tagen auf ihrer Suche nach leeren Flaschen auch leere Brieftaschen untergekommen wären.

»Ich krieg eigentlich immer nur leere Brieftaschen zu sehen«, sagte der Mann. Er hatte seinen langen grauen Vollbart zu einem dünnen Rapunzelzopf geflochten, der ihm bis zum fliederfarbenen Gürtel reichte. Die Frau stieß dem Mann in die Seite. »Von nüscht wissen wir am meisten.« Sie trug den passenden Bademantel zum Gürtel des Mannes, und ihre langen grauen Haare waren auf die gleiche Weise geflochten wie sein Bart.

Sie rochen beide, als hätten sie im Frühjahr das letzte Mal geduscht, und ich hätte ihnen gern einige ruhige Nächte in einem Hotel spendiert, aber mein Geldbeutel war weg, und ich selbst hatte nur noch wenig Geborgtes. Also ließ ich sie mit ihren klirrenden Flaschentüten weiterziehen.

Die Weltzeituhr zeigte inzwischen 19 Uhr an, heute war Samstag. Mandarino hatte am Donnerstagnachmittag das Bahngelände verlassen und dürfte die geplünderten Brieftaschenhüllen schnell entsorgt haben. Sicher hatte er sie nicht die ganze Zeit mit sich herumgeschleppt. Er hatte keinen Rucksack dabei, keine Tasche – wo sollte er sie also verstauen? Alice hatte bereits die Müllabfuhr informiert und um erhöhte Aufmerksamkeit gebeten. Mehr ließ sich hier vielleicht nicht ausrichten. In die Auswertung der Überwachungskameras rund um die Ein- und Ausgänge der Bahnhalle, die drei Brunnen, den Platz vor dem Fernsehturm und vor Galeria Kaufhof war ich leider nicht involviert. Ich konnte nur hoffen, dass ich die Ergebnisse irgendwie mitbekam.

Ich blieb noch eine ganze Weile auf einer Bank hinterm Fernsehturm zwischen den Rosenbeeten am Neptunbrunnen sitzen. Sie waren zwar schon halb verblüht und dufteten kaum noch, aber ich hatte es nicht eilig, nach Hause zu kommen, meine Lust auf eine Aussprache mit Ricky hielt sich in Grenzen.

In dieser Nacht kam Ricky noch später heim als ich – und roch nach Hund. War er bei der Mopsfrau gewesen? Jetzt konnte ich unmöglich darüber reden. Ich tat so, als würde ich schon schlafen.

Als ich mich dann am Sonntagmorgen für das Treffen mit Koller fertig machte, schlief Ricky noch (oder tat so). Ich gab ihm keinen Abschiedskuss auf die Stirn, wie sonst immer. Von diesem Mopsgeruch, der ihn umwehte, musste ich würgen. Was, wenn unsere Zeit abgelaufen war? Ein gemeinsames Jahr war bereits mehr, als ich überhaupt je für möglich gehalten hatte. Die längste Beziehung aller Zeiten. Mir fehlte das Alleinsein und ihm allem Anschein nach die Abwechslung. Warum es künstlich hinauszögern, nur weil irgendwann einmal von Liebe die Rede gewesen war? Wie wir alle wissen, ist das einzig Verlässliche im Leben die Vergänglichkeit.

***

9

Ich kam eine Viertelstunde zu spät am Gesundbrunnen an. Koller sagte nichts dazu, aber ich konnte seine Zähne knirschen hören. Seine Miene hinter dem riesigen Schnauzbart wirkte noch finsterer als sonst, seine Augen regengrau, volle Bewölkung. Immerhin hatte er mir bereits die nötigen S-Bahn-Tickets gekauft und dazu eine Tüte mit Butterbrezeln. Das Kleingeld, das ich heute Morgen in Jackentaschen und Schubladen zusammengesucht hatte, hatte gerade einmal für eine Kurzstreckenfahrkarte und ein trockenes Brötchen gereicht.

Dann also mal wieder die S-Bahn-Challenge. Zu dem Zweck setzten wir uns in eine Vierersitzecke im S-Bahn-Waggon, ich mit dem Rücken zur Tür, Koller mir gegenüber, mit Blick auf die Leute, die zu- oder ausstiegen. Wann immer jemand in den Türbereich und damit in meine akustische und olfaktorische Wahrnehmungszone trat, sollte ich blind Vermutungen darüber anstellen, um wen es sich dabei handeln könnte und was er bei sich trug. Sonst tippte ich erfolgreich auf Kinder mit aufblasbaren Badetieren, auf Einkaufstaschen voller Porreestangen, auf Döneresser und Biertrinker, aber heute ging gar nichts. Diese verdammte Hundemesse – es war, als würde ich Rickys Mopsgeruch überhaupt nicht mehr aus der Nase bekommen.

Koller beschränkte sich aufs Zähneknirschen und moserte kaum herum, wenn ich danebenlag. Er meinte, er hätte sowieso vor, heute mehr an der frischen Luft zu arbeiten, und dann schauten wir beide schweigend aus dem Fenster.

Bäume, Häuser, Straßen, Brücken. Die Stadt flog an uns vorbei oder wir an ihr, Richtung Süden. Gerade passierten wir den Potsdamer Platz.

Irgendwann kam es Koller seltsam vor, dass ich maulfauler war als er, und er fragte, was los sei. Ich winkte ab und schob meine gedrückte Stimmung auf die wenig zielführende Suche nach dem Taschendieb und dem S-Bahn-Schubser. Von Letzterem hatte Koller bereits gelesen, und nun wollte er mehr erfahren. Doch als ich erwähnte, dass Dragic in dem Fall ermittelte, erlosch sein Interesse schlagartig.

Ich nahm an, dass Dragic und er sich öfter mal in die Quere gekommen waren, vom Dienstgrad her waren sie gleichrangig. Auf mich wirkten sie wie zwei ergraute Löwen, die sich gegenseitig keinen Bissen gönnten. Koller hatte sich aus dem Reviergerangel mit einer Krankschreibung zurückgezogen. So konnte er sich ganz auf den ungelösten Fall konzentrieren, der ihn sowieso nicht losließ – den legendären Schattenmann-Fall.

Doch richtig voran kam er bei seinen Überlegungen nicht, im Gegenteil. Es sah aus, als würde er sich langsam, aber sicher in den ausgetretenen Trampelpfaden seiner Gedankengänge verirren und in der Vergangenheit verloren gehen.

Umso wichtiger schien mir die Gegenwart zu sein. Darum erzählte ich Koller alles, was ich vom S-Bahn-Schubser-Fall wusste, zum Beispiel, dass der Täter von seiner körperlichen Statur und Beweglichkeit her jung wirkte und sich der Videoüberwachung bewusst gewesen sein musste, denn von seinem Gesicht war nie auch nur ein Stück zu sehen gewesen. Er kannte sich also im Bahnhofsgelände aus. Ob Koller eine Verbindung zum Opfer für möglich hielt?

»Wieso nicht«, sagte er achselzuckend. »Natürlich muss man sich den Toten genauer anschauen. Wer war der Mann? Wem nützt er tot mehr als lebendig? All das.«

»Er ist Handwerker, hat ein Kind, keine Frau, trägt Jeans und Karohemd und futtert gern Fertigpizza, mehr weiß ich nicht und werd ich auch nicht erfahren. Es sei denn, ich dürfte mein Praktikum in die Mordkommission verlegen. Können Sie da nichts dran drehen?«

Koller schüttelte vehement den Kopf.

Aber wieso eigentlich? Er war bei seinen alten Kollegen zwar nicht sonderlich beliebt, aber doch enorm geachtet, selbst Dragic hatte das durchklingen lassen. Mehr als einmal hatte Koller eindrücklich bewiesen, dass er für die Verbrechersuche zu großen persönlichen Opfern bereit war. Allerdings erwartete er diesen Einsatz auch von allen anderen. Kollers Einstellung zu seinem Beruf war ebenso bewundernswert wie ungesund. Sie hatte dazu geführt, dass er zu sehr nach seinen eigenen Regeln spielte – und nun allein in der Ecke stand. Um von der Mordkommission und Kollers wunden Punkten wieder abzulenken, schraubte auch ich meinen Ermittlungsenthusiasmus zurück und wiegelte ab: »Ist vielleicht wirklich nicht interessant dieser Fall. So was kommt doch öfter vor. Die Leute sollten sich nicht so sorglos an die Kante stellen, das ist ja direkt eine Aufforderung für einen Arschtritt.«

Koller schaute mich an. »Das ist der größte Blödsinn, den Sie je geredet haben.«

Das war mir klar, aber auf die Schnelle war mir nichts Besseres eingefallen.

»Bloß weil *schubsen* so harmlos klingt, ist der Gedanke, der dem vorausgeht, nicht weniger grausam. Da wird Arglosigkeit ausgenutzt, da wird Macht ausgeübt – das ist eiskalter Mord.« Und damit war Koller in seinem Element, ich konnte es nicht mehr abwenden.

Er nickte in Fahrtrichtung. »Wir kommen gleich an einem

Bahnsteig vorbei, an dem vor drei Jahren eine junge Frau gestorben ist. Und die hat bestimmt nicht sorglos an der Kante gestanden.«

Natürlich kannte ich die Geschichte von der Frau, die an der Haltestelle Lichtenrade in den frühen Morgenstunden eines nebligen Herbsttages von einer S-Bahn erfasst worden war. Sonja Freisang, 38, galt zu dem Zeitpunkt seit sechs Wochen als vermisst. Laut Koller gehörte sie in den Reigen der Frauen, die Opfer des Schattenmannes geworden waren. Er ging davon aus, dass ein unheimlicher Stalker in der Stadt bereits seit acht Jahren sein Unwesen trieb. Erst folgte er seiner Auserwählten wie ein Schatten, um sie auszukundschaften, bevor er schließlich ihr Haustier und wenig später sie selbst entführte.

Keine der Frauen war je wieder aufgetaucht. Bis zu dem Septembermorgen, an dem Sonja Freisang vom Lichtenrader Bahnsteig aus vor die S2 stürzte. Ob selbst verschuldet oder nicht, blieb ungeklärt.

Auf jeden Fall hatte Sonja Freisangs mysteriöses Wiederauftauchen Koller darauf gebracht, dass es noch zwischen weiteren Vermisstenfällen der letzten Jahre ein verbindendes Element gab – die im Vorfeld verschwundenen Haustiere. Eines davon, ein schwarz-weißer Cockerspaniel, war, von Schrotkugeln zersiebt, in einem Wald gefunden worden. Mit den gleichen Kugeln, die wenig später Kollers Hund Sherlock treffen sollten.

Aber das ahnte Koller zu diesem Zeitpunkt noch nicht.

Was er ahnte, war ein Zusammenhang zwischen ähnlich gelagerten Fällen, und er ging mit dieser Theorie an die Presse. Bilder der mutmaßlichen Entführungsopfer und ihrer vierbeinigen Lieblinge wurden veröffentlicht. Woraufhin sich eine Flut von Hinweisen auf weitere Vermisstenfälle von Haustieren wie Menschen über die Abteilung ergoss, was Koller auf jede Menge falsche Fährten gesetzt und schließlich zur Auflösung der *Soko Schatten* geführt hatte.

»Ich hätte mich auf die eine Spur konzentrieren sollen, die bereits da war. Ich hätte bei Sonja Freisang bleiben sollen. Bei Chanel Nr. 5, ihrem Lieblingsparfüm. Sherlock hätte diese Spur bestimmt irgendwann gefunden. Ich meine, außerhalb des Schrottplatzes. Ich hätte mich dort nicht so lange aufhalten dürfen.«

Koller drohte mal wieder ins Grübeln abzudriften. Diese Schrottplatzgeschichte war das reinste Senkblei.

Ich schaute mich nach der Anzeigentafel für die nächste Station um. Mahlow. Das lag außerhalb der Stadttarifzone und war nur noch eine Haltestelle von der Endstation entfernt – mitten in der brandenburgischen Pampa.

»Was haben Sie heute überhaupt vor?«

»Double Blind Trail. Große Runde.«

Mehr sagte Koller dazu nicht. Double Blind Trail war ein Begriff aus dem Training für Mantrailer-Hunde. Damit war gemeint, dass nur die zu suchende Person wusste, welchen Weg sie gegangen war und wo sie sich versteckt hielt. Dem Hundeführer durfte nur der Start des Trails, der sogenannte Abgangsort, bekannt sein. Wir würden heute also jeder für sich durch den Wald pirschen, Koller mit einigem Vorsprung, während ich darum bemüht war, seine Fährte aufzunehmen. Eine Schnitzeljagd ohne Schnitzel.

Koller roch zwar nicht nach Chanel Nr. 5, aber ich mochte seine persönliche Note. An guten Tagen erinnerte sie mich an unbeschwerte Zeiten meiner Kindheit, in denen ich meinem ebenso geduldigen wie zauseligen Nachbarshund Distelkletten aus dem Fell klaubte. (Wie golden es in der Sonne glänzte, wie sehr die Sonne uns wärmte!) An schlechten Tagen war sie von Whiskygeruch und Schmerztabletten so verfremdet, dass Koller dahinter kaum noch zu erkennen war.

Heute konnte einer dieser Tage werden. Im Augenblick verfälschte sein Kaffeeatem noch die Einschätzung, er musste sich eine ganze Kanne reingeschüttet haben. Was allerdings ein Hinweis darauf war, dass er schlecht geschlafen hatte. Und wenn er schlecht schlief, dann weil er Schmerzen hatte oder zu viel nachdachte.

An den Schattenmann – an wen sonst?

Dieser Typ würde Koller noch in den Wahnsinn treiben. Manchmal hatte ich das Gefühl, dass ich die Einzige war, die sich dem noch entgegenstellte.

Damals vor drei Jahren war Koller dem Schattenmann auf diesem vermaledeiten Schrottplatz sehr nah gekommen – zu nah. Der Mann hatte auf ihn geschossen. Sherlock war dazwischengesprungen und hatte die Kugeln für ihn abgefangen.

An diesem Tag hatte Koller nicht nur seinen geliebten Hund verloren, sondern auch sein Bein und noch viel mehr als das.

Ich weiß gar nicht, ob er überhaupt versuchte, darüber hinwegzukommen.

Vermutlich wollte er das gar nicht, weil er sonst den Motor verloren hätte, der ihn am Laufen hielt.

***

10

Als wir in Mahlow langsam, aber sicher Richtung Feld, Wald und Wiese einbogen und kein Mensch mehr in Hörweite war, wagte ich ein offenes Wort. »Sie wollen den Schattenmann finden, Koller, unbedingt, das verstehe ich. Aber ich frage mich auch: Was ist, wenn Sie ihn nicht finden? Was wird dann aus Ihnen? Ich meine, der Typ könnte inzwischen gestorben sein. Aber Sie, Koller, Sie leben noch!«

Er zuckte die Schultern.

»Der lebt auch noch, Buck, glauben Sie mir. Aber danke, ich weiß Ihre Sorge zu schätzen. Das hat schon alles seinen Sinn gehabt. Sogar Sherlocks Tod. Ohne die Schrotkugeln gäb's gar keinen Schattenmann-Fall«, sagte er. »Nur durch die Kugeln konnte der Zusammenhang zu einem anderen Vermisstenfall bewiesen werden. Und ohne Sonja Freisang wären wir gar nicht auf den Schrottplatz gegangen. Nein, nein, das ist schon gut, dass wir so weit gekommen sind, das hängt alles miteinander zusammen.«

»Klar tut's das. Aber darum geht's mir doch gar nicht. Kommen Sie mal vom Fall weg, Koller...«

Koller schnaufte ärgerlich aus. »So einfach geht das nicht. Die Dinge *haben* einen Zusammenhang! Und ich bin der Einzige, der das sieht! Wissen Sie, was das für eine Verantwortung ist?«

»Na ja, klar. Aber Ihre Kollegen...«

»Ach, meine Kollegen! Ich sage Ihnen, was mit denen ist. Die haben die Schattenmann-Theorie endgültig verworfen, die Fälle werden jetzt wieder als Einzelfälle betrachtet.«

Davon hatte ich noch gar nichts mitgekriegt. »Wirklich?«

»Und zwar nur als einzelne Vermisstenfälle, nicht als Verbrechen, schon gar nicht zusammenhängend. Die Mordkommission hat jeden Fall zur Zentralen Vermisstenstelle zurückgeschoben. Dort liegen sie jetzt und warten auf neue Hinweise, mehr passiert da nicht.«

»Hm.«

»Ja. Ich war auch sprachlos.« Kollers Schnauzbart bewegte sich, während er nachdenklich auf seinen Lippen herumkaute und ins Leere starrte. Es schien, als wäre er an einem Nullpunkt angekommen.

Die ideale Ausgangsposition dafür, einen neuen Weg einzuschlagen, wie ich fand.

»Ich kann ja mal Dragic fragen, wie er das sieht.«

Koller riss die Augen so weit auf, wie ich es noch nie vorher bei ihm gesehen hatte.

»Das lassen Sie bleiben!«, donnerte er, kriegte sich aber schnell wieder ein und schob moderater nach: »Ziehen Sie Dragic da nicht mit rein, okay, Buck? Versprechen Sie mir das?«

»Hm, ja, klar, kann ich machen. Aber erst, wenn ich weiß, wieso. Was läuft da zwischen Ihnen?«

Koller schüttelte zuerst den Kopf, dann die Schultern – Widerwille am ganzen Leib, aber damit kam er nicht durch.

»Gut, wenn Sie es mir nicht sagen, muss ich Dragic fragen.«

Koller schaute mich ärgerlich an, winkte dann ab.

»Ach, das können Sie sich doch denken, Buck. Dragic hat den Schattenmann-Fall von mir übernommen und nichts erreicht. Ganz im Gegenteil. Es ist seine Schuld, dass alles im Sande verlaufen ist. So, da haben Sie den Grund.«

Ich nickte, damit konnte ich etwas anfangen.

»Wenn es dabei nur um Fälle ginge, die Jahre zurückliegen, wäre das schlimm genug. Ich glaube aber, der Schattenmann ist noch aktiv. Er wird wieder zuschlagen.«

Im letzten Jahr hatte Koller zweimal diesen Verdacht geäußert. Beide vermisst gemeldeten Frauen waren dann aber wieder aufgetaucht.

Sein Gesicht war schweißgebadet, quer über seiner Stirn klebten Haarsträhnen, die sonst hinter seinem Ohr klemmten. Trotz der Hitze trug er wie immer ein Sakko und machte keinerlei Anstalten, es auszuziehen. In diesem Punkt blieb er – wie in allen anderen Punkten eigentlich auch – stur. Es war klar, dass dieser Mann aus seinem Gedankenlabyrinth ohne Hilfe nicht herausfinden würde.

»Koller, was halten Sie davon, wenn ich zu Ihnen komme und wir all diese Einzelfälle nochmal durchgehen, ganz in Ruhe? Mit Fotos, Zeitstrahl, allen Details. Ich weiß, dass Sie Ihre Wohnzimmerwand schon damit volltapeziert haben. In der Küche ist aber noch Platz, oder?«

Kollers Miene hellte sich auf. Er nickte, und endlich hatte ich wieder dieses Gefühl von Sonne auf der Haut und wie glatt sich das Fell des Nachbarhundes anfühlte, wenn alle Kletten rausgekämmt waren. Vielleicht würde es doch noch ein guter Tag werden.

* * *

11

Wurde es nicht.

Koller hatte gar nicht vorgehabt, in den Wald zu gehen, er visierte eine Einfamilienhaussiedlung am Ortsrand an. Mit jedem Schritt wurde er langsamer. Humpelte schließlich zu einer Bank an einem Spielplatz, auf die er sich sacken ließ, sein Prothesenbein weit von sich gestreckt. Wie hatte ich nur einen Querfeldeinlauf in Erwägung ziehen können?

Koller holte ein Marmeladenglas aus seiner Jackentasche, in dem ein Lappen steckte, der mit einem Duft besprüht war. Wildrose von Larella. Das hatte er mir in letzter Zeit öfter unter die Nase gehalten. Bis jetzt aber immer in Einkaufspassagen, in der Nähe von Parfümerien, in denen es diesen Duft zu kaufen gab. Ich hatte dann den Frauen, die aus dem Laden kamen, ein Stück zu folgen und schnuppernd festzustellen, ob sie Wildrose von Larella getestet hatten.

Koller zählte vom Laden aus die Treffer. Bisher hatte das immer gut geklappt, die Verkäuferinnen spielten mit und boten den Duft den Kundinnen in der Zeit, in der wir dort waren, vermehrt an. Meine Trefferquote lag bei hundert Prozent. Der Duft war mir inzwischen sehr vertraut, er erinnerte mich an schöne Spätsommerabende im Humboldthainer Rosengarten mit juckenden Mückenstichen an den Knöcheln und kaltem Bier aus dem Spätkauf, das einen zum Frösteln brachte. Und natürlich roch er bei jeder Frau ein bisschen anders, aber die zugrunde liegende Note war unverkennbar.

Warum sollte dieser Duft ausgerechnet hier, am Ortsrand von Mahlow mitten im Nirgendwo, in der Luft liegen? Links war die Siedlung mit aus dem Ei gepellten Einfamilienhäusern und abgezirkelten Vorgärten, vor uns der leere Spielplatz mit Klettergerüst und Wippe, rechts der Wald und hinter uns ein Maisfeld, an das die nächste Siedlung grenzte, und in der Ferne einzelne alte Gehöfte und noch mehr Felder. Keine Leute weit und breit, nur ein Paar mit Kinderwagen.

»Was soll denn das bringen?« Ich hielt Koller das Glas hin. »Geben Sie mir eine andere Aufgabe, oder nehmen Sie den Lappen raus und verstecken ihn auf dem Spielplatz, ich halt mir die Augen zu.«

»Ist schon passiert, ich war gestern bereits hier und hab einen Schal mit dem Duft versteckt, allerdings da drüben in der Siedlung.«

»Nicht Ihr Ernst.«

»Ja, Buck, es ist an der Zeit, das Trainingslevel anzuheben. Wir probieren es heute mit realistischeren Umgebungsbedingungen.«

»Aber wieso am anderen Ende der Stadt? Wieso nicht bei uns um die Ecke, im Wedding oder in Pankow?«

»Da gibt's nicht solche Siedlungen, nicht solche Felder und Windverhältnisse.«

»Weiter nach Norden raus bestimmt.«

»Norden, Süden – jedenfalls gibt's hier kaum Zuschauer. War es nicht das, worüber Sie sich das letzte Mal beschwert hatten? Sie wollten nicht mehr so beim Training beobachtet werden. Nun sind wir hier, jwd, auch nicht recht?«

»Kommt drauf an, wo Sie den Schal versteckt haben. Wenn ich in diesen Vorgärten dort rumschnüffeln muss, dann wird bestimmt schnell Publikum zusammenkommen.«

»Laufen Sie doch einfach mal los, ganz unauffällig, Sie müssen ja nicht über die Zäune steigen.« Er schraubte den Deckel vom Marmeladenglas ab und hielt mir die Geruchsprobe hin. Ich winkte ab. »Ich kenne den Duft.«

»Na, sicher ist sicher.«

Also tat ich Koller den Gefallen, obwohl mir völlig klar war, dass er meine Riechfähigkeit überschätzte. Ja, ich war ganz gut, besser jedenfalls als viele andere Menschen, aber eine echte Hundenase hatte ich nicht und würde ich auch nie bekommen.

Andererseits mochte ich Koller, verbrachte gerne Zeit mit ihm, und seine Trainingseinheiten hielten meinen Geruchssinn ja auch wirklich facettenreich. Im Grunde war er der Vater, den ich mir immer gewünscht hatte. Ein bisschen verrückter zwar, aber liebenswert.

In der Siedlung roch es nicht nach Wildrosen. Dafür nach Linseneintopf, Benzin, Hundefutter und Weichspüler. Ich lief zwei Querstraßen ab, um meinen guten Willen zu demonstrieren, und steuerte dann Kollers Bank wieder an. Zu meinem Erstaunen schickte er mich wieder zurück und verlangte von mir, das gesamte Siedlungsgebiet systematisch abzusuchen. Anschließend würden wir übers Feld zur nächsten Siedlung spazieren und zu den abgelegenen Höfen.

»Ich denke, Sie haben den Schal hier versteckt?«

»Äh ja, den einen, die anderen sind in einem weiteren Radius verteilt. Ich hab ja gesagt: ›großer Double Blind Trail‹ heute.«

»Stimmt doch gar nicht, ein ›Double Blind Trail‹ wäre es, wenn Sie auch nicht wüssten, wo die Schals versteckt sind. Außerdem kann so ein Schal gar keine Fährte hinterlassen, er ist nur ein toter Gegenstand. Die Fährte hätten Sie hinterlassen, als Sie ihn versteckt haben, gestern. Ich müsste also eigentlich nach Ihrer Fährte suchen.«

»Das stimmt. Ich sehe, Sie haben aufgepasst.«

»Die Fährte wäre aber bereits vierundzwanzig Stunden alt – und ich weiß nicht, ob Ihnen das schon aufgefallen ist, aber ich bin kein Hund, und es gibt biologische Grenzen.«

»Ja, ja, schon klar, es geht mir auch gar nicht um die Fährte. Mir geht es darum, diesem Geruch hier auf die Spur zu kommen.« Er zeigte auf das Marmeladenglas. »Das ist gar kein Lappen, das ist ein Schal, der jemandem gehört, den ich gerne finden würde.«

»Sie meinen, Sie haben gar nichts hier versteckt?«

»Nein.«

»Sie waren gestern gar nicht hier und haben auch nichts versteckt?«

»Nein.«

»Wie hätten Sie das mit Ihrem Bein auch schaffen sollen, mal ganz ehrlich. Dann schicken Sie mich hier also einfach nur auf gut Glück herum...«

»Nicht direkt.«

»...und tischen mir irgendwelche Märchen auf! Das ist doch wieder mal typisch!«

»Es geht ja trotzdem um Geruchstraining, nur die Prämisse ist anders.«

»Und was bedeutet das überhaupt – der Schal gehört jemandem, den Sie suchen. Wem gehört er denn? Das hat doch bestimmt wieder mit dem Schattenmann-Fall zu tun!«

Es war Koller anzusehen, dass er mit dem Rücken zur Wand stand, und ich hatte nicht vor, ihm einen Ausweg anzubieten. Zum Glück begriff er das auch.

»Ich wollte, dass Sie sich darauf einlassen«, gab er zu. »Wenn Sie gewusst hätten, dass die Sache ernst ist, dann hätten Sie... Sie hätten sich das nicht zugetraut, Sie wären blockiert gewesen.«

»Ach, wirklich?«

»Ja, das ist doch schon öfter passiert, sobald es drauf ankommt, riechen Sie plötzlich nichts mehr oder sind sich nicht sicher. Ich wollte, dass Sie ganz unbefangen bleiben.«

»Ach kommen Sie, Sie wollten bloß, dass ich mein Gehirn nicht einschalte. Wieso haben Sie sich keinen neuen Hund geholt? Der würde alles mitmachen und keine Fragen stellen. Aber Pech gehabt, leider kann ich mir denken, worum es hier geht. Da ist wieder eine Frau verschwunden, stimmt's? Sie glauben, dass der Schattenmann nach drei Jahren Pause wieder zugeschlagen hat.«

Koller sprudelte los. »Sie heißt Valerie Winter, studiert Germanistik, inzwischen ist sie seit vier Wochen weg.«

Über die Sommerferien auch noch. In Berlin verschwanden täglich an die dreißig Leute, die meisten davon tauchten früher oder später wieder auf.

»Sie ist vierundzwanzig Jahre alt, genau wie Sie.«

Als erwachsener Mensch hatte man in Deutschland das Recht, sich ohne Abmeldung aus dem Staub zu machen. Niemand war rechtlich dazu verpflichtet, irgendjemandem deswegen Rechenschaft abzulegen oder auch nur Bescheid zu sagen.

»Deutet irgendwas auf ein Verbrechen hin?«

»Ihr Hund ist zwei Tage vorher verschwunden. Nicht gechippt. Ein schneeweißer Samojede, die Rasse sieht man selten. Sonst war nichts auffällig. Sie ist im Park das letzte Mal gesehen worden, da hängte sie Suchanzeigen auf.«

»Hat sie ein Auto?«

»Nein, und ihr Fahrrad steht noch da. Falls sie mit der S-Bahn unterwegs war – die Aufnahmen der Überwachungskameras an den Bahnsteigen werden nach achtundvierzig Stunden überschrieben. Ein Freund hat sie gleich am nächsten

Tag vermisst gemeldet, aber seitdem ist nicht viel passiert. Eine Studentin, die in den Ferien verschwindet, da wird erst mal nichts unternommen. Deswegen kümmere ich mich jetzt darum.«

»Kontoaktivität und Handy?«

»Bewegung bis heute. Auf ihrem Instagram-Kanal wurde erst letzte Woche ein Foto gepostet. Das passt auch alles zum Schattenmann. Teilweise hat er noch Monate nach den Entführungen den Eindruck erweckt, dass die Frauen freiwillig unterwegs sind. Das ist ja das Perfide daran.«

»Ist nachvollziehbar, wo das Handy sich einloggt?«

»Jedes Mal woanders. Mal im Osten, mal im Westen von Berlin, auch viel außerhalb, in Brandenburg, Sachsen, McPom. Er fährt viel rum. Muss ein Auto haben.«

»Und wie kommt er unbemerkt an das Geld? Die meisten Geldautomaten sind doch videoüberwacht.«

»Er kauft damit in Läden ohne Videoüberwachung ein. Nie zweimal im selben.«

»Und ihr Schal? Wo haben Sie den her? Und wieso hat sie überhaupt einen getragen – mitten im Juli?«

»Hm«, machte Koller. »Das ist, ehrlich gesagt, gar kein Schal, es ist nur ein Stück Stoff, auf das ich Valeries Parfüm gesprüht habe.«

Was von dem, was Koller mir erzählte, stimmte eigentlich?

»Und wie kommen Sie an ihr Parfüm? Sie haben doch keinerlei Befugnisse.«

»Tut nichts zur Sache.«

»Oh, das glaube ich schon.«

Wenn Koller mich hier in seine halblegalen Ermittlungsmethoden mit hineinzog, war es aus mit meiner Polizeikarriere. Ich würde nichts tun, was meinen Weg gefährden könnte. Koller wusste das ganz genau, und ich nahm an, das war der Hauptgrund, weswegen er mir so einiges gar nicht erst erzählte.

»Hauptsache, wir finden sie, Buck! Ich weiß nicht, wie lange er sie gefangen hält, bevor er was mit ihr macht. Außer mir nimmt das keiner ernst.«

Ich schaute Koller an und fragte mich, wie ich ihn wohl ernst nehmen sollte, wenn er mir immer wieder falsche Details erzählte und mir Kleinigkeiten, aber auch wichtige Dinge vorenthielt oder verdrehte.

»Woher wissen Sie, dass sie den Hund nicht einfach weggegeben hat und freiwillig abgehauen ist? Sie haben schon zweimal danebengelegen mit Ihren Verdächtigungen.«

»Ihr Freund schließt das aus, ich hab mit ihm gesprochen, und ich glaube ihm.«

Schön für ihn, dass er noch an etwas glauben konnte. Mich hatte er unter dem Vorwand des Geruchstrainings für seine Zwecke durch die Gegend geschickt. Mit der Schnüffelei nach Wildrose vor den Parfümerien hatte er mich für den Duft sensibilisiert, den ich hier auf den Feldern wittern sollte.

»Wieso haben Sie mich nicht in die Hintergründe eingeweiht?«

Jetzt wollte ich es doch von ihm selbst hören.

»Hätten Sie das denn mitgemacht? Sie sträuben sich ja jetzt auch dagegen.«

»Zu Recht. So ein Duft wäre nach vier Wochen sowieso verflogen, sie wird ja ihr Parfüm nicht mitgenommen haben. Und wenn doch: Falls sie tatsächlich vom Schattenmann gefangen gehalten wird, wird sie bestimmt was anderes zu tun haben, als sich einzunebeln.«

»Dann werden Sie mit mir die Häuser da drüben heute wohl nicht mehr ablaufen?«

Koller strich sich über den Bart und schaute zu den Gehöften in der Ferne hinüber wie ein gealterter Superheld, der verzweifelt versuchte, seinen erloschenen Röntgenblick zu aktivieren, um ein letztes Mal durch Mauern hindurchzuschauen.

Wie oft er mit Sherlock hier wohl herumgestrichen war? Nicht weit von hier war der Schrottplatz, auf dem sein Hund Sonja Freisangs Auto erschnüffelt hatte. Ein Unbekannter hatte es dort abgestellt. In diesem Auto war sie zuletzt gesehen worden. Irgendwo hier musste sie gefangen gehalten worden sein.

»Sonja war abgemagert, hatte Fesselspuren am Handgelenk und Sedativa im Blut. Sie war das einzige seiner Opfer, das je wieder aufgetaucht ist, nach dem Grad ihrer Unterkühlung zu urteilen, muss sie mindestens eine Stunde durch den Wald gelaufen sein, bis sie an der Straße herauskam, die sie zur S-Bahn-Station Lichtenrade führte.« Koller deutete über das Maisfeld hinweg Richtung Norden. »Durch diesen Wald dort ist sie gelaufen. Sherlock hat ihre Spur da hindurch bis zum Maisfeld verfolgt. Sie muss also aus dieser Siedlung hier gekommen sein, aus der da oder von den Gehöften dort drüben. Da wurde sie irgendwo festgehalten, in einem Keller, einem ausgebauten Verlies, einem Anbau, Dachboden, was auch immer. Wenn wir wüssten, aus welchen Fenstern hier in der Gegend Valerie Winters Duft weht, und sei es nur ein Hauch, dann wäre sie vielleicht noch zu retten.«

Ganz im Gegensatz zu Koller.

Wie verzweifelt musste er sein, wenn er darauf hoffte, dass es mir möglich war, nach so vielen Wochen auch nur den Hauch eines Parfüms wahrzunehmen. Ich hatte keine Ahnung, wie ich ihm diesen Zahn ziehen sollte.

Fürs Erste versicherte ich ihm, dass ich mich sobald wie möglich darum kümmern würde. *Nach* dem Praktikum würde ich mir freinehmen und jedes einzelne Haus in Maisfeldnähe und fußläufiger Entfernung zur S-Bahn Lichtenrade abschnüffeln, bis ich den homöopathischen Hauch von Valerie Winter gefunden hatte. Insgeheim hoffte ich, dass die Gute bis dahin wieder aufgetaucht war. Für heute war hier aber Schluss, denn die Augustsonne brannte unbarmherzig auf uns nieder, und wir wollten schließlich keinen Schattenmann-Koller riskieren.

***

12

Nachdem ich dafür gesorgt hatte, dass Koller wohlbehalten bei sich zu Hause angekommen war, schützte ich einen Anruf von Ricky vor, der mich für einen Notfall zu sich bestellte. Koller wollte noch wissen, wann wir mit der Rekonstruktion des Schattenmann-Falls beginnen wollten. Ich versprach, mich deswegen sobald wie möglich bei ihm zu melden.

Draußen versuchte ich, die Schrittgeschwindigkeit bis zum Abbiegen in die nächste Seitenstraße gleichmäßig zu halten, für den Fall, dass Koller mir noch hinter seinen Gardinen nachschaute. Kaum war ich abgebogen und außer Sichtweite, blieb ich stehen und atmete erst mal tief durch.

War es möglich, dass Koller sich in eine Psychose oder dergleichen hineinfantasiert hatte? Und wie bekam ich ihn da wieder heraus?

Wie kam es, dass die Lügen, die er mir auftischte, meine Sympathien für ihn nicht nennenswert beeinflussten? Stimmte mit mir vielleicht etwas nicht? War ich Teil des Problems, weil ich seine Schnüffelobsession unterstützte? Womöglich war mein Wunsch nach einer Vaterfigur in meinem Leben zu groß und löste irgendwas Ungesundes bei Koller aus.

Würde uns eine Therapie helfen? Aber wo und bei wem, und wie sollte ich ihn zu so etwas überreden? Voraussetzung dafür war schließlich Freiwilligkeit.

Koller selbst hielt seine Überlegungen und Theorien ja überhaupt nicht für verrückt. Im Gegenteil, er glaubte, der Einzige zu sein, der den Durchblick hatte.

Weil ich zu keinem klaren Gedanken fand, rief ich Ricky an.

Mopsfrau-Affäre hin oder her, ich musste ihn jetzt sehen und seine Meinung dazu hören.

Wir verabredeten uns im Humboldthain.

Zum Glück roch Ricky heute weder nach fremden Frauen noch nach Hunden, sondern ganz nach sich selbst, und so fiel es mir leicht, ihm meine Kollersorgen zu schildern.

»Und wenn er richtigliegt?«, war seine erste Reaktion. »Wenn diese Valerie wirklich zwischen Mahlow und Lichtenrade gefangen gehalten wird? Dann würde jede Stunde zählen. Könnte man nicht in der Gegend alle Keller durchsuchen?«

»Nicht ohne dringenden Verdacht, und wenn man die offizielle Vermisstenseite der Polizei öffnet, dann steht dort nichts von einer Valerie Winter. Im ganzen Netz ist nichts davon zu finden. Vielleicht existiert die Frau auch nur in seinem Kopf. Angeblich hat ein Freund sie vermisst gemeldet. Aber woher weiß Koller das überhaupt?«

»Er könnte mit Koller direkt Kontakt aufgenommen haben. Aus seiner populären Phase mit Sherlock gibt's doch jede Menge Artikel und Infos über ihn.«

So dumm war diese Überlegung nicht. Könnte durchaus sein.

»Aber warum erzählt er mir das nicht? Wieso tischt er mir so viele Halbwahrheiten auf? Wieso erzählt man überhaupt etwas, wenn es nicht die Wahrheit ist?« Der letzte Satz war nicht mehr nur auf Koller bezogen, sondern auch auf Ricky und seine Behauptung, er wäre mit dem Wohnmobil beschäftigt gewesen anstatt mit der Mopsfrau.

»Dafür wird's Gründe geben«, sagte Ricky. »Ihm ist vielleicht selber bewusst, wie schwammig das alles klingt, und darum erzählt er was, das du ihm leichter abkaufst.«

»*Mission failed,* aber so was von.«

Ich riss einen Grashalm aus, zwirbelte ihn um meinen Finger und überlegte, ob jetzt der richtige Zeitpunkt war, die Mopsfrau-Geschichte offen anzusprechen. Andererseits war es gerade so nett. Wir saßen auf der großen Wiese in der Mitte des Humboldthains auf unseren Jacken, von der Sonne gewärmt, wie so viele andere Pärchen um uns herum. Die Nähe des Rosengartens lag in der Luft und ein sonntäglicher Frieden. Auch Ricky griff nach einem Grashalm und spielte damit herum.

»Ich finde die Idee gut, dass du die ganze Schattenmann-Sache mit Koller noch mal von Anfang an durchgehen willst«, sagte er. »Wann ist welche Frau verschwunden, mit dem Auto, zu Fuß?«

»Eigentlich hat er mir das alles schon erzählt, nie am Stück zwar, aber ich kenne die Einzelheiten. Und, ehrlich gesagt, kann ich es nicht mehr hören. Das führt ja nirgendwohin.«

»Ist dieser Schrottplatz nicht ein guter Anhaltspunkt? Da ist Koller dem Schattenmann doch so nah gekommen, dass er auf ihn geschossen hat. Wieso setzt er nicht dort an? Hat er den Schrottplatzbesitzer überprüft?«

»So oft, dass er bei ihm inzwischen sonntags zum Essen eingeladen ist.«

»Ach, das ist dieser Dino, von dem er manchmal redet.«

»Genau. Und inzwischen ist er sogar der Patenonkel von Dinos Zwillingen.«

»Also ist Dino definitiv nicht der Schattenmann. Aber was hat Koller denn damals dahin geführt?«

»Sonja Freisangs Auto ist dort abgestellt worden. Nachdem sie vor drei Jahren aus der Versenkung auftauchte und auf den Schienen starb, ist Koller mit Sherlock wochenlang in der Gegend rumgelaufen, von der er dachte, dass sie dort gefangen gehalten worden ist. Du kennst die Gegend um Mahlow – Felder, Wälder, Siedlungen, Einfamilienhäuser, Gehöfte und der Schrottplatz. Auf dem war er öfter, und irgendwann hat Sherlock angeschlagen, da wurde dann Sonjas Auto gefunden.«

»Ist doch ein super Hinweis. Und daraus hat sich nichts ergeben?«

»Na ja, doch – Sonjas DNS auf der Fahrerseite sowie die eines Unbekannten. Stimmt aber mit niemandem, den Koller überprüft hat, überein. Sackgasse bis jetzt.«

»Und wieso wurde dann auf Koller geschossen?«

»Zu dem Zeitpunkt ging es ja nur um den Entführungsfall von Sonja Freisang, die Verbindung zu weiteren ähnlichen Fällen kam erst danach. Koller glaubt, dass der Entführer dort war, um dem Schrottplatzbesitzer Kleidung von Sonja Freisang unterzujubeln, um den Verdacht auf ihn zu lenken. Das ging aber schief. Stattdessen kam es zur Schießerei und mit den verschossenen Schrotkugeln zur Verlinkung der anderen Fälle.«

»Ganz schön verzwickt. Kein Wunder, dass Koller inzwischen im Kreis denkt.«

»Hm.«

Ein dicker Basset mit hängenden Augenlidern, Schlappohren und triefenden Lefzen kam auf uns zu, Ohren und Bauch streiften durchs Gras.

»Ich frag mich, was das mit den Haustieren soll«, sagte Ricky. »Wieso kidnappt er die, wenn es ihm um die Frauen geht? Das ist doch umständlich.«

»Aus deiner Sicht, klar. Aber er scheint anders nicht an Frauen ranzukommen als über diese Masche.«

Ricky ging über meine Stichelei hinweg.

»Was soll das für eine Masche sein?«, fragte er.

»Na, ich nehme an, er tut so, als wären sie ihm zugelaufen,

damit gewinnt er schnell das Vertrauen. Haustiere sind wie Familienmitglieder. Ich kann's nachvollziehen. Ich hab mal einen Hund geliebt, der nicht mal meiner war.«

»Dieser Golden Retriever von deinen Nachbarn? Wie hieß er, Panda?«

»Grizzly.«

»Als Kind hab ich mir auch immer einen Hund gewünscht«, sagte Ricky. »Ich hab sogar noch als Teenie davon geträumt.«

Ich verkniff mir die Frage, ob es Möpse waren, von denen er da geträumt hatte.

»Vorher muss er die Frauen aber beobachtet haben, er wird ja nicht jeden Hund einpacken, der ihm vor die Füße läuft.«

»Deswegen liegen zwischen den Vermisstenfällen ja auch Jahre, wenn ich Kollers Zeitstrahl noch richtig im Kopf habe. Aber da gibt's widersprüchliche Angaben im Netz. Und man kriegt das Gefühl, jeder verfolgt seine eigene Theorie dazu, wer dieser Schattenmann sein könnte. Die einen schildern das so, als wäre er ein unheimlicher Stalker, der die Frauen schon weit im Vorfeld verfolgt, hinter irgendwelchen Ecken lauert und auf Gelegenheiten zum Abgriff wartet. Die anderen beschreiben ihn als Geist, der unbemerkt in den Wohnungen ein und aus gehen kann, oder als Cyber-Phantom, das sich körperlos ins Leben der Frauen hackt, sie mit irgendwas erpresst und dazu zwingt, aus ihrem Leben herauszuspazieren.«

»Halte dich lieber an das, was Koller weiß. Er hat immerhin die Ermittlungen geleitet vor drei Jahren.«

»Ja, die Akten hat er aber nicht. Er kann nur auf seine Erinnerungen zurückgreifen, und an denen zweifelt er anscheinend selber.«

»Die sind aber immer noch mehr wert als Infos aus dem Netz.«

»Womit wir wieder bei den Halbwahrheiten wären. Ich weiß nicht, was ich ihm glauben kann. Er hat keinen Abstand mehr zu den Dingen, wirft alles durcheinander. Vielleicht braucht er professionelle Hilfe.«

»Meinst du?«

»Keine Ahnung. Hast du denn eine Idee, zu welchem Arzt man ihn schicken könnte?«

»Ach, zum Arzt? Ich dachte, du meinst jetzt ein Detektivbüro oder so was.«

»Hä? Nein. Wenn Koller den Fall bis jetzt nicht aufgeklärt hat, kann das niemand. Oder es gibt gar keinen Fall.«

»Na ja, okay, aber wie willst du Koller denn zu einem Arzt bekommen?«

»Ja, Problem. Aber ich dachte, du könntest mir dabei helfen. Wenigstens erst mal einen finden.«

»Hm, warte mal, Bascha kennt viele Ärztinnen. Oder ich frag Mia und Leoni, die sehe ich nachher gleich«, überlegte er weiter. »Anja könnte es auch wissen, die ist selber Psychologin. Oder Nadja, sie erzählt immer, wie toll ihre Therapeutin ist ...«

Ich fragte mich, wie viele Frauen er noch aus dem Hut zaubern wollte. Eine neuerliche Welle von Eifersucht rollte auf mich zu, und ich hatte keine Ahnung, wie ich ihr ausweichen sollte.

Der Basset umkreiste uns neugierig, blieb dann bei Ricky stehen und schnüffelte ihn ungeniert ab. Zuerst am T-Shirt, dann an der Hose. Was er da wohl so interessant fand? Dabei hätte ich schwören können, dass Ricky keinen Mopskontakt gehabt hatte. Oder ich wollte es einfach nicht wahrhaben.

Ich schaute mich nach der Besitzerin um, die ihren Hund (oder Ricky?) bereits im Blick hatte. Sie sah hübsch aus in ihrem roten Sommerkleid, und ich hoffte, dass sie nicht herüberkommen und ein Gespräch mit Ricky anfangen würde. Ich konnte es unmöglich mit einer weiteren baggernden Hundefrau aufnehmen. Zum Glück beschränkte sie sich darauf, nach ihrem Hund zu rufen, und er ließ tatsächlich von Ricky ab und trollte sich. Ricky schaute ihm schmunzelnd hinterher, oder lächelte er der Frau zu? Ich konnte es nicht genau einordnen.

»Niedlich, was?«

»Meinst du den Hund? Ich fand ihn frech.«

»Ach, der war nur neugierig. Und wie gut er auf sein Frauchen hört, total gut erzogen.«

»Dann wäre er dir nicht so auf die Pelle gerückt. Wundert mich gar nicht, dass der Schattenmann die Hunde so leicht abgreifen konnte. Mit der Katze war es bestimmt schwieriger.«

»Nein, glaub ich absolut nicht. Hunde lassen sich nicht einfach anlocken. Die haben eine Mission, die wollen ihren Rudelführer beschützen, die gehen nicht einfach woanders mit.«

»Ja, aber die sind eben auch neugierig und verfressen. Katzen dagegen sind schlau und hauen ab, bevor ihnen jemand zu nahe kommen kann. Hunden musst du nur ein Leckerli hinlegen – und ab in den Sack.«

»Und ich dachte immer, du würdest Hunde mögen.«

»Mag ich ja auch, aber sie sind halt verspielt und so wie Kinder, einmal nicht aufgepasst – und schwupp, sind sie weg.«

»Kinder sind nicht einfach weg.«

»Doch, wenn man nicht aufpasst.«

»Okay, lassen wir das Thema. Ich finde, Hunde kannst du mit Kindern nicht vergleichen, generell nicht. Es sind Tiere, sie bellen und beißen. Wie willst du die ohne Gegenwehr einpacken?«

»Kommt auf die Rasse an. So ein Mops lässt sich sicher leicht schnappen, glaubst du nicht?« Und damit waren wir nun doch bei der Mopsfrage. Ich biss mir auf die Lippen.

»Unterschätze Möpse mal nicht«, sagte Ricky und meinte das anscheinend ernst. »Die sind ganz schön mutig und schlau.«

»Ach, wirklich.«

»Und sagenhaft. Einmal soll ein Mops eine ganze Stadt vor dem Hungertod gerettet haben.«

»Ein Mops. Der reicht doch gerade mal für ein Brötchen.«

»Der wurde nicht gegessen, das war irgendwie anders. Ich krieg die Geschichte nicht mehr zusammen. Ich find Möpse jedenfalls klasse, du etwa nicht?«

Ich konnte nicht glauben, dass Ricky mich das fragte. Irgendwie ging das zu weit.

»Das ist mir klar, Ricky. Ehrlich gesagt, hab ich von dir nie was anderes erwartet. Ich versteh bloß nicht, wieso du auf einmal U-Bahn fährst und gestreifte Shirt trägst ... Liegt das an deiner neuen Freundin?«

»Was?«

»Die blonde Mopsfrau, mit der du U-Bahn gefahren bist. Ich hab euch gesehen. Wieso U-Bahn, frag ich mich. Das geht doch eigentlich gar nicht, oder? Du fährst nie U-Bahn, das kannst du mental gar nicht!«

Ricky starrte mich verblüfft an. Es schien ihn mehr zu beschäftigen, *wie* ich darauf gekommen war, als *dass* ich darauf gekommen war.

»Du hast das auf den Überwachungsbändern gesehen, ja? Am Freitag?«

»Na und? Das war reiner Zufall. Glaub bloß nicht, dass ich dir hinterherspioniere, ist mir doch egal, was du machst.«

Ich stand auf, griff mir meine Jacke und schüttelte sie in Rickys Richtung aus. Getrocknetes Gras rieselte auf ihn herab. Er fasste sich reflexartig in seine Haare und durchwuschelte sie, auf dass kein Grashalm seine Lockenpracht beschmutze.

»Das ist nicht so, wie du denkst, ich kann dir das erklären«, sagte er und stellte sich vor mich hin, als hätte er das tatsächlich vor.

»Ach so, ja ernsthaft? Na schön, was denke ich denn deiner Meinung nach?«

»Das möchte ich auch gern wissen«, erwiderte Ricky seltsam ruhig. »Du siehst mich mit einer Frau mit Hunden U-Bahn fahren. Dass es Möpse sind, lassen wir jetzt mal außen vor. Das Wortspiel macht es nicht besser. Du siehst mich also, und was denkst du dir?«

Wieder kam der Basset angehechelt und beschnüffelte Rickys linkes Hosenbein, rauf bis zum Knie, runter zum Schuh und retour. War bestimmt eine Hündin.

»Ach, ist das jetzt meine Schuld, dass ich dir gleich eine Affäre unterstelle? Du hast selber jahrelang an deinem Image gefeilt!«

Ricky versetzte dem Hund einen unsanften Schubs, sodass er von dannen zog. Aber nicht weit. Ich sah ihn schon wieder umdrehen und das andere Hosenbein anvisieren.

»Kann sein, aber das war vor deiner Zeit. Wir sind jetzt seit fast einem Jahr zusammen. Hab ich dir in der Zeit je einen Anlass dazu gegeben, mir zu misstrauen? Trotzdem hast du gesagt, du würdest nichts anderes von mir erwarten. Wie unfair ist das, bitte? Du tust gerade so, als wären wir überhaupt nicht zusammen, als wäre jeder für sich besser dran, als hätten wir uns überhaupt nicht weiterentwickelt. Wie kann das sein, nach allem, was wir erlebt haben?«

Mit aufgewirbeltem Haarschopf stand er vor mir, die graublauen Augen auf mich gerichtet, abwartend, den ganzen Körper gespannt. Ich spürte die Energie, die von ihm ausging, die Anziehungskraft. Nahm seinen ihm so eigenen Duft wahr, einen Duft, der mich immer ein bisschen schwindlig werden, immer ein bisschen in die Knie gehen ließ. Das alles gehörte zu ihm, machte ihn zu dem, der er in meinen Augen war: ein toller Mann. Aber er war auch ein freier Mann. Er gehörte mir nicht, nur weil wir eine gemeinsame Geschichte hatten, eine Tochter.

Sie war fort. Wer war ich, noch irgendetwas von ihm zu erwarten?

Hinter ihm sah ich die Basset-Besitzerin heranwackeln. Der Saum ihres roten Sommerkleides hüpfte bei jedem Schritt über ihre Knie, ihr Pferdeschwanz wippte vom linken Ohr zum rechten, die Hundeleine schlenkerte lose über ihrer Schulter, und sie trug keinen BH.

»Du hast recht, Ricky«, sagte ich. »Wir sollten Schluss machen. Ist überfällig.«

Während sich die Verblüffung in seinem Gesicht widerspiegelte, drehte ich mich weg und marschierte los.

Bis zum Wiesenrand rechnete ich noch damit, am Arm gefasst und zurückgezogen zu werden, aber nichts geschah.

Auf dem Sandweg, der aus dem Park heraus zur Brunnenstraße führte, schaute ich mich endlich um. Wie erwartet, hatte die Basset-Besitzerin ihre Chance genutzt und Ricky in ein Gespräch verwickelt.

Tränen stiegen auf, schnürten mir die Kehle zu, aber ich fühlte mich auch erleichtert. Nicht nur Ricky hatte seine Freiheit zurück, auch ich.

* * *

13

Es fühlte sich gut an, Ordnung ins Leben zu bringen. Im Augenblick wurde es viel zu sehr von anderen bestimmt. Von drei Männern, wenn man es genau nahm: Ricky, Mandarino und Koller. Fünf, wenn man den Schattenmann mitzählte, denn da er ein Schatten war, zählte er doppelt – das lag an der Eigenart des Schattens, größer zu erscheinen und alles andere zu verdunkeln. Aber das war Kollers Problem und nicht meins, und um das würde ich mich bald kümmern, nur jetzt nicht.

Jetzt war es an der Zeit, das Licht anzuknipsen und den Scheinwerfer auf das zu lenken, was *mir* wichtig war. Nämlich, den Taschendieb zu schnappen, die Geldbörse des S-Bahn-Schubsers und meine eigene wiederzufinden. Außerdem, das Praktikum erfolgreich zu Ende zu bringen, einen guten Eindruck zu hinterlassen, den Weg dafür zu ebnen, eine gute Polizistin zu werden, eine, die weiß, wo es langgeht, die kompetent ist, Ahnung hat, kriminalistisches Gespür, den richtigen Riecher.

Davon war aber gerade nicht viel zu spüren. Ich hatte weder Fokus noch Fährte, und alle roten Fäden waren verfitzt.

War es nicht verrückt, gerade jetzt mit Ricky Schluss zu machen? Das katapultierte mich ja noch viel mehr ins Chaos. Wir würden nicht länger zusammenwohnen können, und alleine war die Miete nicht zu bezahlen. Und die ganzen gemeinsamen Sachen! Ich konnte mich nicht einfach in Luft auflösen und verschwinden, auch wenn ich das am liebsten gemacht hätte. Wir würden uns zusammensetzen und darüber reden müssen, wieso und warum wir an diesen Punkt gekommen waren und wie es nun weiterging. Aber wie sollte das gehen?

Im Grunde war es auf die Dauer zu anstrengend für mich, mit jemandem wie Ricky zusammen zu sein. Immer die Blicke der anderen zu ignorieren, interessierte Blicke, die er grinsend erwiderte.

Natürlich schmeichelte ihm diese Aufmerksamkeit, dagegen war ja auch gar nichts einzuwenden. Nur stand ich wohl doch nicht so über den Dingen, wie es nötig gewesen wäre. Und ganz ehrlich, was wollte Ricky denn überhaupt noch von mir? Ein weiteres Kind würde es nicht geben. Die Gefahr, es zu verlieren, war einfach viel zu groß, generell, und ganz besonders als angehende Kriminalkommissarin. Und da ich wusste, wie sehr Ricky sich eine Familie wünschte, war er ohne mich definitiv besser dran. Ich gab ihn frei, damit er sein Glück finden konnte.

Sein Glück ohne mich.

Bei dem Gedanken schnürte sich mir der Brustkorb zusammen, und ich schnappte nach Luft. War es das, was Märtyrer empfanden, während sie sich das Messer ins Herz bohrten?

Mandarino würde eine andere Behandlung von mir bekommen. Meine Wut auf ihn war nicht mehr steigerungsfähig. Wenn ich daran dachte, dass ich ihn sogar ganz süß gefunden hatte ... Mich schüttelte es bei der Erinnerung vor Widerwillen. Zuerst hatte er mich beklaut, dann mit mir geflirtet, mich dann vor den Kontrolleuren gerettet und anschließend wieder beklaut. Was für ein Typ machte so etwas? Ein Spieler, ein Provokateur, einer, der sich mächtig vorkommen wollte, schlauer als die anderen.

Und Koller? Der war mehr Verdreher als Spieler, gefangen in seinem eigenen Labyrinth. Irgendwann hatte er damit angefangen, die Pfeile in die falsche Richtung zu drehen, um andere in die Irre zu schicken, und jetzt wusste er selber nicht mehr, wo er war.

Wo war *ich* eigentlich? Ohne nachzudenken, war ich vom Humboldthain weg die Brunnenstraße Richtung Stadtmitte gelaufen und stand jetzt an der Bernauer Straße, von hier aus war der Fernsehturm gut zu sehen, der Alexanderplatz nicht mehr weit. Dort nach Mandarino Ausschau zu halten, war bestimmt sinnvoller, als nur darüber nachzudenken. Ich hatte auch keine Idee, wo ich sonst hinsollte. Nach Hause jedenfalls nicht.

* * *

14

Ich war im Untergeschoss alle U-Bahnsteige abgelaufen, dann im Obergeschoss alle S-Bahnsteige und war dann lange durch die ebenerdige Halle des Bahnhofsgebäudes vom Alexanderplatz mit ihren zahlreichen Imbissständen und Souvenirläden gestreift. Im Schlendermodus, ich hatte es ja nicht eilig. Ein paarmal ließ ich mich von Zitrusdüften an der Nase herumführen, so lange, bis ihre Quellen in Sichtweite kamen – eine Saftbar mit einer Pyramide aus Orangen, ein Asia-Imbiss mit Limettenscheiben auf der Theke, ein Mädchen mit einem Becher Grapefruitsaft in der Hand, ein Mann mit einer Zitronenscheibe im Colaglas. Jedes Mal nahm ich die unterschiedlichen Nuancen wahr und freute mich darüber, dass ich sie voneinander unterscheiden konnte.

Und dann wehte mich Mandarinenduft an. Er zog aus dem Untergeschoss der U-Bahnsteige herauf, wo ich ihn vorhin noch nicht bemerkt hatte. Er war also frisch. Ich folgte ihm die Treppen hinab zu einem überfüllten Mülleimer, auf dem ein paar Schalen lagen. Weiter zum nächsten Mülleimer, auch hier lagen die Mandarinenschalen obenauf. Sie verströmten den gleichen Duft wie Mandarinos. An den Treppen zum Bahnsteig der U5 zögerte ich, hinunterzugehen. Mir war so, als führe die Spur weiter durch die Katakomben zum Bahnsteig der U8. Und wirklich, als ich die Treppen dorthin runterging, wurde der Duft intensiver, ich konnte direkt kleine orange Schnitze vor mir sehen. Der Bahnsteig war voller Leute, die in die eine Richtung, in den Norden nach Reinickendorf, und in die andere nach Kreuzberg im Süden fahren wollten. Ich hielt nach

Mandarinos grauem Leinenhemd und seiner olivfarbenen Armeehose Ausschau, nach seinem dunklen Lockenkopf, der Rickys ähnlich war und mich zu einem zweiten Blick verleitet hatte. Wo war er nur? Hatte er meine Verfolgung bemerkt und sich versteckt?

Auf den Anzeigetafeln beider Seiten des Bahnsteigs war zu sehen, dass die nächsten Bahnen in wenigen Minuten einfahren würden. Viel Zeit blieb mir also nicht mehr, die Geruchsquelle zu finden. Ich dachte an die Trainingseinheiten mit Koller auf den Wochenmärkten, schloss die Augen und versuchte, mich nur auf meine Nase zu konzentrieren. Zumindest die Richtung müsste ich doch so bestimmen können.

Es half tatsächlich, ich meinte, den Mandarinenduft wieder stärker wahrzunehmen, und folgte ihm zum Schaukasten mit dem Stadtplan, vor dem ein kleines, altes Mütterchen stand. Sie trug weiße Leggins und weiße Turnschuhe, die an ihren dünnen Beinen ein bis zwei Nummern zu groß wirkten, einen grünen knielangen Sommermantel und einen weißen Strohhut im Panama-Style mit schwarzem Band. Zu ihren Füßen stand eine Transportbox für Katzen. An ihrer Armbeuge baumelte eine geöffnete Handtasche, in die sie die Kerne der Mandarine, die sie aß, von den Lippen klaubte und hineinfallen ließ.

Als sie bemerkte, dass ich sie anstarrte, sagte sie: »Da ist keine Blausäure drin, das ist nur bei Aprikosen so. Aus denen hier zieh ich mir Bonsai.«

Weil mein Gesicht anscheinend verriet, dass ich keinerlei Schimmer hatte, was ihre Worte mir sagen wollten, schob sie eine Erklärung nach: »Die Mandarinenkerne meine ich. Da züchte ich mir kleine Bäumchen draus.«

Die Bahn Richtung Pankow fuhr ein, die alte Dame schloss ihre Handtasche, griff nach der Katzenbox und nickte mir zu.

Dann reihte sie sich in die Schar der einsteigenden Fahrgäste ein. Um den aussteigenden Leuten Platz zu machen, verzog ich mich auf die andere Seite des Bahnsteigs, aber auch dort fuhr gerade die Bahn ein. Leute kamen und gingen, und jedem stand ich im Weg. Plötzlich wurde ich von hinten angerempelt und halb um meine eigene Achse gedreht. Aus dem Augenwinkel sah ich einen Mann mit armeegrünen Klamotten und dunklem Haarschopf davoneilen. Mandarino? Was sollte ich tun, wenn er es tatsächlich war? Wie sollte ich ihn festsetzen? Ich konnte ihn lediglich zur Rede stellen, und das war besser als gar nichts. Also spurtete ich hinterher, versuchte, mich durch die Menschenmenge zu schlängeln und treppab gleich drei Stufen auf einmal zu nehmen.

Im Verbindungsgang zur Erdgeschosshalle holte ich auf, und bis zur Treppe hinauf war ich wenige Meter hinter ihm. Dann kamen mir zwei Pudel in die Quere, aus deren Leinen ich mich gewaltfrei befreien musste. Schließlich stolperte ich doch noch und prellte mir das Knie. Mit zusammengebissenen Zähnen humpelte ich weiter, obwohl ich den Mann längst aus den Augen verloren hatte. Ich fuhr die Rolltreppe auf gut Glück zur S-Bahn in den ersten Stock hinauf, und als ich oben war, erspähte ich mein Zielobjekt beim Blick übers Geländer doch noch unten im Erdgeschoss.

Er stand da an einer der geöffneten Eingangstüren, trat ungeduldig von einem Bein aufs andere, schien nach jemandem Ausschau zu halten. Und obwohl er Mandarino von hinten sehr ähnlich gesehen hatte, tat er es von vorne leider nicht. Der Mann hatte dunkle Augenringe und einen Vollbart. Außerdem hing ihm ein Baby in einem Tragegurt auf der Brust. Es war ungefähr so alt, wie Elli jetzt sein würde. Sobald er aufhörte, sich zu bewegen, setzte Babygeheul ein, es ebbte wieder ab, wenn er anfing herumzuwackeln. Eine Frau kam mit einem Kinderwagen auf ihn zu, sie trug Joggingklamotten und Turnschuhe. Er schnallte sich das Baby von der Brust und legte es in ihren Wagen. Sirenenartig fing es sofort an zu weinen, und die Mutter joggte mit Baby und Wagen grußlos davon. Ihre Augenringe konnte ich nicht sehen, aber ich nahm an, dass sie denen des Babyvaters ähnelten. Ich versuchte, den Gedanken zu verdrängen, dass Ricky und ich dieses Paar hätten sein können, was nur schwer gelang. Ich musste mir regelrecht die Fingernägel ins Fleisch rammen, um hier nicht in aller Öffentlichkeit und unter Videoüberwachung zu heulen.

Ich war am Limit, bettreif und mürbe, und mein Knie tat vom Sturz ziemlich weh. Zielloses Herumstreunen durch die Stadt würde heute ausfallen. Wohin also?

Die Freundinnen, denen ich einen spontanen Übernachtungsbesuch zumuten konnte, waren leider alle mehr mit Ricky verbandelt. Angefangen bei den netten Mädels vom Pflegedienst bis hin zu ehemaligen Arbeitskolleginnen aus alten Zeiten. Auch die liebe Frau Arden, Rickys ehemalige Lehrerin und Ersatzmutter, war keine Option für mich. Und meine eigene Mutter wohnte zu weit weg. Sie war zwar von Australien nach Italien umgezogen, aber immer noch ein kleines bisschen zu weit außerhalb des S-Bahn-Rings.

Ich ließ die Schnüffelei sein, kaufte mir einen Orangensaft und humpelte damit zum Neptunbrunnen. Dem schönsten der drei Brunnen im Schattenkreis des Fernsehturms, besonders jetzt in diesem Abendlicht, wenn die Dämmerung bereits die Farben dämpfte.

Die grüne Patina auf den Frauengestalten und wasserspeienden Meerestieren aus Bronze wirkte algenhaft. Die vier Zentauren, die den mächtigen Meeresgott auf einer geöffneten Muschelschale auf ihren Schultern trugen, waren in Dunkel getaucht nur noch schemenhaft zu erkennen – es schien, als würde Neptun über dem Brunnensockel schweben.

Und wie ich da so vor mich hin humpelte, wurde mir klar, dass es nur einen Menschen gab, dem ich heute noch auf die Nerven gehen konnte.

***

15

Bisher war ich immer nur bis in den Flur gekommen. Von dort aus hatte ich einen Blick in die Küche und einen ins Wohnzimmer werfen können. In der Küche tummelten sich eine Menge Kräutertöpfe auf einer Fensterbank, schon beim ersten Besuch hatte mich das gewundert. Bis dahin war mir nie in den Sinn gekommen, dass Koller sich frischen Schnittlauch auf seine Butterstulle schnippeln würde. Wenn er sich in meiner Gegenwart etwas zu essen holte, dann meistens Kuchen zum Kaffee. Ansonsten war die Küche genauso, wie ich sie mir vorgestellt hatte – ein Abstellraum für schmutziges Geschirr. Das Wohnzimmer wirkte belebter, hier waren alle Möbel von der fensterlosen Wand weggeschoben worden, um sie für einen großen Stadtplan voller Fähnchen, roter Kreise und Pinnnadeln freizuhalten sowie für die Tatortfotos und Bilder aller Beteiligten im Schattenmann-Fall. Lampen, zwei Sessel und das Sofa waren auf diese Präsentation ausgerichtet. Wenn ich heute Nacht dort auf dem Sofa schlief, würde ich bestimmt vom Schattenmann träumen.

Falls Koller erstaunt darüber war, dass ich an diesem Sonntagabend gegen 21 Uhr an seiner Tür klingelte, so ließ er sich das nicht anmerken. Meine Erklärung, mich mit Ricky gestritten zu haben, nahm er kommentarlos hin, und winkte mich herein.

»Ich bin grad am Brotschneiden. Auch eine Scheibe?«, fragte er.

»Äh, ja, nein. Ach, ich hab zwar Hunger, aber keinen Appetit.«

»Na, dann vielleicht später.«

Koller ging in die Küche zurück, und ich hängte meine Jacke und meine Tasche an einem der Garderobenhaken im Flur auf. In der Wohnung roch es leicht nach Hund. Wie konnte das sein, wo Sherlock doch schon seit drei Jahren tot war? Vielleicht lag noch sein alter Schlafkorb in einer Ecke herum? Im Flur jedenfalls nicht. Da war nicht einmal Staub in den Ecken. Der karierte Flurläufer war nagelneu, das Preisschild hing noch dran. Der Spiegel neben der Garderobe roch nach Glasreiniger. In die Wohnungstür war eine Katzenklappe eingebaut, durch die Sherlock nie und nimmer gepasst hätte. Koller meinte, sie stamme noch vom Vormieter und würde ihn nicht stören.

Auf dem Boden im Wohnzimmer lagen mehrere große und kleine Teppiche zum Teil übereinander, vielleicht ging der Hundegeruch von einem von ihnen aus. Oder er kam aus dem Obergeschoss der Maisonettewohnung, in das eine schmale Wendeltreppe mit Metallgeländer hinaufführte. Abgesehen davon roch es nach kleinen hellgrünen Kornäpfeln, an die zwanzig Stück lagen lose auf dem Sofa und dufteten herrlich.

Ich fühlte mich an die Mopedfahrten mit meiner Oma erinnert. Bevor sie sich ein Auto angeschafft hatte, war das Moped unser Familienfahrzeug gewesen, ungefähr bis ich zehn Jahre alt war. Ich liebte diese Fahrten mit ihr. Sie war zwar eine freundliche, aber keine besonders kuschelige Person. Wenn wir Moped fuhren, durfte ich mich fest an sie schmiegen und ihren wärmenden Körper mit beiden Armen umschlingen, vor allem wenn die Feldwege holprig waren. Um zu den Kornapfelalleen zu kommen, gab es sehr viele holprige Feldwege zu befahren – und Muskelkater am nächsten Tag vom Festhalten.

Ich ließ mich in Apfelnähe auf einen der beiden Sessel fallen, mit Blick auf die Schattenmann-Wand. Allerdings hing dort nur noch der Stadtplan. Alle anderen Bilder waren weg.

»Die Wand ist ja leer!«, rief ich in die Küche.

»Ja, ich hab schon mal angefangen!«, rief es aus der Küche zurück. »Sie hatten ja gesagt, dass wir den Fall zusammen durchsprechen wollen, und dafür brauchen wir Platz!«

»Stimmt!«, rief ich zurück. Aber ob heute der Abend dafür war? Ich wollte mich nicht wieder verzetteln. Erst mal den Taschendieb finden, dann den S-Bahn-Schubser und dann den Schattenmann.

Koller kam mit einem Teller voller Käsestullen aus der Küche, dazu eine Schüssel mit Apfelschnitzen und Heidelbeeren. »Greifen Sie zu.« Er stellte alles auf den Sofapolstern zwischen den Äpfeln ab und setzte sich in den zweiten Sessel auf der anderen Seite des Sofas, schnappte sich zwei Käsebrote, klappte sie zusammen und biss rein.

Ich überlegte, ob er von meinem Problem mit Heidelbeeren wusste – dass ich sie mit Elli assoziierte und schwerlich essen konnte. Hatte ich darüber je mit ihm gesprochen? Wahrscheinlich nicht.

Ich nahm mir auch ein Käsebrot, das Obst rührte ich nicht an.

»Ganz schön viele Äpfel«, bemerkte ich mit Blick aufs Sofa.

»Ja, na ja, für vier Kuchen gerade genug«, antwortete Koller mit vollem Mund.

Ich glaubte, mich verhört zu haben. »Vier Kuchen? Haben Sie etwa vor, zu backen?«

Koller nickte kauend, und ich staunte.

»Sie backen Apfelkuchen?«

»Ja, am Dienstag ist eine Feier und da, na ja, steuere ich was bei.«

»Haben Sie Geburtstag?«

»Nein, nein. Das ist eine Feier in der Verwandtschaft, im Altersheim, da braucht's immer ein paar Kuchen mehr.«

»Ach so, ja, klar.«

Ich kam aus dem Staunen nicht heraus. Koller hatte Verwandte, womöglich Eltern! Mir war schon klar, dass er nicht aus einem Dinosaurierei geschlüpft war … Nein, ehrlich gesagt, war mir das nicht klar. Für mich war Koller in jeder Hinsicht speziell und autark.

»Wie alt wird Ihre Mutter denn? Oder hat Ihr Vater Geburtstag?«

»Ich kann mir die Jahrgänge nie merken«, wich Koller der Frage aus. »Und was ist das für ein Streit mit Ricky? Ich hoffe, es renkt sich alles wieder ein?«

Sauber abgelenkt. Und gleich den Finger in die Wunde.

»Ach, na ja, vermutlich nicht. Ist etwas komplizierter.«

»Ich dachte, Sie streiten gerne. Jedenfalls habe ich Sie beide öfter streiten sehen. Vor allem gehört.«

»Ist diesmal was anderes.«

»Ja, sonst wären Sie wohl nicht hier.« Koller schob sich den letzten Rest seines Käsebrotes in den Mund und griff sich ein paar Heidelbeeren. Wenn ich je etwas Privates von ihm erfahren wollte, dann musste ich ihm auch etwas von mir erzählen. Wann, wenn nicht jetzt? Immerhin genoss ich seine Gastfreundschaft.

»Es tut mir leid, aber könnten Sie die Heidelbeeren bitte nicht essen?«

Erstaunt zog Koller die Augenbrauen hoch.

»Ich meine, nicht jetzt, später vielleicht. Das ist … ich kann … Heidelbeeren sind …« Ich wusste einfach nicht, wie ich Koller auf vernünftige Weise etwas derartig Unvernünftiges erklären sollte. *Eine Heidelbeere ist wie meine Tochter, ich möchte nicht dabei zusehen, wie Ihre Kiefer sie zermalmen.*

»Kein Problem«, sagte er und legte die Heidelbeeren zurück. »Ich bin sowieso schon satt. Und was ist das jetzt mit Ricky?«

Diskretion für eine Indiskretion. Kollers Verhörtechnik funktionierte.

»Ach, das ist was Grundsätzliches«, versuchte ich, das Problem mit Ricky auf den Punkt zu bringen. »Ich glaub, wir passen einfach nicht zusammen.«

»Inwiefern?«

»Na, so generell meine ich.« Ich schaute Koller an, um zu sehen, wie viel Aufnahmefähigkeit er mir für dieses Thema signalisierte. Er rieb sich die Handflächen an den Hosenbeinen ab und tat ganz beiläufig, aber seine Augen fixierten mich still und ernsthaft interessiert. Also gut.

»Sie kennen doch Ricky. Er ist das sprühende Leben. Strahlt wie eine Sonne, um die alles kreist, und jede Blume, jedes Gesicht dreht sich in seine Richtung. Vollkommen zu Recht, das soll keine Kritik an der Sonne sein! Sie strahlt und wärmt, und alle wollen was von ihr abhaben. So ist das halt.«

»Und Sie sind der Mond. Läuft es darauf hinaus?«

»Ja, klar. Der Mond mag die Nacht eben lieber, wenn es dunkel ist, ganz im Stillen für sich. Er braucht den ganzen Wirbel des Tages nicht. Das sind einfach grundsätzliche Unterschiede.«

»Ganz schlechtes Beispiel. Da hätten Sie auch mit Yin und Yang argumentieren können. Das eine gibt es nicht ohne das andere.«

»Okay, hab ich von Blumen geredet? Ich meinte Frauen. Frauen umkreisen Ricky wie Planeten. Nein, eher wie ein geschlossener Asteroidengürtel. Ich komme da nicht mehr durch, und ich will da auch gar nicht mehr durchkommen.«

»Aber warum glauben Sie denn, sich durchkämpfen zu müssen. Sie sind doch gar nicht außen vor? Sie und Ricky gehören zusammen. Die anderen Frauen können Ihnen ganz egal sein.«

»Das ist schön, dass Sie das so sehen, Koller, aber erst letztens durfte ich dabei zusehen, wie vertraut Ricky mit einer Frau unterwegs war, das will ich gar nicht näher beschreiben. Es war auf jeden Fall sehr auffällig, ich meine, er hat einen ihrer Hunde getragen, so ganz selbstverständlich, so als wären sie als Paar zusammen unterwegs, und dann auch noch in der U-Bahn. Sie kennen Rickys Beifahrerproblem. Aber darum geht's noch nicht mal. Der Punkt ist, dass Ricky es verheimlichen wollte, er hat so getan, als wäre er ganz woanders gewesen. Wer würde sich da keine Fragen stellen?« Jetzt hatte ich mich gefühlsmäßig doch mehr hineingesteigert, als es für mein Verhältnis zu Koller zumutbar war. Zeit, in sachlichere Gewässer zurückzurudern. »Das hört sich so an, als würde ich Ricky hinterherspionieren. So ein Mensch will ich überhaupt nicht sein. Und darum ist es besser, wenn wieder jeder machen kann, was er will, ganz einfach.«

Ende der Debatte. Hoffentlich hörte Koller die Tonänderung und bohrte nicht weiter.

»Was waren das für Hunde?«, fragte er.

»Was?«

»Von dieser Frau in der U-Bahn?«

»Oh. Das kommt ja noch hinzu«, sagte ich kopfschüttelnd. »Möpse.«

Zu meiner Verwunderung nickte Koller anerkennend.

»Ganz tolle Hunde. Total unterschätzt. Hätten Sie gedacht,

dass sie womöglich einen besseren Geruchssinn haben als Schäferhunde? Man könnte denken, dass sie mit ihren kurzen Nasen schlechte Riecher sind, weil sie weniger Geruchszellen haben, aber dafür ist der Weg zum Gehirn kürzer.«

Nichts hätte mir egaler sein können. Dass Koller eine Lobeshymne auf Möpse sang, wollte mir nicht in den Schädel. Ich hatte auch seiner Hundephilosophie, in der er jedem Menschen ein charakterliches Hundependant zuordnete, noch nie etwas abgewinnen können.

»Und Möpse haben Sinn für Humor, allein das beweist ihre Intelligenz«, kam Koller endlich zum Ende. »Jedenfalls kann ich mir nicht vorstellen, dass Sie von Möpsen etwas zu befürchten hätten, das sind Glücksboten.« Und so, als wäre damit alles geklärt und jedes Problem aus der Welt geschafft, klatschte Koller in die Hände und stemmte sich aus dem Sessel hoch. »Dann wollen wir mal loslegen, was?«

Er humpelte zur Kommode in der Ecke, um wortlos darin herumzukramen. Ich ließ diese skurrile Überleitung unkommentiert, aus reiner Sprachlosigkeit.

Schließlich fand Koller das Foto, mit dem er den Schattenmann-Fall eröffnen wollte. Es zeigte den Hund, der tot im Wald gefunden worden war. Allerdings war er auf dem Foto noch quicklebendig. Ein schwarz-weiß gesprenkelter Cockerspaniel mit lockigen, langen Schlappohren und großen braunen Augen, die lieb in die Kamera schauten.

»Er heißt Joe.«

Joe Cocker, der Spaniel, klar doch.

Koller hielt mir das Bild hin, bis ich danach griff und es mir ansah.

»Was denken Sie, wenn Sie in diese Augen schauen?«

»Dass sie inzwischen verwest sind?«

Koller strich sich über den Bart und nahm das Bild wieder an sich, humpelte zur Kommode zurück.

»Wie kamen Sie damals eigentlich darauf?«, wollte ich wissen.

»Worauf?«

»Na, dass dieser Hund, der Monate vor Sonja Freisangs Tod im Wald gefunden worden war, also dass dieser Hund zu einem anderen Vermisstenfall gehört? Ich meine die Frau zu dem Cockerspaniel, die ist doch bis heute vermisst, oder nicht? Woher wussten Sie überhaupt, dass der Spaniel zu dieser Vermissten gehört?«

»Ich hab mich für alles interessiert, was dort im Wald passiert ist, durch den Sonja Freisang gelaufen ist. Wir haben ja auch Leichenspürhunde eingesetzt, um herauszufinden, ob dort nicht noch mehr verborgen liegt. Die haben aber nichts gefunden.«

»Sherlock hätte keine Leiche finden können, oder?«

»Nein, er war auf das Lebendige spezialisiert, auf Fährtensuche. Leichenspürhunde gehen direkt auf den Verwesungsgeruch, das sind völlig andere Moleküle. Jedenfalls war dieser Cockerspaniel ja schon eher gefunden worden, und als ich mir die Fotos von seiner Leiche angesehen habe, von dem Kadaver meine ich natürlich, also da kam mir die Fellzeichnung bekannt vor. Die kannte ich aus der Vermisstenkartei. Da gab es ein Foto von der Frau, zu der er gehört hat. Mehrere Fotos gab es da, natürlich auch welche von dem Cockerspaniel selber.«

»Sie merken sich die Fellzeichnung von Hunden?«

»Wieso nicht? Die schwarzen Flecken auf Schnauze und Ohren waren ganz unverwechselbar, wie von Pech betropft. Außerdem sehe ich mir die Vermisstenkartei sehr oft an, bis heute, obwohl ich gar nicht mehr auf Fährten gehe. Aber früher, mit Sherlock, da hatten wir öfter solche Fälle und ... ach, ist ja auch egal.« Koller wedelte das Thema mit dem Hundebild weg. »Sie wollen nur von sich ablenken, Buck. Klappt aber nicht.«

Koller packte das Foto des Cockerspaniels weg und holte ein anderes hervor. »Wie ist es damit? Ihr erster Eindruck, ganz unverfälscht.«

Auf dem Bild saß ein weißes Fellknäuel mit schrägen Augen und einer Schnauze, die zum ewigen Grinsen geboren war.

»Ist das der Hund von Valerie Winter?«

»Ja, ein Samojede. Der Hund mit dem lächelnden Gesicht – eine ganz tolle sibirische Rasse, Schlittenhund, braucht viel Auslauf, sonst unkompliziert, und sieht nicht nur freundlich aus, sondern ist es auch. Was denken Sie, wenn Sie den Hund sehen, so ganz spontan, im ersten Moment.«

»Samojede. Noch nie gehört. Was will man mit einem Schlittenhund in Berlin?«

»Sie hat ihn von ihrer verstorbenen Tante geerbt, die ihre einzige noch lebende Verwandte war. Aber konzentrieren Sie sich jetzt auf den Samojeden hier. Was löst dieser Blick in Ihnen aus? Der ist doch lieb, oder? Finden Sie den nicht goldig?«

»Ja, doch, aber was nützt es ihm, wenn er tot im Wald liegt, zersiebt von Schrotkugeln.«

»Das wissen Sie doch gar nicht. Dieser Hund hier kann sehr wohl noch leben. Genau wie seine Besitzerin. Sie sind gerade mal vier Wochen weg.« Koller räusperte sich und legte das Foto zur Seite. »Denken Sie eigentlich immer gleich an das Schlimmste, Buck?«

»Sie nicht?«

»Jedenfalls nicht automatisch.«

»Ach, und deshalb vermuten Sie hinter harmlosen Vermisstenfällen sofort einen Serienkiller, anstatt die Fälle einzeln zu betrachten wie Ihre Kollegen?«

»Darum geht es jetzt gerade nicht.«

»Aber wir reden doch über den Schattenmann-Fall, dachte ich?«

»Ich wollte erst mal nur einen ganz neutralen Eindruck zu einem Hundefoto von Ihnen haben, mehr nicht.« Koller seufzte und ließ sich unvermittelt auf das Sofa plumpsen. Die Teller klapperten aneinander, einige Äpfel rollten davon. »Ich bin der Letzte, der Ihnen einen Rat geben sollte, Buck, aber das ist eine ganz ungute Entwicklung, die ich bei Ihnen sehe.«

»Bei mir?«

»Ja, das muss ich leider sagen.«

»*Sie* sehen eine ungute Entwicklung bei *mir*, habe ich das richtig verstanden?«

»Ja, und das gefällt mir nicht. Sie sind dabei, Ihre Unbeschwertheit zu verlieren, Buck. Ihre Zuversicht. Und das ist gar nicht gut.«

»Das nennt sich auch Erwachsenwerden, mit vierundzwanzig liege ich ganz gut im Timing. Ich kenne Leute über fünfzig, die sich unvernünftiger verhalten.«

»Nein, Unbeschwertheit war das falsche Wort. Was Sie verlieren, ist der Glaube daran, dass am Ende alles gut werden kann. Ja, Sie sind drauf und dran, Ihren Mut zu verlieren. Ihren großartigen Buck'schen Mut, und der gehört eigentlich zu Ihnen wie Ihre Sommersprossen.«

Buck'scher Mut und Sommersprossen. Worauf zum Teufel wollte Koller hinaus? Ob er doch wieder Whisky getrunken hatte? Zu riechen war nichts. Der kleine Rolltisch mit den verschiedenen Single-Malt-Sorten stand nicht mehr dort, wo ich ihn einige Male zuvor vom Flur aus erspäht hatte, war auch sonst nirgends zu sehen. Kein Hauch davon lag in der Luft. Es sah so aus, als ob Koller sich unser Gespräch von heute Mittag wirklich zu Herzen genommen hatte.

»Okay. Mir gehen also Glaube und Zuversicht flöten. Und darauf kommen Sie, weil ich Hundefotos anschaue, ohne in Verzückung zu geraten?«

»Darauf komme ich, weil Sie Ricky abschießen ohne ersichtlichen Grund. Es gibt aber einen, und der hat gar nichts mit Ricky zu tun, nein, der hat mit Ihnen zu tun, Buck.«

»Woher wollen Sie das wissen, haben Sie mit Ricky geredet? Hat er Sie angerufen?«

Das Gespräch lief in die völlig falsche Richtung, Koller fiel mir eiskalt in den Rücken.

»Vor zwei Stunden. Er wollte nur wissen, ob Sie hier sind, er hat Sie überall gesucht.«

Und ich wollte nur noch weg, aber Koller beugte sich zu mir und fixierte mich mit seinen Regenaugen.

»Heute Mittag haben Sie mir den Kopf zurechtgerückt, und ich fand das unverschämt von Ihnen, aber ich rühre seitdem keinen Alkohol mehr an, ich hab ihn weggekippt, vernichtet, bei den Schmerztabletten zögere ich noch, aber morgen werde ich meine Physiotherapeutin anrufen und neue Termine vereinbaren, dann brauche ich die Tabletten vielleicht bald nicht mehr – also bitte, hören Sie mir jetzt auch mal zu.«

Er lehnte sich wieder zurück, und ich zuckte gespielt desinteressiert die Achseln, aus Würdegründen.

»Also Buck, passen Sie auf. Was los ist mit Ihnen, ist nicht schwer zu erraten, das sieht ein Blinder mit Krückstock. Seit einem Jahr beobachte ich das jetzt schon. Sie haben Angst. Sie bibbern geradezu, klappern mit den Zähnen. Sie haben Angst davor, wieder etwas zu verlieren, das Sie lieben. Und wieso?

Weil das Leben keine Garantie für irgendwas gibt? Ja, so ist das. Das Leben ist ohne Gewähr. Also machen Sie Schluss, bevor überhaupt irgendwas passieren kann. Deshalb denken Sie bei Hundewelpen sofort daran, dass sie tot sind, und wenn Sie an Babys denken, geht es Ihnen genauso. Sie haben Ihr Kind verloren, Buck, und das auch noch auf eine ganz tragische Weise. Sie haben verdammt noch mal alles Recht, traurig zu sein, sich hilflos zu fühlen, ohnmächtig – so lange es eben braucht. Aber irgendwann müssen Sie das hinter sich lassen. Das darf nicht Ihr ganzes Leben bestimmen. Sie dürfen kein Feigling werden, keiner, der vor dem Leben davonläuft, sich nicht traut, lieber einsam bleibt, als von Unberechenbarkeiten überrumpelt zu werden. Das sind Sie nicht, Buck, Sie sind kein Feigling. Sie sind mutig. Sie sind stark und voller Zuversicht. Und Sie werden Kinder haben, mit Ricky oder mit einem anderen, ganz egal, aber Sie werden Kinder haben, und diesen Kindern wird es gut ergehen, weil Sie eine tolle Mutter sein werden! Sie dürfen nur nie aufhören, sich darauf zu freuen.«

Koller schaute mich an, und ich betrachtete die Äpfel auf dem Sofa. Sie lagen so, dass sie ein V bildeten. V wie Volltreffer. Ich biss mir auf die Lippen, es ging nicht an, dass ich mich hier vor Koller in Tränen auflöste. Zu dumm, dass er den Whisky weggekippt hatte, jetzt hätte ich einen vertragen können.

»Schlafen Sie eine Nacht darüber. Kissen und Decke sind im Sofa, packen Sie die Äpfel auf den Sessel, ich bring schon mal die Teller in die Küche.«

Koller versorgte die Teller und hantierte viel länger als nötig mit Geschirr in der Küche herum. Ich benutzte nur ganz kurz das Bad, in dem es noch ein Klo mit Kettenspülung gab. So was hatte ich schon ewig nicht mehr gesehen. Die Handtücher waren braun kariert wie aus einer Abteilung für hässliche Altherren-Ausstattung, dort hatte er bestimmt auch den Flurläufer und die Kissen und die Decke fürs Sofa gekauft. Zum Glück müffelte das Kissen einigermaßen erträglich nach Staub und billigem Waschmittel. Ich legte mich hin und stellte mich schlafend.

Als Koller überall das Licht löschte und am Sofa vorbei zur Wendeltreppe humpelte, sagte keiner von uns »Gute Nacht«. Er brauchte ewig, bis er mit seinem steifen Knie die Treppe erklommen hatte. Ein paarmal klang es so, als ob er gleich abschmieren würde. Ich zuckte nicht mal mit dem kleinen Finger. Oben knarzten dann die Dielen bei jedem seiner Schritte. Gut so, ich hatte schon den Kopf ins Kissen gedreht, um die Schluchzer zu dämpfen, doch in dem Knarzen verschwanden sie ganz.

* * *

16

Am Montag kam endlich Bewegung in die Taschendiebsuche. Die Leiterin der Obstabteilung von Galeria Kaufhof rief mich an. Sie hätten den Dieb auf frischer Tat an der Mandarinenkiste erwischt und würden ihn jetzt in ihrem Büro festhalten. Ich gab Khan und Billy Bescheid, und wir machten uns zusammen auf den Weg zum Kaufhaus. Die beiden klopften mir immer wieder auf die Schulter und lobten mich für meinen Einsatz. Als wir im Büro der Abteilungsleiterin ankamen, sahen wir uns verwundert um, denn dort war Mandarino nicht. Stattdessen saß da die kleine alte Frau mit dem Panamahut, den Turnschuhen und dem grünen Sommermantel, die ich am Sonntag auf dem Bahnsteig der U8 gesehen hatte. Die Katzenbox war auch wieder dabei, sie hatte sie unter den Stuhl geschoben, auf dem sie saß.

Als sie mich sah, nickte sie mir zu, als wären wir alte Bekannte. Khan und Billy zogen fragend die Augenbrauen hoch.

Es stellte sich heraus, dass die Frau Alma Hicks hieß, 71 Jahre alt war und in einer Senioren-WG in der Frankfurter Allee wohnte, in einem der weißen Häuser im Zuckerbäckerstil.

Dort durften keine Haustiere gehalten werden, folglich war in ihrer Katzenbox auch keine Katze. Vielmehr verstaute sie in dieser Box ihr Diebesgut und Dinge, die sie gegen andere gestohlene Gegenstände eintauschte. So zum Beispiel die Geldbeutel, die Mandarino erbeutete. Nachdem er sie von Bargeld und Bankkarten befreit hatte, reichte er sie an Frau Hicks weiter und wurde dafür von ihr mit frischem Obst und selbst gemachten Sandwiches versorgt. Früher war sie so etwas wie eine

Sandwich-Queen gewesen, hatte einen eigenen Imbiss gehabt. Jetzt betrieb sie eine Tauschbörse, bei der sie alle Arten von Ausweisen, vom Personalausweis bis zum Bibliotheks- oder Fitnessstudioausweis und sämtlichen Zugangskarten aus den geklauten Geldbeuteln, gegen andere Dinge eintauschte.

»Was für Dinge?«

»Kleinkram halt.«

Frau Hicks versuchte, ihren Tauschhandel als großmütterlich harmlos darzustellen, aber es war schlicht Hehlerei. Und zwar hauptberuflich. Alma Hicks war jeden Tag auf Achse und ziemlich fit in ihren großen Turnschuhen. Die Übergabe fand unbeobachtet von Überwachungskameras in Seitenstraßen des Alexanderplatzes statt. Der Treffpunkt mit Mandarino war zwischen Beachvolleyballfeld und Stufenbrunnen, eine Woche donnerstags, die nächste am Mittwoch. Die Geldbeutel bewahrte sie in ihrem WG-Zimmer auf, bis sie deren Inhalt vollständig ausgeschlachtet hatte, dann reichte sie diese an Freundinnen weiter, die sie auf Flohmärkten weiterverkauften. »Die Miete will bezahlt werden, der Pflegedienst auch, und die Rente ist ein Witz. Also – was sollen wir sonst machen? Unsere Körper verkaufen?«

Billy versuchte, den Fokus auf die Geldbeutel vom Donnerstag zu lenken. Wie weit war Frau Hicks mit dem Ausschlachten, und wo waren sie jetzt?

»So eine Büchereikarte ist ja ohne dazu passenden Personalausweis sinnlos. Der Zugangscode für die Karte ist das Geburtsdatum, und so muss ich zusehen, dass immer alles beisammenbleibt, was zusammengehört. Meistens notiere ich Namen und Geburtsdatum mit Edding auf den Karten, aber das dauert eine Weile, ich hab ja schließlich noch anderes zu tun.«

»Also liegen die Geldbeutel vom Donnerstag noch unangetastet bei Ihnen herum?«

»Ja. Der nächste Flohmarkt ist erst in zwei Wochen.«

Frau Hicks und ihre Freundinnen waren ziemlich produktiv und durchstrukturiert. Angeblich wusste aber nur Frau Hicks, woher die Geldbeutel wirklich stammten, ihren Freundinnen hatte sie etwas von einem heißen Draht zu Fundbüros erzählt. Das hatte sie auch bei Billy und Khan probiert, nachdem ihr die beiden nicht abgenommen hatten, eine verwirrte alte Frau zu sein, die mit ihrer imaginären Katze redet. Erst als Billy ihr klarmachte, dass sie um eine Anzeige wegen Ladendiebstahls und Hehlerei nicht herumkäme und das Interesse der Polizei, einen ganz bestimmten Taschendieb zu finden, ebenso groß war wie der Ärger, der ihr mit einer Strafanzeige wegen Behinderung einer Mordermittlung bevorstand, besann Frau Hicks sich auf ihre Mitteilsamkeit.

Viel mehr als wir wusste sie über Mandarino allerdings auch nicht, die Verbindung zu ihm hatte sich tatsächlich über eine Mandarine in der U-Bahn ergeben. Die hatte sie aus ihrer Tasche geholt und selbst verspeisen wollen. Da hatte sie gesehen, dass der junge Mann auf dem Sitz gegenüber sie hungrig anschaute, und ihm die Frucht gegeben. Aus reiner Nächstenliebe. Zum Dank hatte er ihr beim Aussteigen am Alexanderplatz eine Brieftasche zugesteckt. Sie dachte, es wäre seine, aber dann hatte sie gesehen, dass sich darin ein Führerschein befand, der auf eine Frau ausgestellt war. Das hatte sie zuerst schon irritiert, aber dann hatte sie mit dem Führerschein einer Freundin helfen können, die ihren verloren hatte. Von da an war sie öfter am Alexanderplatz vorbeigegangen, immer mit Mandarinen in der Tasche. Mir nichts, dir nichts hatte sich ein regelmäßiger Tausch ergeben.

Aus dem Mund von Alma Hicks klang das nach einer ganz natürlichen Entwicklung. Vielleicht war sie ja doch ein bisschen verrückt. Und vielleicht log sie uns die Taschen voll. Wir würden uns davon überzeugen können, denn sie war bereit, uns zu den Geldbeuteln zu führen, unter denen vielleicht der von Ortlebs Mörder war – und auch meiner!

Ich durfte Billy und Khan in Alma Hicks' Wohnung begleiten und hatte unheimliches Herzklopfen dabei. Mein Geldbeutel war zum Greifen nah, meine Suchmethode hatte funktioniert. Am liebsten hätte ich mir einen Preis überreicht. Aber der wartete ja schon auf mich – in Form von Ellis Bild!

Die Wohnung war im fünften Stock, eine Vierer-WG mit drei weiteren Frauen über siebzig, Küche, Bad und einem gemeinsamen Wohnzimmer, in dem es nach schwarzem Tee roch. Von der Tapete bis zum Teppich, der Sofagarnitur, den Kissen, den Lampen und den Vorhängen war alles mit Blumenmustern bedruckt, kleine wie große Blüten. Auf jedem sich bietenden Möbelstück standen Blumentöpfe, von der Decke hingen Blumenampeln.

»Ganz schön viel Flower-Power«, bemerkte Khan.

Frau Hicks schaute ihn kritisch an. Da sie sehr klein war und Khan ziemlich groß, musste sie ihren Kopf dafür in den Nacken werfen.

»Na, und? Es sind Blumen und kein Hanf. Das da ist mein Zimmer.«

Frau Hicks schritt voran und öffnete uns die Tür zu einer Oase für die Augen. Wand und Teppich waren in dezentem Grau gehalten, das schmale Bett mit einer schlichten hellgrauen Tagesdecke abgedeckt. Beide Fenster gingen zur Straße raus, Südseite, der Lärm der sechsspurigen Allee war gedämpft zu hören. Die gelben Jalousien waren auf beiden Seiten heruntergezogen und tauchten das Zimmer in ein gelbliches Licht. Es war warm und stickig, und es roch nach meinen Weihnachtsmandarinen und alten Strohhüten. Breitkrempige und schmale stapelten sich auf einer großen Kommode mit vielen Schubladen. Ideal, um Chipkarten und Ausweise darin aufzubewahren.

An der Wand über dem Bett hing ein gerahmtes Foto, das Frau Hicks mit einigen Gästen oder Mitarbeitern vor ihrer Sandwichbude zeigte. An ihre Beine schmiegte sich eine orangefarbene Katze. Vermutlich stammte die Katzenbox noch von ihr. Über dem Foto prangte das Budenschild von damals. Es war länger als das Bett, weiß mit rotem Schriftzug: ALMAmpf.

Neben dem Bett war ein Stativ aufgestellt mit einer Halterung für ein Smartphone, zur Aufnahme von Videos. Ich sah Khan und Billy erstaunte Blicke wechseln.

Allerdings staunte ich über etwas ganz anderes: Frau Hicks hatte mich gestern auf dem Bahnsteig anscheinend nicht angeflunkert – auf dem linken Fensterbrett standen drei kleine Bonsaibäumchen in flachen Schalen, auf dem rechten zwei weitere, dazwischen Töpfe mit Setzlingen. Da Bonsaibäumchen naturgemäß klein sind, konnten es auch große Bäumchen sein, ich hatte keine Ahnung, welche Größe bei so einem Bonsai normal war.

Auf dem Fußboden stand eine ganze Reihe weiterer Schalen und Töpfe mit Erde. Frau Hicks hatte das mit der Mandarinenzucht aus den Kernen, die sie in ihre Taschen fallen ließ, also tatsächlich ernst gemeint. Als sie meinen Gesichtsausdruck sah, kam sie näher und erklärte: »Apfel und Quitte. Und das da …«, gemeint waren die Setzlinge, »werden mal Mandarinenbäumchen. Die duften so gut. Ich weiß noch nicht, ob ich sie verkaufen werde. Bestellungen hätte ich genug.« Sie zeigte auf das Smartphonestativ. »Ich habe einen YouTube-Kanal für Bonsai-Fans. Nichts Großes, nur tausend Abonnenten.«

Diesmal tauschten Billy und Khan auch mit mir ihre erstaunten Blicke.

»Die schauen mir beim Beschneiden und Gießen zu, ab und zu stell ich auch Zeitraffervideos davon rein, wie die Bäumchen wachsen. Dauert natürlich eine Weile, die zu machen, aber ich hab Geduld.«

Billy räusperte sich. »Wir weniger, Frau Hicks. Könnten Sie uns jetzt die Geldbörsen vom letzten Donnerstag zeigen?«

Enttäuscht darüber, dass wir ihre Bonsai-Skills nicht hinreichend würdigten, zeigte Frau Hicks zum Bett.

Khan kniete sich hin und holte einen Wäschekorb darunter hervor. Billy zuckte kurz, als sie den Inhalt sah. »Das sind bestimmt dreißig Brieftaschen! Die können doch nicht alle von Donnerstag sein?«

Frau Hicks nickte aber.

»Okay, der Wäschekorb kommt so, wie er ist, zur Mordkommission«, sagte Billy.

»Und woher wollen sie wissen, welcher Geldbeutel dem S-Bahn-Schubser gehört?«, fragte ich.

»Sie müssen die Leute halt alle abklappern und deren Alibis überprüfen, schauen, ob einer von der Figur her zu dem Kapuzentyp auf den Überwachungsbändern passen könnte. Wird so schwierig nicht sein«, meinte Khan. »Und außerdem nicht unser Problem.«

Billy fragte Frau Hicks, ob sie damit einverstanden wäre, gleich noch zum Morddezernat zu fahren, die hätten auch noch ein paar Fragen an sie. Womöglich müsse sie ihre Fingerabdrücke abgeben, um sie von denen des Taschendiebs unterscheiden zu können. Sie winkte ab, das war nicht nötig, denn sie wischte die Geldbeutel immer sorgfältig sauber – Fingerabdrücke des Taschendiebs waren darauf garantiert keine mehr. Khan warf Billy einen augenrollenden Blick zu, aber Billy blieb ganz gelassen und bat Frau Hicks, trotzdem mitzukommen. Sie war einverstanden, wollte aber vorher noch ihre Bonsaipflanzen gießen. Mit einer Kopfbewegung entließ Billy uns aus dem stickigen Zimmer und bedeutete uns, schon mal vorzugehen.

Khan trug den Wäschekorb, und das war gut so, denn so konnte ich ihn darum bitten, einen Blick hineinwerfen zu dürfen.

Die Tatsache, dass ich ausgerechnet von unserem Most-wanted-Taschendieb beklaut worden war, brachte ihn im ersten Moment zum Feixen und im nächsten zum Schwitzen.

»Nein, Nina, ich kann dich da jetzt nicht rumwühlen lassen, du darfst nichts anfassen.«

»Ich zieh doch Handschuhe an.«

»Aber du könntest Fingerabdrücke verwischen.«

»Da sind doch sowieso keine mehr drauf.«

»Kann sie nur so gesagt haben, wissen wir nicht. Außerdem darfst du keine Beweismittel wegnehmen.«

»Ich will doch nur schauen, ob er dabei ist und ob meine Ausweise und so noch drin sind.«

»Sagt dir Dragic dann.«

»Das kann aber noch ewig dauern.«

Wieso hatte ich ihn in mein Problem eingeweiht? Wenn ich es nicht erwähnt hätte, hätte ich meinen Geldbeutel in einem unbeobachteten Augenblick vielleicht herausangeln können. So aber würde Khan den Wäschekorb jetzt nicht mehr unbeaufsichtigt lassen. Er sah meinen Blick und schüttelte den Korb, wie er es bei einer Pfanne täte, um einen Eierkuchen zu wenden. Die Geldbeutel flogen durcheinander, untere landeten zuoberst.

»Ist er dabei?«, fragte Khan.

»Ich glaube nicht. Er ist grün mit weißen Punkten, ziemlich dick, ich hatte viel Kleingeld drin, und da ist ein gelber Druckknopf in der Mitte.«

Khan wiederholte den Pfannenwender-Move. Und plötzlich kam mein Geldbeutel zum Vorschein. Mein Herz machte einen Sprung.

»Das ist er!«

Die obere Klappe war sogar lose, der Druckknopf nicht festgedrückt. Man konnte den Geldbeutel einfach aufklappen und sehen, ob das Ultraschallbild drin war. Vielleicht würde Khan mir dann erlauben, es herauszunehmen. Alles andere war mir egal.

»Da sind zwei Sushi-Stäbchen in meiner Innentasche«, sagte Khan. Ich fragte nicht, wieso er sie dabeihatte, sondern holte sie mir und öffnete damit den Geldbeutel, zog die Fächer auseinander und sah, dass Geldscheine, Bankkarte und auch mein Personalausweis fehlten. Hatte Mandarino den an sich genommen? Dann wusste er jetzt meine Adresse. Alle anderen Ausweise und Bonuskarten waren da. Ellis Ultraschallbild allerdings nicht. Ich schaute in jedem Fach doppelt nach, fand es aber nicht.

Als Billy mit Frau Hicks zum Aufzug kam, fragte ich sie, ob sie aus einem der Geldbeutel nicht vielleicht schon etwas herausgenommen hätte. Sie verneinte das, und ich versuchte, in ihren Augen zu lesen, ob das stimmte, aber das fahle Flurlicht warf Schatten, und wie hätte ich die Wahrheit denn erkennen können? Solange nichts anderes bewiesen war, musste ich davon ausgehen, dass Mandarino alles, was fehlte, an sich genommen hatte.

Geld, Bankkarte, Ausweis – klar! Aber was zum Teufel nützte ihm das Ultraschallbild eines heidelbeergroßen Kindes in den schwarz-weißen Schemen eines Uterus?

Der Einzige, der mir das beantworten konnte, war Mandarino selber. Wenn er Wind davon bekäme, dass Alma Hicks aufgeflogen war, würde er am nächsten Mittwoch nicht mehr zum Treffpunkt mit ihr kommen, und die Chance, ihn zu erwischen, war dahin.

Ich nahm Billy zur Seite und teilte ihr meine Bedenken mit. Es war besser, wenn Frau Hicks erst einmal weiter ihre üblichen Wege ging und nicht öffentlich mit Polizisten herumspazierte. Außerdem wäre ein Deal mit ihr nicht schlecht, damit sie bis Mittwoch nichts herumerzählte, was Mandarino beunruhigen könnte. Billy nickte und rief Dragic an.

***

17

Die Mordkommission hatte die Sache mit Alma Hicks übernommen und ich keine Ahnung, wie es damit weitergehen würde. War Dragic daran interessiert, Mandarino zu erwischen, oder hatte er ihn schon abgeschrieben? Wie weit war er mit den Ermittlungen im S-Bahn-Mordfall? Keiner wollte mir darauf eine Antwort geben, ich war ja nur Schnupperpraktikantin im Abschnitt 57. Es war frustrierend.

So oder so, am Mittwoch würde ich Alma Hicks und Mandarinos Treffpunkt zwischen dem Beachvolleyballfeld und dem Stufenbrunnen am Fuße des Fernsehturms nicht aus den Augen lassen. Aber bis dahin waren es noch zweieinhalb lange Tage.

Den Rest des Montags fuhr ich mit Billy und Khan wieder ganz normal Streife. Aber was ich noch vor einer Woche aufregend gefunden hatte, kam mir jetzt wie Zeitverschwendung vor.

An jeder Ecke prallten Leute aufeinander, ob mit Fahrzeugen oder ohne, immer gab es Grund für Streitereien. Kaum hatten wir die Personalien der Leute aufgenommen und ließen sie wieder allein, zeigten sie sich gegenseitig – und auch uns – den Stinkefinger. Die Arbeit als Streifenpolizist erschien mir nutzlos, sie führte zu nichts, zu keiner Verbesserung, nicht mal zu einer Veränderung. Die Welt blieb genauso unausgeglichen, wie sie war. Nur die Beteiligten und die Art und Weise der Übergriffigkeiten und Konflikte wurden festgehalten, notiert, kategorisiert und zur Bearbeitung an die nächste Instanz verschoben. Wie sinnvoll im Gegensatz dazu eine Mordermittlung war!

Natürlich ließ sich kein Opfer dadurch wieder lebendig machen, aber die Suche nach dem Grund für das Geschehene, nach den Motiven und Beziehungen der Menschen, die an so einer Tat beteiligt waren, sie begünstigt hatten, provoziert, ermöglicht oder einfach nur nicht verhindert, diese Suche deutete eine Ausgleichsbewegung wenigstens an. Auch wenn es für den gewaltsamen Tod eines Menschen keine ausgleichende Gerechtigkeit geben konnte, so bewirkte die Aufklärung der Umstände dennoch etwas. Der Wunsch, das Unbegreifliche zu verstehen, nachzuvollziehen, zu benennen, der ganze Aufklärungsprozess all dieser Zusammenhänge vermochte es, Kräfte in Gang zu setzen, die stark genug werden konnten, um ein Gegengewicht zu bilden, um weitere Taten zu verhindern, Unschuldige zu entlasten, Ungesehenes zu sehen, zu trösten.

Ich konnte es kaum abwarten, den Feierabend einzuläuten, um mich voll und ganz der Aufklärung eines Mordfalls zu widmen, Ordnung ins Chaos zu bringen.

Es war nur wenige Tage her, dass ich selbst an einem Tatort gewesen war. Ich hatte das Blut des Opfers gerochen. Hatte die blutgetränkten Hosenbeine unter der Lok gesehen. Und dann die Bilder der Überwachungskamera in Dragics Besprechungszimmer. Die gaben so viel vom Mörder preis, Größe, Statur, die Art, sich zu bewegen, sich umzusehen. Warum hatte er ausgerechnet Hannes Ortleb geschubst?

Gab es einen anderen Grund, als dass er günstig an der Bahnsteigkante gestanden hatte? Wen hatte Ortleb gegen sich aufgebracht? Als Handwerker kam er mit vielen Leuten in Kontakt. Was genau hatte er getan? Ich konnte versuchen, im Internet etwas über ihn herauszufinden. Während Billy einen Funkspruch annahm, der uns zur nächsten Problemadresse schickte, schaute ich ins Handy und suchte neue Infos über Ortleb.

Da wurden seitenweise Artikel über die Schubsattacke angezeigt. Sie variierten in ihren Formulierungen nur geringfügig voneinander und erzählten, was ich bereits wusste.

Ich musste das Handy wegstecken, denn wir waren dort angekommen, wohin wir gerufen worden waren – zu einer ausgewachsenen Beziehungskrise.

Laut der Meldung ließ eine Frau die Sachen ihres Freundes in hohem Bogen aus dem zweiten Stock auf den Gehweg regnen. Mit einer Theatralik, die man sonst nur aus italienischen Liebesfilmen kannte. Das Problem war, dass sich darunter nicht nur Klamotten befanden, sondern auch Bücher, Glasbilderrahmen, Gegenstände, die Passanten ernsthaft verletzen konnten. Eben zerschellte eine Tasse auf dem Boden, die einem Mann namens Uwe gehörte, der Namensaufdruck war auf den Scherben noch gut zu erkennen.

Khan zeigte auf ein Ding, das im Bordstein gelandet war und sich bei näherer Betrachtung als doppelschwänziger Vibrator entpuppte.

»Ob der wirklich Uwe gehört?«

»War vielleicht ein Geschenk von ihm zum Valentinstag.«

Kopfschüttelnd stemmte Khan die Hände in die Seiten und schaute zum zweiten Stock hoch. Von dort waren laute Stimmen zu hören, nach Versöhnung klang das auf jeden Fall nicht.

»Na los, setzen wir dem Spuk ein Ende.«

Wir schauten uns nach Billy um, die unter den Fenstern der Nachbarwohnung stehen geblieben war und telefonierte. Plötzlich wurde auch dort eines der Fenster aufgerissen, und ein großes Küchengerät aus Glas und Metall flog heraus. Khan und ich konnten gar nicht so schnell schreien, wie es herabstürzte. Es streifte Billys Schulter und landete krachend einen Millimeter neben ihr. Splitter flogen um ihre Waden. Erst da registrierte sie, was passiert war und wie viel Glück sie gehabt hatte. Schlagartig wich alles Blut aus ihrem Gesicht, das Handy rutschte ihr aus der Hand.

Bevor ihre Beine wegsackten, waren wir bei ihr und stützten sie ab. Wir brachten sie zum Streifenwagen und forderten einen Notarzt an. Khan wollte, dass ich bei Billy blieb. Er ging derweil ins Haus und regelte die Sache mit dem rücksichtslosen Paar und deren Nachbarn allein.

Billy war kalkweiß, jedes Leben schien aus ihr gewichen. Sie hatte bis jetzt noch nicht viel gesagt, nur immer wieder »Theo«. Ich streichelte ihr beruhigend über die Schulter und drückte ihre Hand. Sobald der Arzt sie durchgecheckt hatte, würden wir sie zu ihrem Theo nach Hause bringen.

Als Khan die Sache mit der Ruhestörung geregelt hatte und wir Billy mit ihrer Schockdiagnose zu Hause ablieferten, gönnten wir uns auf den Schreck erst mal einen Kaffee.

Khan holte zwei To-go-Becher aus einem Café, dessen Kaffeemaschine er akzeptabel fand. Er war nicht nur beim Essen anspruchsvoll.

Ich hatte Koller eigentlich versprochen, keinen Kaffee zu trinken, erlaubte mir jetzt aber diese Ausnahme. Khans Wut über das Pärchen war noch nicht verflogen. Die Frau, die auch die Mieterin der Wohnung war, hatte ihren langjährigen Freund, der auch bei ihr wohnte, im Bett mit ihrer Schwester erwischt. Verständlicherweise verärgerte sie das so, dass sie ihn mit seinem Krempel rauswerfen wollte. Allerdings nahm sie das sehr wörtlich. Der Freund und die Schwester schafften es, sie aus der Wohnung auszusperren, und fingen ihrerseits an, sich zu streiten, währenddessen die Frau bei den Nachbarn nach dem Entsafter suchte, den sie ihnen geliehen hatte, der allerdings ihrem Freund gehörte. Als sie ihn fand, zog sie den Stecker aus der Dose und warf ihn aus dem Fenster.

»Ein Entsafter, Nina. Billy wäre fast von einem Entsafter erschlagen worden!« Khan schüttelte den Kopf. »Ich habe mir erst letzte Woche einen gekauft.«

»Ach, Billy wird's verkraften. Schon morgen sitzt sie wieder mit uns im Funkwagen, wetten?«

»Ich weiß nicht, hast du ihre Augen gesehen? Die haben nirgendwo richtig hingesehen, so als wäre sie blind. So hat sie noch nie geguckt.«

»Sie wurde ja auch noch nie von einem Entsafter gestreift.«

Unwillkürlich musste Khan lachen, verärgert über seine Reaktion runzelte er die Stirn.

»Nein, sie ist für morgen krankgeschrieben. Und da ich jetzt der Bärenführer bin, sag ich dir, du brauchst morgen auch nicht zu kommen.«

»Was? Nein, ich komme auf jeden Fall.«

»Keine Widerrede. Du hast am Samstag außerplanmäßig gearbeitet, damit hast du einen Tag gut. Den verbringst du morgen, mir egal wo, nur nicht hier. Wir sehen uns dann am Mittwoch wieder. In alter Frische. Und Billy hoffentlich auch.«

»Sie hat ja ihren Theo zu Hause, der päppelt sie schon wieder auf.«

»Woher weißt du von ihrem Sohn?«

»Sohn? Ach so, ich dachte, das wäre ihr Mann, sie hat den Namen im Auto erwähnt.«

»Wirklich? Oh je. Theo ist tot, vor fünf Jahren an einer Überdosis gestorben.«

»Oh ... Scheiße, das wusste ich nicht.«

»Wie auch, sie redet nie darüber. Er hing viel am Alex rum, mit anderen jungen Leuten, Obdachlosen, Drogenabhängigen. Ich weiß auch nicht, warum sie nicht längst den Abschnitt gewechselt hat. So muss sie doch jeden Tag an ihn denken.«

Wahrscheinlich war genau das der Grund, warum sie den Abschnitt nicht wechseln wollte.

Die Funkdurchsage knackte und meldete eine Körperverletzung in unserer Nähe. Khan knautschte seinen Kaffeebecher zusammen und warf ihn zum Fenster hinaus, direkt in einen Mülleimer. »Auf geht's«, sagte er.

Nach Feierabend machte Khan sich auf in seinen Lieblingsfrischemarkt, um Zutaten für eine ausgetüftelte Kochorgie zu beschaffen, und ich setzte mich in die nächstbeste Pizzeria. Ich bestellte mir nichts zu essen, denn danach war mir nicht, aber mir war nach einem großen Glas kaltem Bier. Zum Glück hatte ich daran gedacht, mir wieder Geld von Khan zu leihen. Während ich am Bier nippte, suchte ich weiter im Netz nach Hannes Ortleb.

Was ich über die Berichterstattung seiner Todesumstände hinaus finden konnte, war nicht sehr viel. Nur ein Eintrag bei *WorkTogether*, einem Netzwerk für Jobsuchende. Ricky war da angemeldet, und von ihm wusste ich, dass man über jeden fremden Besuch auf seiner eigenen Profilseite informiert wurde. Am besten war es also, wenn ich ein Fake-Profil anlegte, und zwar über den Tor-Browser, dann war auch meine IP-Adresse nicht nachverfolgbar.

Den Tipp mit dem Browser hatte Ricky mir gegeben. Er legte immer großen Wert auf seine Privatsphäre und dass niemand mitbekam, wo er sich herumtrieb.

Warum wohl?

Hinter allem, was Ricky tat, vermutete ich die Suche nach sexuellen Abenteuern. War ich paranoid oder realistisch? Bei einem Bären auf dem Weg zum Honigtopf würde man ja auch auf einen Naschzwang tippen und nicht auf einen Freundschaftsbesuch beim Imker. Nein, das war unfair. Koller hatte recht – ich dachte mir Ricky schlecht, weil ich ein verdammter Feigling war, jemand, der vor dem Leben davonrannte. Darum saß ich jetzt allein hier und beschäftigte mich mit einem Toten.

Als Fake-Namen für mich wählte ich Orlando Mopsmann, legte mir eine passende Mailadresse zu und registrierte mich damit bei *WorkTogether*. Hannes Ortlebs Profilbild war genau dasselbe, das in den Zeitungsartikeln über ihn kursierte. Darauf trug er kurze, dunkelblonde Haare, einen Dreitagebart, ein nettes Lächeln und wieder ein kariertes Hemd, wirkte bodenständig und sympathisch. Laut seiner Selbstbeschreibung war er gelernter Stuckateur. Kannte sich aber auch mit Bausanierung und der Gestaltung von Innenräumen aus, vom Fliesenlegen bis zur Elektrik. Ein echtes Allroundtalent. Die Liste seiner Referenzen war lang, ich hatte keine Ahnung, wo ich da ansetzen sollte.

Am besten fing ich mit dem Privatleben an, aber wie kam ich an Ortlebs Adresse?

Ich würde den Mann um Rat fragen, auf dessen Couch ich heute ein weiteres Mal zu nächtigen gedachte.

Um nicht wieder mit leeren Händen vor der Tür zu stehen, winkte ich den Kellner heran und bestellte ein Pizzabrot mit Oliven. Ich musste mit meinem geborgten Geld schließlich sparsam umgehen.

***

18

Koller schaute bei meinem Anblick gar nicht so genervt, wie ich erwartet hatte. Er winkte mich herein und erklärte, dass er zufälligerweise gerade einen Auflauf im Ofen hätte, der viel zu üppig geraten wäre und sicher für zwei reichte.

»Dann passt das ja dazu«, sagte ich und hielt die Tüte aus der Pizzeria hoch.

Koller nahm sie dankend entgegen und sagte mir, ich solle es mir im Wohnzimmer schon mal bequem machen.

Heute roch es dort nicht nach Äpfeln, es lagen auch keine mehr herum. Dafür war mein zusammengerolltes Bettzeug auf dem Sofa frisch bezogen, und ganz allgemein roch es so, als hätte Koller ein Raumduftspray namens *Frische Brise* dreimal zu oft versprüht.

Ich setzte mich auf denselben Sessel wie einen Abend zuvor und teilte Koller meine Überlegungen zum Schubser-Fall mit. Sehr laut, damit er mich, während er in der Küche mit Tellern hantierte, auch verstand. »Glauben Sie, dass er wieder zuschlägt?«

»Gut möglich!«, rief Koller aus der Küche zurück.

»Andererseits könnte er diesen Ortleb auch gezielt ausgesucht haben. Man müsste einfach mehr über ihn in Erfahrung bringen, über seine familiäre Situation. Wie sieht seine Wohnung aus? Was sagen die Nachbarn? Freunde und Verwandte befragen und all das.«

»Unbedingt«, sagte Koller, aus der Küche kommend, einen Teller mit dampfendem Gemüseauflauf in jeder Hand. »Ach, können Sie mal den Couchtisch herrücken? Ist vielleicht etwas praktischer.«

Ich zog den Tisch aus dem Abseits heran, sodass er vom Sofa und von den beiden Sesseln aus gut erreichbar war.

»Augen zu jetzt!« Koller stellte die Teller auf dem Tisch ab. »Welche Zutaten sind hier drin?«

Reflexartig schloss ich die Augen und zählte sofort auf, was ich wahrnahm, obwohl ich absolut nicht in Stimmung fürs Schnuppertraining war.

»Möhren, Kürbis, Fenchel, Petersilienwurzel, Dill …«

»Und?«

»Käse, Kartoffeln, Sahne …«

»Und?«

»Kümmel? Muskat?«

»Na, jetzt raten Sie.«

»Sorry, ich hab gerade einen Mord im Kopf.«

»Rote Bete und Majoran«, löste Koller auf. »Ich hole noch Gabeln.«

Er verschwand wieder in der Küche, und ich schaute mir an, was ich eben nur gerochen hatte. Der gelbrote Pamps auf den Tellern sah ganz lecker aus. Koller konnte anscheinend nicht nur backen. Er kam mit Besteck, einem Salzstreuer, zwei Gläsern und einer Flasche Wasser zurück, stellte alles auf dem Couchtisch ab und setzte sich. Die folgenden zehn Minuten aßen wir schweigend, in die Sessel zurückgelehnt, die Teller auf einer Hand balancierend, bis Koller genug hatte und seinen schwungvoll abstellte. »Na, dann schauen wir uns den Fall doch mal an!«

Ich war sehr froh, einen so direkten Startschuss von ihm zu hören, und fasste im Geist alle Fakten zusammen, die ich den ganzen Nachmittag schon gewälzt hatte. Obwohl ich noch eine Portion vertragen hätte, stellte ich den Teller zur Seite, um Hände und Kopf frei zu haben.

»Also«, sagte Koller und strich sich über den Bart, »was wissen wir? Womit fangen wir an?«

Ich zählte an den Fingern ab: »Wir kennen den Tatort, die Mordwaffe, wissen ein bisschen was über das Opfer. Allerdings nur, was in den Zeitungen steht, drei, vier Fakten. Wie kommt man da an mehr ran?«

»Das ist kein Problem. Sobald wir wissen, wonach wir suchen müssen, finden wir das raus.«

Ich folgte Kollers Blick zur leeren Wand. Klar, erst schauten wir uns die Faktenlage an, dann zogen wir Schlüsse, warfen Fragen auf und drehten den Scheinwerfer gezielt auf blinde Flecken.

Koller trommelte ungeduldig mit den Fingern auf die Armlehnen. »Also gut. Auftakt S-Bahnsteig«, sagte er dann entschieden. »Wie sieht der Tatort aus, wie würden Sie den bewerten?«

»Den Ort an sich? Oder was da passiert ist?«

»Beides.«

»Na, das ist ein öffentlicher Raum. Viele Zeugen. Das Opfer stand mit dem Rücken zum Täter, offensichtlich wehrlos, hatte jedenfalls keine Chance auf Gegenwehr.«

»Einmal geschubst, ist die Sache gelaufen, unumkehrbar, das stimmt. Aber brauchbare Zeugen gab es ja nun nicht.«

»Ja, hm, der Täter bleibt seltsam gesichtslos, obwohl er sogar auf Video aufgezeichnet wurde.«

»Ich dachte, da waren noch keine Kameras installiert?« Koller stemmte sich aus dem Sessel hoch. »Zeit für das erste Bild auf unserer Leinwand.«

»Ich hab eins«, sagte ich und kramte eine Zeitung aus meiner Tasche, die ich auf dem Weg zu Koller an einem Kiosk gekauft hatte. Darin war ein recht großes Porträtfoto von Ortleb, das auch bei *WorkTogether* als Profilbild diente. »Soll ich das ausschneiden?«

Koller, der gerade die Schublade seiner Kommode aufgezogen hatte, hielt seinerseits ein Bild hoch, das Porträtfoto einer dunkelhaarigen jungen Frau: Sonja Freisang.

»Ach, der Schattenmann-Fall?«, sagte ich. »Ich dachte, wir reden über den aktuellen!«

Koller sah mich ebenso verwundert an. »Tun wir ja auch. Valerie Winter wird aktuell vermisst, und wir werden sie finden. Und zwar indem wir uns die Faktenlage zur einzigen Frau anschauen, die dem Schattenmann bis jetzt entkommen ist – Sonja Freisang.«

»Der S-Bahn-Schubser von Ortleb könnte aber auch wieder zuschlagen …«

»Wollen Sie sich ernsthaft in laufende Ermittlungen einmischen, Buck?« Koller runzelte die Stirn. »Sie könnten es sich mit den Leuten von der Mordkommission verscherzen, noch bevor Sie Ihre Ausbildung angefangen haben. Ich kenne Dragic, er wird das mitbekommen und Sie auf die rote Liste setzen. Allein schon, um mir eins auszuwischen.«

»Aber …«, wandte ich ein, ohne eine Idee zu haben, wie ich den Satz eigentlich beenden wollte. War auch gar nicht nötig, denn Koller fuhr fort.

»Tut mir leid für Sie, dass Sie so dazwischengeraten sind. Aber da können Sie sehen, wie man in diesem Beruf auf den guten Willen der Kollegen angewiesen ist. Nicht nur auf den der Vorgesetzten, sondern auf den von verdammt noch mal jedem kleinen Rädchen in diesem schwerfälligen Getriebe. Da heißt es anpassen, oder man fliegt raus.«

»Kein Problem für mich, ich kann mich gut anpassen.«

Koller lachte auf, was ich ziemlich unverschämt fand.

»Was ist daran lustig?«

»Aus wie vielen Jobs sind Sie schon rausgeflogen in Ihrem jungen Leben? Zehn, zwanzig?«

»Das waren eben nie die richtigen für mich. Und rausgeflogen bin ich nur aus dem Coffeeshop letztes Jahr, die anderen Jobs habe ich vorher gekündigt.« Langsam wurde ich sauer. Worauf wollte Koller überhaupt hinaus? Klang fast so, als wollte er mir meinen Berufswunsch madig machen, nur weil er selbst mitten in der Kommissar-Midlife-Crisis steckte.

»Wenn Sie nicht mehr zur Polizei zurückwollen, müssen Sie das auch nicht, Koller, es gibt bestimmt andere Einsatzmöglichkeiten für Ihre Skills.«

»Ach, bitte! Soll ich vielleicht Prothesentester werden oder was?«

»Sie könnten auch eine Detektei gründen, mit Spezialisierung auf Vermisstenfälle. Mit Ihrem Namen und Ihren Erfahrungen wäre das *die* Anlaufstelle.«

»Hören Sie auf, das ist an Absurdität ja nicht zu überbieten.«

»Wieso eigentlich? Sie ermitteln hier aus eigener Tasche. Wenn alle Angehörigen, die vom Schattenmann-Fall betroffen sind, davon wüssten – und das sind sicher nicht wenige –, dann hätten Sie eine Menge finanzielle Unterstützung.«

»Können wir bitte wieder zum Thema kommen?«

»Na schön, aber denken Sie darüber nach.«

»Sicher nicht.«

»Und was ist das Thema? Der Schattenmann-Fall? Aber wenn wir da anfangen zu ermitteln, kommen wir Ihren Ex-Kollegen doch auch in die Quere.«

»Erst mal ermittelt da gar niemand, den Fall gibt es offiziell nicht mehr! Wir schauen uns nur ein paar Fakten an, die öffentlich zugänglich sind – und drei, vier Sachen, die ich aus der

Erinnerung noch weiß. Wir tauschen Meinungen aus, und dann schauen wir weiter.«

»Und was ist mit dem Schal, den diese Valentina Winter verloren hat? Den haben Sie sich besorgt und mir unter die Nase gehalten. Damit haben wir mit den Hobbyermittlungen doch schon angefangen, oder nicht?«

»Valerie Winter. Und das war nur ein Geruchstest.«

»Ja, klar. Sie drehen es sich immer genau so, wie Sie es brauchen, Koller. Aber soll ich Ihnen mal was verraten? Ich bin nicht einer Ihrer Kollegen! Entweder Sie vertrauen mir, oder wir lassen es sein.«

Koller sah mich einigermaßen entgeistert an. So viel Gegenwind kannte er von mir nicht. Aber ich hatte schon Ricky den Laufpass gegeben, verglichen damit war so eine Klatsche für Koller Nebensache.

Nach einigen ratlosen Augenblicken sagte er. »Ortleb ist tot. Winter lebt. Das möchte ich nur mal gesagt haben.« Er humpelte zur Wand und pinnte Valerie Winters Konterfei genau in die Mitte neben den Stadtplan. »Wer weiß, wie lange noch«, schob er hinterher, humpelte weiter zum Badezimmer und knallte ordentlich die Tür hinter sich zu, sodass sein letzter Satz in der aufkommenden Stille nachklang.

Wer weiß, wie lange noch.

Es gelang mir nicht, Valeries Blick auszuweichen, aus dunklen Augen schaute sie mich an, still und fragend. Eine schöne Frau mit einem Faible fürs Unentschiedene. Ihr Haar trug sie auf der einen Seite rasiert, auf der anderen lang über die Schulter fließend, blauschwarz mit pinkfarbenen Strähnen, dazu passendem Lippenstift und Smokey Eyes. Aus dem Kragen ihrer zugeknöpften weißen Bluse krabbelten viele kleine Tätowierungen den Hals hinauf über die rasierte Kopfseite bis hin zur Schläfe. Auf den ersten Blick sahen sie wie Insekten und Spinnen aus, auf den zweiten gaben sich all diese kleinen Fühler und Beinchen als verschnörkelte Buchstaben und Satzzeichen zu erkennen, flankiert von Sternen. *Alles ist Liebe,* stand da. *Liebe ist alles.* Und *Ad Astra* – zu den Sternen.

Ich dachte an Elli, und dass sie ein Sternenkind war. Vielleicht sollte ich mir auch ein Tattoo für sie stechen lassen?

Um auf andere Gedanken zu kommen, brachte ich meinen Teller in die Küche. Der Auflauf roch appetitlich. Und die üppigen Kräutertöpfe auf dem Fensterbrett dufteten gut.

Ich holte mir doch noch einen Nachschlag und zupfte mir von jedem Kraut etwas ab. Es schmeckte gleich viel aromatischer. Die Hälfte der Portion aß ich schon im Stehen in der Küche, mit dem Rest ging ich ins Wohnzimmer zurück und setzte mich kauend auf meinen Sessel.

Koller hatte sich inzwischen auch wieder hingesetzt. Er freute sich, dass es mir schmeckte. Doch dann warf er einen zweiten Blick auf meinen Teller und schaute ganz erstaunt.

»Was ist das Grüne da? Haben Sie was von der Petersilie abgemacht?«

»Und Schnittlauch und Basilikum und Dill ...«, sagte ich nickend und mampfend.

Koller kam so schnell aus dem Sessel hoch, wie ich es vorher noch nie gesehen hatte. Normalerweise stemmte er sich umständlich auf und kam dann mit einer Art Hüftwelle auf die wackligen Beine. Diesmal stand er wie eine Eins und marschierte schnurstracks in die Küche. Ich folgte ihm bis zur Türschwelle und sah ihm dabei zu, wie er die Kräutertöpfe inspizierte. Er suchte eindeutig nach Lücken, die ich womöglich in die wertvolle Zucht gerissen hatte.

»'tschuldigung«, sagte ich halbherzig, weil ich es, ehrlich gesagt, nicht nachvollziehen konnte, wieso Koller so ein Aufhebens um ein paar Petersilienblätter machte. »Ich wusste ja nicht, dass die nur zur Deko da sind.«

»Nein, das ist ... ich hätte Ihnen das ja sagen können. Die sind gar nicht so gut zum Essen, die hatten Läuse und wurden mit irgendwas besprüht ...«

»Läuse?«, ich schaute angewidert auf meinen Teller.

Koller sah mein Gesicht und ruderte zurück. »Oder es war was anderes. Nichts Schlimmes auf jeden Fall. Ich hab sie nur zur Pflege hier, zum Gießen, vorübergehend. Besser, sie bleiben so, wie sie sind. Ich stell sie mal lieber hierhin.«

Er machte sich daran, die Töpfe auf den Küchenschrank hinaufzustellen, außerhalb meiner Reichweite. Als wenn ich nach dieser Ansage auch nur noch ein Blatt davon anrühren würde.

Ich bekam keinen Bissen mehr runter und hoffte, dass diejenigen, die schon unten waren, da auch blieben, auch wenn ich nicht wirklich an einen Läusebefall glauben konnte. Dafür hatten die Pflanzen viel zu gesund ausgesehen. Und wenn sie mit irgendeinem Antizeug besprüht worden wären, dann hätte ich das gerochen.

Am ehesten glaubte ich daran, dass Koller sie für eine Nachbarin aufbewahrte und sich als fleißiger Gärtner bei ihr ein Bienchen verdienen wollte. Das fand ich schon wieder süß, und darum nahm ich ihm dieses seltsame Intermezzo auch nicht krumm.

Dennoch hielt sich das flaue Gefühl im Magen.

Koller kam aus der Küche und sagte: »Wissen Sie was, es ist schon spät, wir lassen das für heute.«

»Wieso? Wir haben doch gerade erst angefangen. Sie wollten mir von der Frau auf den S-Bahn-Gleisen in Lichtenrade erzählen, und von den anderen Schattenmann-Fällen.«

»Nein, Sie hatten vorhin ganz recht. Jetzt ist nicht die Zeit für alte Geschichten. Wir bleiben an Valerie Winter dran, das reicht völlig. Sie haben doch Zeit morgen? Dann schauen wir uns ihre Wohnung an.«

»Ja, klar, gleich vormittags?«

»Ja. Äh ... ach so, nein, da habe ich schon was vor. Lassen Sie uns zwölf Uhr sagen, direkt vor ihrer Wohnung, hier ...«

Er pinnte eine rote Nadel in den Stadtplan in die Fontanestraße in Neukölln direkt an der Hasenheide.

»Wohnt sie da allein? Ich meine, ist sie eine alleinstehende Frau wie die anderen Opfer des Schattenmanns?«

»Die haben nicht alle allein gewohnt. Bei Valerie Winter ist es so, dass sie seit zwei Jahren in der Stadt lebt und hauptsächlich mit ihrem Hund und ihrem Studium beschäftigt war. Germanistik oder so was. Die Freundinnen, die sie hat, sind ausschließlich ihre Kommilitoninnen, und die sagen, dass Valeries beste Freunde ihre Bücher sind.«

»Hat sie eine Familie?«

»Soviel ich weiß nicht, sie ist bei ihrer Tante aufgewachsen, die vor Kurzem gestorben ist. Die Eltern leben schon lange nicht mehr, keine Geschwister.«

»Klingt ein bisschen einsam.«

»Vielleicht gefällt es ihr so. Nur weil man allein lebt und kaum Freunde hat, muss man ja nicht unbedingt einsam sein.«

»Ich mein ja nur.«

»Ich leb auch allein und bin zufrieden damit. Oder sieht es für Sie hier vielleicht einsam aus?« Er deutete mit beiden Armen einen Halbkreis an, der mich mit einschloss.

»Nein, Koller, war doch so nicht gemeint.«

»Ich hab genug zu tun«, ritt er die Welle weiter. »Wüsste gar nicht, wie ich arbeiten sollte, wenn hier noch jemand wohnen würde. Diese Fälle zu durchdenken, also, das geht doch nur, wenn man sich voll darauf konzentrieren kann, wenn es niemanden gibt, der einen ablenkt, finden Sie nicht?«

»Ja, schon.«

»Es soll sogar Leute geben, die gern allein sind. Die brechen einen Streit vom Zaun, den keiner nachvollziehen kann, und lassen ihren Freund dann ohne weitere Erklärung im Park stehen.«

Ich hatte nicht vor, auf diese Anspielung zu reagieren. »Treffen wir dann morgen Valeries Vermieter?«, lenkte ich das Thema auf den Fall zurück. »Oder wie kommen wir in die Wohnung rein?«

»Sehen Sie dann«, hielt Koller sich bedeckt. Er kam einfach nicht mehr in Redelaune, wirkte angeschlagen und mürbe. »Feierabend für heute.«

Ich winkte ab, als er Anstalten machte, mir das Sofa herrichten zu wollen. Inzwischen wusste ich ja, wie es auszuklappen ging. Er zog sich in sein Mansardenzimmer zurück, und ich lag noch lange wach, Valeries Blick im Rücken.

Bis ich endlich nach meinem Handy griff und die sozialen Netzwerke nach Accounts von ihr durchsuchte. Auf den meisten war sie nicht aktiv, nur auf Instagram. Dort postete sie Bilder von sich, von ihrem Hund und von Büchern, die sie gerade las, durchwegs Krimis. Ihr Account hieß *Winterbücherwelt*. Der letzte Eintrag war vom 5. August und zeigte einen Buchpost, der ausnahmsweise kein Krimi war. Und wenn sie Mitte Juli verschwunden war, konnte es durchaus möglich sein, dass ihr Entführer diesen Post abgesetzt hatte, so wie es bei den anderen Schattenmann-Opfern der Fall gewesen war. Jedenfalls gehörte das Verschicken von beruhigenden Nachrichten und das weitere Bedienen der Social-Media-Kanäle der verschwundenen Frauen laut Koller zum Modus Operandi.

Ich schaute mir Valeries vorletzten Post genauer an. Er war vom 18. Juli und präsentierte das Buch auch bildfüllend: *Der Zorn der Einsiedlerin* von Fred Vargas. Beim Durchschauen aller weiteren Buchposts wurde ersichtlich, dass Valerie zu jedem Buch zwei Posts absetzte. Einmal den Beginn des Lesens und dann eine Woche später die Rezension dazu. Dieser zweite Post fehlte beim *Zorn der Einsiedlerin*.

Die Gedanken daran verfolgten mich bis in den Schlaf.

Im Traum lief ich durch einen Wald, in dem es mehr und mehr nach Rosen duftete, je tiefer ich mich darin verirrte. Irgendwann war der Duft so stark, dass mir seine Spur sichtbar erschien – ein verschlungener Pfad aus tausend tanzenden Partikeln, mal weiß, mal rot glitzernd, der aus dem Wald hinaus in eine Neubausiedlung führte, die der in Mahlow ähnlich sah.

Aber diese hier war eine Traumsiedlung, mit unwirklich schön blühenden Rosensträuchern in den Vorgärten und einem berauschenden Duft. Um ein Vielfaches stärker als der von Valeries Schal.

Ich lief die Straße entlang, an deren Ende ein einzelnes Haus stand, ganz und gar umrankt von Rosenhecken wie ein Dornröschenschloss. Wild wuchernde Ranken, kräftig wie Brombeergestrüpp mit garstigen Dornen. Wenn Valerie dahinter gefangen war, hielt sie noch durch, oder hatte sie der Mut schon verlassen?

* * *

19

Sosehr mich der Rosenduft im Schlaf gefangen hielt, er kam nicht gegen den von frisch gebackenem Apfelkuchen an. Ich erwachte am Morgen auf Kollers Sofa mit wässrigem Mund und knurrendem Magen.

Ein Blick auf die Uhr sagte mir, dass es noch viel zu früh zum Backen war: sechs Uhr morgens!

Den Geräuschen aus der Küche nach zu urteilen, sah Koller das anders – er schnippelte und mixte, rührte, klapperte und werkelte, wie ein Heinzelmännchen.

Ich nahm Teedurst zum Vorwand, um mir dieses Schauspiel anzusehen, und kam voll auf meine Kosten: Koller trug eine Schürze, und sein Bart war mehlbestäubt!

Er war aber nicht sehr gesprächig und entschuldigte das mit voller Konzentration aufs Backen. Ein Kuchen war bereits im Ofen, drei hatte er noch vor sich und dann noch Unmengen von Schlagsahne zu schlagen. Er hatte dem Pflegepersonal versprochen, das Geburtstagskind im Altersheim noch vor dem Mittagessen damit zu überraschen, und das wollte er auch schaffen. Ihm schien das sehr wichtig zu sein, mehr war darüber auch nicht herauszubekommen.

Bis zu unserem Treffen an der Wohnung von Valerie Winter war noch Zeit.

Ich brauchte dringend ein paar frische Klamotten, und da davon auszugehen war, dass Ricky Dienst hatte, konnte ich es riskieren, nach Hause zu fahren.

Bis acht Uhr wartete ich vor unserer Haustür, vorsichtshalber, Ricky war meistens zu spät dran, doch wie es aussah, war er pünktlich losgefahren. Auf mein Klingeln reagierte er nicht und auch nicht auf mein Rufen, nachdem ich die Wohnungstür geöffnet hatte.

Ich wollte eigentlich knallhart durchrauschen – einen Rucksack mit den wichtigsten persönlichen Sachen packen, duschen, Haare waschen, frühstücken und wieder raus aus der Wohnung, aber ich kam gerade mal bis zur Garderobe im Flur, denn Rickys Duft war so überwältigend, dass ich mich erst mal in seine Jacken krallen und mir die volle Pheromondröhnung geben musste.

Wie gut roch dieser Mann bitte schön? Und wie hatte ich das so schnell vergessen, wie mich von ihm abwenden können? In seinem Duft lag mein Zuhause. Es fühlte sich warmherzig und stark an, unbeschwert, zärtlich, tausendfach einmalig. Konnte man so etwas loslassen? Ich drückte mich in die Jackenärmel, so als könnten sie mich wie Rickys Umarmungen trösten. Das reichte aber nicht. Also zog ich eine von seinen Jeansjacken über, klappte den Kragen hoch und schmiegte mich daran wie an Rickys Wange.

Wenn ich nicht bald aus seinem Dunstkreis herauskam, würde ich ihm noch einen Heiratsantrag machen. Aber gegen die archaische Wirkungskraft der Gerüche war ein vernünftiger Geist machtlos. Und ich sagte mir, dass Rickys Arbeitstag acht Stunden dauerte, genug Zeit für mich, um wieder zur Vernunft zu kommen.

So intensiv Gerüche auch wirkten, so flüchtig waren sie in ihrem Wesen doch. Das zeigte sich auf ganz besondere Weise, als ich mich schließlich aus der Garderobenecke herausgekämpft hatte und ein paar wacklige Schritte in die Wohnung hineingegangen war. Aus dem Wohnzimmer wehte ein Geruch herüber, der eigentlich aus dem Bad hätte kommen müssen, und dann auch nur, wenn ein Hund dort neben das Klo gepinkelt hätte. Ein nasser Fleck war im Wohnzimmer nicht zu finden, dafür aber das Handtuch, mit dem er trocken gewischt worden war.

In der Küche roch der ganze Kühlschrank nach Hundefutter, weil eine Dose *Happy-Pug-Special-Low-Fat-Full-Energy* offen drinstand, mit einem schwarzen, kreisrunden Mopsgesicht vorne drauf. Doch die Krönung wartete im Schlafzimmer auf mich – der muffige Geruch eines Hundeschlafkörbchens aus Plüsch, das auf meiner Seite des Bettes lag, ausgepolstert mit meinem Kopfkissen, von kurzen hellen Mopshaaren berieselt.

Ich kam mir vor wie die drei Bären, die in ihrer Höhle die Spuren von Goldlöckchen entdecken und feststellen, dass dieses unverschämte kleine Ding nicht nur ihren Brei gegessen hat, sondern auch in ihrem Bettchen schläft. Und wer weiß, was noch alles. Dass es sich nicht nur um ein vierbeiniges Goldlöckchen handelte, war an einem lachsfarbenen T-Shirt zu erkennen, das zerknüllt auf Rickys Bettseite lag. Es roch nach blödem Hund und noch blöderem Aprikosenshampoo und gehörte mit Sicherheit der blöden Mopsfrau aus der U-Bahn.

Ich warf es in hohem Bogen in den Flur, den Hundekorb hinterher. Dann riss ich mir Rickys Jacke vom Leib und schmiss auch sie Richtung Flur. Sie landete aber oben auf der Türkante und hing dort wie ein fetter Vogel, der mich aus Messingknopfaugen mitleidig ansah.

Nach gerade einmal zwei Tagen war meine Bettseite schon neu besetzt. Erwartete Szenerie, unerwartetes Tempo. Ich hatte in meinen Entscheidungen den richtigen Riecher bewiesen. Es tat aber trotzdem weh, theoretische Vermutungen so praktisch unter die Nase gerieben zu bekommen.

Jetzt wollte ich nur noch aus der Wohnung raus. Der Mietvertrag lief zwar auf mich, aber ich hatte keine Nerven, Ricky direkt rauszuschmeißen. Ich würde ihm ein paar Wochen Zeit geben, sich eine neue Bleibe zu suchen, und erst, wenn er raus war, würde ich hierher zurückkehren.

Am besten nahm ich die Sachen, die ich in nächster Zeit brauchen würde, auf einen Schlag mit. Die Klamotten passten in zwei Reisetaschen, und dann noch die Kaffeetasse von meiner Oma.

Ich fing in Windeseile an zu packen und hätte mich am liebsten spurlos und mit einem Fingerschnipp in ein neues Leben katapultiert. Bloß weg aus diesem falschen!

Gerade hatte ich den Pullover ausgebreitet, in den ich die Tasse einwickeln wollte, da hörte ich Schritte im Treppenhaus und Schlüsselklappern. Ricky kam doch nicht etwa schon zurück?

Doch, er kam – ein Schlüssel wurde ins Schloss gesteckt, gedreht, und schon ging die Tür auf.

Ich saß in der Küche auf dem Boden, vor mir die einzige Tasse, die ich bisher durch jeden Umzug gerettet hatte, und wagte nicht, mich zu rühren. Wohin würde Ricky zuerst gehen?

Die Flurdielen knarzten, als er an der Küche vorbeilief. Natürlich sah er die Sachen, die ich aus dem Schlafzimmer in den Flur geworfen hatte, und würde wissen, dass ich da war. Prompt rief er meinen Namen.

Ich antwortete nicht.

Dann hörte ich ihn im Schlafzimmer zwischen meinen Reisetaschen herumstapfen und dachte ernsthaft darüber nach, mich unter dem Küchentisch zu verstecken. Wie gern hätte ich mich jetzt in Luft aufgelöst. Dieser Konfrontation war ich auf keinen Fall gewachsen – wäre ich ihr sonst so lange aus dem Weg gegangen?

Regungslos auf dem Boden sitzend, den Blick auf die Tür gerichtet, erwartete ich jeden Moment Rickys Auftritt in der Küche. Aber als er schließlich reinkam, überrumpelte es mich doch. Vor allem hatte ich nicht damit gerechnet, dass er den Mops, nach dem schon die ganze Wohnung roch, an die Brust gepresst mit sich herumtragen würde. Einen winzigen beigefarbenen Welpen mit kreisrundem schwarzem Gesicht, der mich mit großen Augen ansah.

»Ach, hier bist du«, sagte Ricky. »Wieso sagst du nichts? Ich hab dich zigmal angerufen, hast du dein Handy nicht an?«

Dann reichte er mir ohne Vorwarnung den Hund und ging wieder aus der Küche. »Ich muss gleich weiter.«

Der Hund war viel weicher als gedacht, sein Bauch passte in eine Handfläche, die kleinen dunklen Pfoten baumelten putzig herum.

»Äh ... Ricky?« Ich stand auf und beeilte mich, ihm zu folgen. Er war wieder zurück ins Schlafzimmer gegangen und kramte dort laut herum. Ich blieb im Türrahmen stehen und sah ihn halb im Schrank verschwinden, doch anscheinend wurde er nicht fündig. Schließlich zeigte er auf eine der beiden Reisetaschen, die ich bereits gepackt hatte, und fragte: »Brauchst du wirklich beide? Ich könnte eine davon dringend gebrauchen.«

»Na ja«, sagte ich, »ich kann auch Tüten nehmen.«

»Wofür eigentlich?«, fragte Ricky. »Willst du jetzt ganz bei Koller einziehen?«

»Woher weißt du, dass ich dort bin? Telefoniert ihr öfter?«, wollte ich wissen. »Damit Koller dir hinter meinem Rücken Bericht über mich erstattet?«

»Klar, Morsebericht von der Front.«

»Ernsthaft, Ricky!«

»Bullshit!«, brauste er auf. »Ich hab ihn wegen Mo um Rat

gefragt, und er als Hundeexperte hat mir ein paar Tipps gegeben. Was denkst du eigentlich?« Ricky ließ von den Taschen ab und kam ein paar Schritte auf mich zu. »Du musst nicht mit mir zusammen sein, wenn du nicht willst, Nina, aber der Junge da«, er zeigte auf den Mops in meiner Hand, »ist gerade einmal elf Wochen alt, und der hat eine Familie verdient, der wird hier nicht rumgeschubst.«

»Mo?«, fragte ich, obwohl mir klar war, wer gemeint war. Mo, der Mops.

»Du warst nicht da, und ich wusste nicht, wann du wiederkommen würdest, also habe ich ihm schon mal einen Namen gegeben.«

Ich schaute Mo ins Gesicht und fand, er hätte gar nicht anders heißen können.

»Ich hab ihn zu uns geholt und kann ihn jetzt nicht zurückgeben, bloß weil wir zwei Tage später nicht mehr zusammen sind. Das geht nicht. Es war harte Arbeit, die Züchterin davon zu überzeugen, dass ich es ernst meine, dass auf mich Verlass ist. Sie ist die Tochter einer Patientin und liebt ihre Hunde wie Kinder. Ich hab die Zähne zusammengebissen beim U-Bahn-Fahren, um ihr zu beweisen, dass ich keine Psychomacke habe. Von einer meiner tollen Kolleginnen hatte sie so was spitzgekriegt und mich schon abgestempelt. Ihre Möpse haben selber Angst beim Bahnfahren und brauchen niemanden, der noch mehr durchdreht.«

Diese Auflösung verblüffte mich. Sollte es wirklich so gewesen sein? Falls ja, musste Rickys Wunsch nach dem Hund geradezu übermenschlich gewesen sein. Aber wieso ein Hund?

»Und dann?«

»Na, es ging, ich hatte vorher ein paar Beruhigungspillen eingeworfen. Auf Arbeit gibt's ja genug.«

»Ich meine – und jetzt? Wie willst du das weiter durchziehen?«

»Ich fahr einfach nie wieder mit den Öffentlichen, so einfach ist das.«

»Geniale Lösung.«

»Hast du eine bessere?«

»Einfach keinen Hund anschaffen?«

»Ja, war klar, dass du das sagst.«

»Wie kommst du überhaupt auf diese Idee? Ein Hund muss dreimal am Tag raus. Um den muss man sich kümmern wie um ein kleines Kind. Das kannst du nicht einfach ohne mich entscheiden.«

»Wieso nicht? Du entscheidest doch auch einfach ohne mich, dass Schluss ist.«

»Das ist was ganz anderes. Die Hundesache hättest du mit mir besprechen müssen!«

»Ach, auf einmal müssen wir was besprechen? Ist ja interessant. Aber egal, du hättest sowieso Nein gesagt, du sagst zu allem Nein, seit Elli … seit das mit ihr passiert ist, und ich wollte …« Ricky stockte und sog scharf die Luft ein, runzelte die Stirn und rieb mit dem Handrücken darüber. Er sah so aus, als wollte er eigentlich nicht weitersprechen, tat es aber trotzdem. »Ich vermisse sie auch, und ich vermisse dieses Familiengefühl, das wir mit ihr hatten. Ich wollte, dass es wieder so werden kann, dass du siehst, wie schön es sein könnte.«

Jetzt stockte mir der Atem. Ich klappte meinen Mund, der sich im Kampfmodus bereits wieder geöffnet hatte, um die nächste Salve abzufeuern, wortlos zu.

Wir vermieden beide, uns anzusehen, und schauten stattdessen auf den dunklen Fleck, der sich auf meinem T-Shirt unter Mo ausbreitete. Es fühlte sich warm und nass an und stank genauso, wie zu erwarten war.

»Flipp bloß nicht aus jetzt«, sagte Ricky und wollte mir Mo aus den Händen nehmen.

»Kein Ding«, gab ich mich so gelassen wie möglich und streichelte Mo beruhigend.

»Das dauert noch, bis er stubenrein ist«, meinte Ricky, »muss man trainieren. Eigentlich fiept er immer, wenn er muss. Hab ich jetzt gar nicht gehört.«

Ich auch nicht, aber wir waren ja mit Streiten beschäftigt gewesen.

»Na ja, wie auch immer, ich muss los jetzt. Wollte nur ein paar Sachen packen, ich hab doch noch das Wohnmobil und fahre damit eine Patientin zur Hochzeit ihrer Tochter, nach Belzig, bin abends wieder zurück.«

»Und da willst du Mo bei mir lassen? Aber das geht nicht, ich treff mich gleich mit Koller ...«

»Nein, Mo kommt mit. Der ist jetzt immer überall dabei, auch auf Arbeit, die alten Leute lieben ihn, alle lieben ihn. Du solltest ihn nur kurz halten. Ich muss auch seine Sachen packen.« Ricky griff nach dem lachsfarbenen T-Shirt der Mopsfrau, das ich in den Flur geworfen hatte. »Das hier ist nur zur Entwöhnung, da hat seine Mutter immer draufgelegen. Ich hatte ihm jetzt dein Kissen in den Schlafkorb gelegt, damit er sich auch an deinen Geruch gewöhnt, solange du nicht da bist. Soll ich das auch weiter so machen?«

Ricky hatte inzwischen Mos Schlafkorb und mein Kissen aus dem Flur geklaubt und hielt mir beides hin. Ich zuckte die Schultern. »Äh ... ja, klar, wenn du willst.«

»Nein!«, sagte er mit scharfem Unterton. »Wenn *du* willst. Es bringt nur was, wenn du noch da sein wirst, wenn wir wiederkommen. Also?«

Ich hielt Rickys Blick kaum stand, mir war klar, dass seine

Geduld nicht endlos weit reichte und dass jetzt ein Bekenntnis von mir gefordert war.

»Ja«, sagte ich mit heiserer Stimme, »ja, ich werde da sein, wenn ihr kommt.«

Ricky erwiderte nichts darauf, er nickte nur kurz und fuhr dann fort, seine Sachen zusammenzusuchen. Aber ich konnte sehen, wie seine Gesichtszüge sich entspannten, wie sein Blick diese Schärfe verlor, wie seine Bewegungen ruhiger wurden, weniger hektisch und eckig – wie die ganze verdammte Anspannung von ihm wich.

Zu sehen, dass mein leises Ja so eine Wirkung auf ihn hatte, bewegte etwas in mir, etwas Lautes, es fühlte sich an wie der Riss in einer Mauer nach einem gewaltigen Hammerschlag.

* * *

20

Ricky machte sich mit Mo und der geh- und sehbehinderten Frau Konopke auf den Weg zur Hochzeit ihrer Tochter. Kurz nachdem er auf die A 115 Richtung Belzig gefahren war, rief er an, und wir unterhielten uns eine halbe Stunde lang, so als wenn nie etwas gewesen wäre. Es war die reine Erleichterung, die uns froh plappern ließ.

Ricky erzählte von dem Tag, an dem er davon gehört hatte, dass die Mopsfrau ein Zuhause für den kleinsten ihrer Mopswelpen suchte, und von dem Moment, als ihm klar wurde, dass er seinen Hut dafür in den Ring werfen würde.

»Ich hab dieses Foto gesehen, dunkel und verwackelt, ich hab erst nach einigen Sekunden ein Gesicht darauf erkennen können, wie bei einem Suchbild für optische Täuschungen. Aber als ich dann irgendwann mal begriffen habe, dass es das Gesicht von Mo in Großaufnahme ist, na ja, das war's dann. Das Foto hat mich gekillt.«

Rickys Reaktion auf das Bild konnte ich absolut nachvollziehen. Ellis Ultraschallbild hatte eine ähnliche Wirkung auf mich gehabt.

»Aber wieso ausgerechnet ein Mops? Sind die nicht total überzüchtet, schnaufen, sabbern, können kaum laufen und haben dauernd Augenentzündungen?«

»Sie werden seit Jahren wieder rückgezüchtet, die Nasen sind länger und die Augen nicht mehr so glupschig. Hast du nicht gesehen, wie knollig Mos Nase ist?«

»Wie eine Kartoffel!«, tönte eine Altfrauenstimme aus dem Hintergrund.

»Ach was«, gab Ricky zurück, »Sie haben bestimmt das falsche Ende in der Mache, Frau Konopke!«

»Ich weiß noch sehr gut, wo vorn und hinten ist, Herr Schmidt, außerdem bin ich nur auf einem Auge blind!«

Dann erzählte Ricky uns von Mos heldenhaftem Großvater, der angeblich seine Besitzer aus brennenden Häusern gerettet hatte, weil seine feine Nase schon früh den Brandgeruch wahrgenommen hatte. Ich hörte eine kollerartige Begeisterung heraus und fragte mich, wie oft die beiden eigentlich miteinander redeten, ohne dass ich was mitbekam. Womöglich kannte Ricky Koller inzwischen besser als ich, von einer ganz anderen, privateren Seite.

Ich berichtete ihm von den vier Apfelkuchen, aber er hatte auch keine Ahnung, für welche Person in welchem Altersheim Koller sie gebacken hatte.

Nachdem Ricky noch mal versprochen hatte, dass wir uns am Abend sehen würden, legten wir auf. In weniger als einer Stunde war ich mit Koller an Valerie Winters Wohnadresse verabredet. Neukölln lag im Süden der Stadt, nicht gerade um die Ecke, ich beeilte mich besser.

Koller wartete vor dem Mehrfamilienhaus in der Fontanestraße auf mich, eine Wolke Wildrosenduft umwehte ihn.

»Waren Sie schon ohne mich in der Wohnung?«

»Nein, wieso?«

»Sie riechen so.«

»Ach ja, nein, das gehört zur mentalen Vorbereitung auf unsere Ermittlungen.«

»Aha.«

»Ich war ja noch nie in der Wohnung drin. Heute ist der erste Tag, an dem der Schlüsselmensch kann. Leider lässt er auf sich warten.« Ungeduldig schaute Koller sich um.

»Wer ist das genau? Valeries Vermieter?«

»Mehr so eine Art Freund. Er war derjenige, der sie vermisst gemeldet hat.«

»Bei Ihnen oder bei der Polizei?«

»Natürlich bei der Polizei, aber wie wir wissen, mahlen die Mühlen dort langsam, wenn es keinerlei Anzeichen für ein unfreiwilliges Verschwinden gibt, und dem ist in den Augen meiner Kollegen wohl so. Obwohl er sofort auf die Ähnlichkeit zu den Schattenmann-Fällen hingewiesen hat.«

»Ach, hat er? Wie kam er denn darauf?«

»Zuerst verschwindet der Hund beim Gassigehen, ein paar Tage später sein Frauchen. Dieses Muster vergisst man nicht, wenn man einmal davon gehört hat. Jetzt warten Sie einfach mal ab, lassen Sie sich von dem Mann überraschen, er kommt bestimmt gleich.«

Wieder schaute Koller sich um, ganz offensichtlich war für ihn das Thema damit beendet.

Also fragte ich ihn danach, wie sein Kuchen im Altersheim angekommen wäre, worauf er nicht mehr und nicht weniger sagte als: »Gut.«

Dann deutete er die Straße hinunter, in der ein junger Mann auf einem Rennrad schnell näher kam, die hellblonden Haare vom Wind zerzaust, das grüne T-Shirt von Schwitzflecken durchtränkt. Er hatte ganz offensichtlich mächtig in die Pedale getreten.

»Albrecht Sommer«, kommentierte Koller den Auftritt, »besagter Freund von Frau Winter.«

»Herr Sommer und Frau Winter? Nicht Ihr Ernst.«

Geschmeidig sprang Albrecht Sommer auf der Höhe einer Laterne von seinem schmalen Rad ab, schloss es mit einem breiten Kettenschloss an der Laterne an und kam mit wippenden Schritten auf uns zu, die leuchtend blauen Augen auf Koller gerichtet. Vom rechten Oberarm zum Unterarm trug er einen dick gewickelten Verband. Er hielt erst Koller und dann mir die linke Hand zum Schütteln hin, wobei er jedes Mal eine Verbeugung durch ein Kopfnicken andeutete. Er roch nach Schweiß und Voltaren-Schmerzsalbe.

»Wie geht's dem Arm?«, fragte Koller.

»Besser«, sagte Sommer, »der Verband kann bald ab, ist nur noch zur Stabilisierung da. Laut Arzt darf ich wieder alle Bewegungen machen. Und ich trainiere ja auch selber jeden Tag.«

Koller nickte und erklärte mir dann: »Er hat sich vor vier Wochen den Ellbogen ausgekugelt.«

»Autsch!«, sagte ich.

»Der schlimmste Schmerz, den man sich vorstellen kann«, erklärte Sommer. »War aber nicht das erste Mal, ich hab schwaches Bindegewebe.«

»Oh, wie blöd.« Etwas Passenderes fiel mir leider gerade nicht dazu ein. »Und wie passiert so was? Ich meine, wie kugelt man sich den Ellbogen aus?«

»Im Schlaf.« Sommer machte keine Anstalten, diese Aussage zu vertiefen, sondern schaute zum Hauseingang hinüber und sagte in seltsam verschwörerischem Ton. »Wollen wir?«

Koller nickte, und zu meiner Überraschung holte Sommer keinen Schlüssel heraus, um die Tür zu öffnen, sondern eine Chipkarte, mit der er in den Türspalt fuhr, um den Schnapper herunterzudrücken – wie ein Einbrecher.

Es dauerte keine zwei Sekunden, dann hielt er uns die Haustür auf.

Ich schaute Koller an, aber der war schon auf dem Weg zur Haustür, die Sommer uns aufhielt. Also ging ich mit.

Sommer marschierte schnurstracks durch den Hausflur, sodass ich dachte, Valerie Winters Wohnung befände sich im Hinterhaus, aber Koller folgte Sommer nicht, sondern ging die Treppen im Vorderhaus hoch.

»Koller!«, rief ich und zeigte in Richtung Hinterhof.

Er schüttelte den Kopf und deutete nach oben. »Ist gleich hier, im ersten Stock.«

Von mir aus, Koller würde schon wissen, wo wir hinmussten.

Auf dem Treppenabsatz des ersten Stocks angekommen, deutete er auf Valerie Winters Klingelschild neben der Tür auf der rechten Seite. Ich nickte und erwartete, dass Albrecht Sommer uns bald folgen würde, aber das passierte nicht.

Koller sah auf seine Armbanduhr und dann aus dem Flurfenster. Ich hielt ein bisschen die Luft an, weil es im Treppenhaus auf schwindelerregend intensive Weise nach Haschisch roch. Noch drei Atemzüge, und ich würde auf mentale Reisen gehen.

Zum Glück öffnete Albrecht Sommer vorher Valeries Wohnungstür – und zwar von innen. Er war über ihren Küchenbalkon, der zum Hinterhof rausging, hineingeklettert. Auch damit schien Koller kein Problem zu haben. Ebenso unkommentiert ließ er Sommers Bemerkung: »Die Balkontür ist schon lange kaputt, die lässt sich leicht aufdrücken.«

Nachdem ich die erste überwältigende Duftwolke aus Menthol und Pfefferminzöl im Flur weggeatmet hatte, knöpfte ich mir Koller vor, während Sommer im Wohnzimmer mit Papier herumraschelte.

»Was ist los, Koller, was soll das hier? Der Typ hat ganz offensichtlich keinen Schlüssel für Valeries Wohnung und keinerlei Berechtigung, sich hier aufzuhalten. Stattdessen bricht er hier ein und tatscht nicht nur alles an und verändert die Spuren, nein, er lässt auch noch wildfremde Leute rein!«

»Wunderbar, nicht? Und er ist unglaublich gesprächig, also lassen Sie ihn um Gottes willen ausreden, wenn er was erzählt!«

»Hallo? Der Typ ist ein Stalker! Haben Sie sich den Kerl mal genauer angeschaut?«

»Ja, hab ich«, sagte Koller, »vor allem seinen Arm. Ich wette, da steckt eine ganz andere Verletzung unter dem Verband. Oder glauben Sie, dass man mit einem ausgekugelten Ellbogen nach vier Wochen wieder klettern kann?«

Mehr sagte er nicht dazu, weil Sommer mit einigen zerknüllten Blättern auf uns zukam. Es waren farbige Ausdrucke von einem großen Foto des weißen Samojeden mit der Überschrift: Wo ist Samu?

»Das hier sind Entwürfe der Suchanzeige, die Valerie weggeschmissen hat. Die Fotos dazu habe ich Ihnen geschickt«, sagte Sommer, an Koller gewandt.

Koller nickte und klopfte auf die Stelle seiner Jacke, in der sein Handy steckte.

Zu mir sagte Sommer: »Ich hab jeden Baum fotografiert, an den Valerie ihre Anzeigen gehängt hat. Man sieht auch, wo Streifen mit ihrer Telefonnummer abgerissen wurden, aber viele machen die gar nicht mehr ab, sie fotografieren einfach die Nummer. Eigentlich ergeben solche Abreißzettel keinen Sinn mehr. Jedenfalls hab ich dann den Standort der Bäume auf Google Maps markiert. Hab ich alles auch der Polizei gezeigt, aber die interessiert das nicht. Aber für Sie beide ist das hilfreich, ja?«

Er wandte sich wieder Koller zu. »Sie müssen mir sagen, was Sie noch brauchen. Ich will Ihnen unbedingt helfen. Es ist meine Schuld, dass Valerie jetzt weg ist. Ich war nicht da, als sie mich gebraucht hat. Ausgerechnet in dem Moment konnte ich nicht bei ihr sein. Dabei habe ich es geahnt, ich habe es regelrecht gewusst. Ich hatte immer schon ein ungutes Gefühl, wenn sie mit Samu in den Park ist, da bin ich eigentlich immer hinterher, um sicherzugehen, dass nichts passiert. An dem Tag ist sie eher in den Park, ich hab sie verpasst, und dann muss sie eine andere Route gelaufen sein. Ich hab sie überhaupt nicht finden können. Zu Hause war sie dann auch nicht. Jedenfalls ging bis 22 Uhr kein Licht an, und dann musste ich auch nach Hause. Erst am nächsten Tag ist mir klar geworden, dass etwas Furchtbares passiert ist! Sie hat ein Bild von Samu auf Instagram gepostet und alle um Hilfe bei der Suche gebeten. Ich hab einen Schock gekriegt, weil ich sofort an den Schattenmann denken musste! Und ich wollte sie sofort warnen, aber das war gar nicht so einfach. Sie hat einige meiner Profile blockiert, und da muss man ja erst mal zu ihr durchdringen. Ich hab ihr vorsichtshalber einen Brief geschrieben, gelesen hat sie ihn aber nicht. Er steckt noch im Briefkasten.«

»Den Post gibt es auf Instagram aber nicht mehr«, sagte ich. »Da gibt's nur Bücherfotos.«

»Das ist merkwürdig, nicht?« Mit der linken Hand fuhr Sommer sich abwechselnd durchs wirre blonde Haar und massierte sich den rechten Oberarm. »Vielleicht hätte ich mehr machen müssen. Ich hab überlegt, ob ich in ihrer Wohnung auf sie warten soll, damit ich mit ihr sprechen kann, denn reinlassen würde sie mich ja sowieso nicht. Aber ich wollte sie nicht erschrecken. Sie hat mir ja oft genug gesagt, dass sie das nicht mag, wenn ich in ihren Sachen krame. Dabei krame ich ja gar nicht bei ihr rum, ich habe allerhöchsten Respekt vor ihrer Privatsphäre, fasse nur etwas an, um daran zu riechen. Ihr Duft ist so … Ich kann das nicht beschreiben. Sie wissen, was ich meine, gerade Sie, Herr Kommissar – ich weiß, wie Sie ermitteln, ich habe alle Artikel über Sie und Ihren Sherlock archiviert.

Und ich möchte mich noch mal ganz ganz herzlich dafür bedanken, dass Sie mich zurückgerufen haben. Glauben Sie, dass es vielleicht schon zu spät ist? Wieso habe ich Valerie nicht beschützen können? Dabei wollte ich nichts mehr als das! Gleich an dem Abend bin ich auf meinen Beobachtungsposten ... Im Ahorn auf der Parkseite. Da sitze ich öfter, gar kein Problem für mich. Und diesmal war es absolut *notwendig*, mir war vollkommen klar, wie wichtig das ist, das schwöre ich Ihnen. Ich würde das auch vor Gericht aussagen. Aber dann ...«

Sommers Augen waren mit jedem Satz blauer und größer geworden, obwohl ich nicht geglaubt hatte, dass das möglich war, und jetzt glitzerten sie auch noch voller Tränen. Ich wechselte mit Koller vieldeutige Blicke. Dieser Mann brauchte dringend medizinische Versorgung – in ganzheitlichem Umfang.

»Dann bin ich eingeschlafen und runtergefallen, und jetzt ist sie weg! Dieser verdammte Ellbogen! Wieso musste das nur passieren?«

Er schluchzte auf und wurde von einem Zittern ergriffen, das ihm die Tränen aus den Augenwinkeln schüttelte.

»Okay«, sagte Koller und führte Sommer mit sanftem Druck in die Küche. »Jetzt beruhigen Sie sich erst mal. Sie kriegen einen Tee, und dann sehen wir weiter. Frau Buck?«

Ich war ihnen bis zum Türrahmen gefolgt, das Handy in der Hand – bereit, den Notruf zu wählen. Mir war nur noch nicht klar, ob Krankenwagen oder Polizei.

»Ja?«

»Suchen Sie doch mal nach ein paar Keksen, da im Schrank vielleicht.«

»Sollten wir nicht besser ...«

»Sobald wir uns hier umgeschaut haben.«

Ich wusste, dass es keine gute Idee war, unsere Fingerabdrücke in Valeries Wohnung zu hinterlassen, aber Koller sah nicht so aus, als würde er sich darum scheren. Er füllte bereits den Wasserkocher, da klingelte mein Handy – Khan rief an. Ich fühlte mich ertappt, bekam zittrige Knie und wankte zum Telefonieren raus ins Treppenhaus. Der Haschischdunst wirkte beruhigend.

Khan entschuldigte sich dafür, mir den freien Tag zu versauen, aber es gäbe Neuigkeiten: Sie hätten den Taschendieb geschnappt. »Du sollst zur Gegenüberstellung ins LKA kommen. Wann kannst du dort sein?«

***

21

Ich brauchte gerade einmal dreißig Minuten von Neukölln nach Charlottenburg. Die Wege zwischen den U-Bahn-Stationen hatte ich im Sprinttempo genommen.

Trotzdem wartete Dragic schon auf mich, winkte mich am Gang stehend zum Gegenüberstellungsraum. Ein Schwall seines markanten Aftershaves nach Zedernholz und Meeresbrise wehte mir entgegen.

»Ihre Kollegen vom Abschnitt haben ihn heute am Alexanderplatz erwischt, wie er einer Frau die Tasche geklaut hat«, legte Dragic gleich los. »Er sieht dem Taschendieb auf den Überwachungsbändern zum Verwechseln ähnlich, aber natürlich leugnet er, am Donnerstag mit der U-Bahn gefahren zu sein. Es wäre wirklich schön, wenn wir das schnell widerlegen könnten.«

Mein Herz klopfte bis zum Hals, nicht nur durch die Lauferei, auch vor Aufregung. Jetzt kam es auf mich an, ich musste Mandarino zweifelsfrei identifizieren. Natürlich wusste ich noch, wie er aussah, sein hübsches Gesicht mit dem netten Lächeln war mir ins Gedächtnis gebrannt – als Betrügermaske. Dennoch konnte er sich in den letzten fünf Tagen einen Bart stehen gelassen oder die Haare geschnitten haben, so etwas veränderte das Aussehen schon enorm.

»Dann waren auf den Geldbeuteln wirklich keine Fingerabdrücke mehr von ihm drauf, die Sie jetzt vergleichen könnten? Wäre auch zu einfach gewesen.«

Ich betrat den Sichtungsraum, der durch einen Einwegspiegel von dem anderen fensterlosen Raum getrennt war, in dem sich gleich einige Männer aufstellen würden, von denen einer

Mandarino war. Der Raum roch nach staubiger Heizungsluft und füllte sich ganz schnell mit Dragics dominanter Note, sobald er die Tür hinter sich geschlossen hatte. Ich versuchte, das zu ignorieren und mich voll und ganz auf mein Gedächtnis zu konzentrieren.

So eine Szene hatte ich bisher nur in Filmen gesehen, und darum kam sie mir jetzt auch unwirklich vor. Dragic nickte mir aufmunternd zu, und dann kamen auch schon die Männer im Gänsemarsch herein und stellten sich, das Gesicht mir und Dragic zugewandt, nebeneinander auf, von eins bis fünf hielt jeder brav seine Nummer vor sich.

Alle waren um die 1,75 m groß, zwischen zwanzig und dreißig Jahre alt, hatten halblange, dunkle Haare und trugen helle Shirts zu Jeans oder olivfarbenen Armeehosen. Jeder sah, für sich genommen, gut aus und hatte etwas Besonderes an sich. Bei dem einen war es die herzförmige Gesichtsform, beim anderen beeindruckende Augenbrauen, gewölbt wie dunkle Torbögen. Von der Körperstatur, dem lässigen Erscheinungsbild und der Haarpracht her ähnelten sie Mandarino schon, aber keiner von ihnen war es.

Um ganz sicherzugehen, fragte ich Dragic, ob es möglich wäre, dass sie alle einmal lächelten.

Nach kurzem Zögern gab Dragic die Bitte weiter, woraufhin drei von ihnen ihre Gesichter zu blöde grinsenden Fratzen verzogen, zwei versuchten wenigstens ein Lächeln auf die nette Art. Aber bei keinem von ihnen kam ein Grübchen oder eine Zahnlücke zum Vorschein.

Damit stand fest: Mandarino war nicht dabei.

Dragic wollte es nicht wahrhaben und bat mich, noch einmal genauer hinzuschauen. Aber ich war mir sicher: Sie hatten den falschen Taschendieb erwischt.

Mürrisch ließ Dragic die Männer wieder abtreten.

»Kommen Sie«, sagte er, »wenn Sie sich so sicher sind, dann lassen wir mal besser ein Phantombild anfertigen.«

Wir liefen die Gänge entlang, ich immer ein bisschen hinterher, weil ich keine Ahnung hatte, wohin es gehen sollte. Dragic steuerte den Fahrstuhl an, aber der hing im oberen Stockwerk fest und ließ auf sich warten.

»Dienstag heute«, fing Dragic eine Konversation an. »Da treffen Sie Koller immer, hatten Sie gesagt?«

»Ja, wir waren heute schon zusammen unterwegs.«

»Ach, ja? Wo denn? Ich meine, kann er denn inzwischen besser laufen mit seinem Bein?«

»Doch, doch, das geht.«

»Treppensteigen auch?«

»Ja, kein Problem.«

»Na, dann kommt er ja bestimmt bald zurück. Ohne Mord und Totschlag hält er es doch nicht lange aus.«

»Stimmt.«

Der Fahrstuhl rumpelte, schien unterwegs zu sein, kam und kam aber nicht bei uns im Erdgeschoss an. Dragic begann, von den Fersen hin auf die Ballen zu wippen und wieder zurück. Ich drückte sicherheitshalber noch mal auf den Fahrstuhlknopf.

Unvermittelt fragte Dragic: »Er ermittelt nicht zufällig auf eigene Faust im Schattenmann-Fall weiter?«

Ich hatte keine Ahnung, wie Dragic zu Koller stand und woher sein Interesse an ihm rührte. Mochte er ihn? Mochte er ihn nicht? Auf keinen Fall wollte ich irgendetwas erzählen, das Koller in ein schlechtes Licht rückte oder ihm Schwierigkeiten bereiten könnte. Andererseits wollte ich im Hinblick auf meine berufliche Zukunft auch nicht unbedingt einen Kriminalhauptkommissar anlügen. Also zuckte ich die Schultern.

»Heute haben wir nach einer Frau gesucht, die nach Wildrosen riecht. Das war meine Challenge.«

»Nach Wildrosen, ja?«

Ich nickte. Dragic musterte mich.

»Und? Haben Sie die Frau gefunden?«

»Leider war sie nicht zu Hause.«

Eine mächtige Knoblauchfahne wehte heran, noch bevor die dazugehörige Quelle zu sehen war. Ich schaute mich vergeblich danach um, bis ich einen korpulenten Mann auf unseren Gang einbiegen sah, den ich als ehemaligen Mitarbeiter von Koller erkannte. Damals hatte er ihn Garfield genannt, mir fiel sein richtiger Name nicht mehr ein. Er nickte Dragic zu, Dragic nickte zurück. Mich schien er nicht zu erkennen. Schließlich blieb er hinter uns stehen, um ebenfalls auf den Fahrstuhl zu warten, woraufhin ich ein paar Schritte zur Seite gehen musste, weil sein dunstiger Knoblauchgeruch mir den Atem verschlug.

Dragic zeigte auf die Tür, die zum Treppenhaus führte, und schaute mich fragend an.

»Bis zum dritten Stock schaffen wir, oder?«

Ich nickte. Er hielt mir die Tür auf, und wir stapften die Treppen hinauf.

»Sie haben ja wirklich einen ganz guten Geruchssinn«, meinte Dragic. »Sie haben Heffner schon gewittert, da war er noch gar nicht da.«

Ja, richtig, Heffner hieß der Mann.

»Na ja, war nicht so schwer bei der Knoblauchdosis.«

»Stimmt auch wieder.«

Die letzten beiden Stockwerke sagte Dragic nichts mehr, sondern konzentrierte sich auf seine Atmung, in der ein rasselndes Keuchen zunehmend die Oberhand gewann. Ich drosselte meine Schrittgeschwindigkeit, damit er sich nicht langsam vorkam. Bei jedem Absatz blieb ich stehen und schaute aus dem Fenster in den Innenhof des Gebäudekomplexes hinunter, in dem einige Leute in Rauchergrüppchen zusammenstanden. Ob Dragic sonst auch einer von ihnen war? Das würde seine Kurzatmigkeit erklären, andererseits hatte ich bisher keinen Rauch an ihm wahrgenommen. Vielleicht war er einfach nur alt.

Im dritten Stock angekommen, hielt ich Dragic die Tür auf. Er war dunkelrot im Gesicht. Sein anthrazitfarbenes Hemd kaschierte die Schweißflecken gut, riechen konnte ich sie trotzdem.

Er nannte mir eine Zimmernummer und den Namen des Phantomzeichners, bei dem ich mich melden sollte, dann entschuldigte er sich und verschwand in der Herrentoilette.

Ich ging den Gang hinunter, vorbei an zahlreichen Büros, deren Türen zum Teil offen standen. Wo ich hineinschauen konnte, saßen zwei bis drei Kriminalbeamte an ihren Schreibtischen oder unterhielten sich, manche Räume waren auch nur einzeln besetzt oder ganz leer. In einem dieser leeren Räume waren jede Menge Blätter über eine ganze Wandfläche verteilt worden, auf denen Personalausweise auf A4-Größe und Querformat ausgedruckt worden waren. Mein Blick blieb im Vorbeilaufen an einem der vergrößerten Passbilder hängen, weil ich mich selbst darauf erkannte. Tatsächlich war es ein Ausdruck meines eingescannten Personalausweises, der eigentlich zusammen mit meinem Geldbeutel in den Wäschekorb von Frau Hicks gewandert war. Ich schaute mich auf dem Gang um, aber außer mir war da niemand, und so betrat ich den Raum und inspizierte alles genauer.

Zuerst das Blatt mit meinem Ausweis drauf. Ganz oben stand: Diebstahlgeschädigte Nr. 7: Geldbörse, Beweismittel A

142 – Zeugenfahndung Taschendieb Soko S-Bahn. Darunter standen meine Kontaktdaten und ein Verweis zu meinem Praktikumsplatz und zur Dienstgruppenleiterin Alice.

Ging es also bei all diesen Ausdrucken um die Inhaber der von Mandarino gestohlenen Geldbörsen? All diese Leute hier hatte er letzten Donnerstag angerempelt und beklaut?

Ich zählte sie durch, es waren siebenundzwanzig.

Auf ein Flipchart vor der Wand mit den Personalausweisen hatte jemand geschrieben: S-Bahn-Schubser? Darunter waren drei Nummern: 12, 17, 26. Allesamt junge Männer Anfang zwanzig. Beim Hin-und-her-Schauen zwischen diesen Passbildern fiel mir ein anderes ins Auge, von einer Frau, die mir bekannt vorkam. Sie trug ihr blauschwarzes Haar mit pinkfarbenen Strähnen auf der einen Seite lang über die Schulter fließend, auf der anderen Seite rasiert und auf der Kopfhaut tätowierte Sterne bis zur Schläfe hin. Sie war Diebstahlgeschädigte Nr. 21 und hieß Valerie Winter, wohnhaft in der Fontanestraße in Neukölln, genau dort, wo ich vor einer Stunde gewesen war und wo Koller vermutlich jetzt noch herumschnüffelte!

Hinter mir klopfte jemand an den Türrahmen. Ich bekam so einen Schreck, dass ich mir auf die Zunge biss. Dragics Stimme klang wieder ganz klar und frei von Geröchel: »Falscher Raum, Frau Buck. Darf ich Sie dran erinnern, dass Sie als Zeugin hier sind? Kommen Sie raus, bitte.«

»Diese Frau«, sagte ich und zeigte auf Valerie Winters Ausdruck, »haben Sie schon mit ihr gesprochen? Sie haben doch bestimmt schon alle hier kontaktiert, oder? Einer von denen könnte der S-Bahn-Schubser sein, also haben Sie schon alle überprüft, oder nicht?«

»Frau Buck, das geht so nicht. Kommen Sie.«

Ich ignorierte Dragics autoritäre Kopfbewegung, mit der er mich auf den Flur zurückdirigieren wollte.

»Die Frau hier wird seit vier Wochen vermisst. Seit vier Wochen war sie nicht zu Hause. Also, wie kommt der Taschendieb an ihre Brieftasche? Heißt das, sie lief letzten Donnerstag am Alex rum?«

»Woher wissen Sie, dass sie vermisst wird? Kennen Sie die Frau?«

»Nein, doch, das ist ... ich hab mit ihrem Freund gesprochen, nein, er ist kein Freund von ihr, ganz im Gegenteil. Jedenfalls hat der eine offizielle Vermisstenanzeige gestellt, und eigentlich hatte ich ihn bis jetzt für einen Psychopathen gehalten, der sie womöglich selber entführt hat, weil er sich einen Anzug aus ihr nähen will. Er ist ihr Stalker, wissen Sie, und er macht einen komplett irren Eindruck, beobachtet sie von Bäumen aus, steigt in ihre Wohnung ein und so was, echt spooky, der Typ ...«

Dragic trat näher heran.

»Wie heißt der Mann?«

»Albrecht Sommer.«

»Herr Sommer vermisst Frau Winter, ja?«

»Ich weiß, wie sich das anhört. Aber Sie können das ja nachprüfen!«

»Und ob. Aber erst bringe ich Sie zu dem Kollegen, der die Phantombilder macht.«

Diesmal folgte ich seiner Kopfbewegung und ließ mich über den Gang zu einem voll besetzten Dreierbüro führen. Dort roch es angenehm nach Kaffee, und mir wurde auch gleich einer angeboten. Während Dragic zur Zentralen Vermisstenstelle rüberging, die sich im selben Haus befand, versuchte ich, aus einem Potpourri aus Gesichtsformen, Haaransätzen, Nasenwurzeln, Nasenflügeln, Brauen, Wimpern, Augen, Wangenknochen, Ohren, Mündern und Stirnfalten die passenden Formen für Mandarinos Gesicht herauszusuchen, was gar nicht so einfach war. Mit seinen Augen fing das schon an: Sie glitzerten und blitzten. Die Lebendigkeit darin ließ sich eben schlecht von einem Grafikprogramm wiedergeben. Eine altmodische Bleistiftskizze auf Papier hätte das vermutlich besser hingekriegt.

Oder vielleicht lag es auch an mir. Ich war einfach nicht bei der Sache. Die ganze Zeit wollte ich Koller von Valeries Geldbeutel erzählen und versuchte, Momente abzupassen, um nach meinem Handy zu greifen. Aber schon nach einer halben Stunde ließ Dragic mich in sein Büro rufen. Das Bild von Mandarino hatte zu dem Zeitpunkt entfernte Ähnlichkeit mit jemandem, der sein angeheirateter Stiefcousin zwölften Grades sein könnte.

Kaum setzte ich einen Fuß in Dragics Büro, haute mich die Intensität seines Aftershaves mal wieder aus den Socken. Dragic hatte es so großzügig aufgetragen, dass ich nur noch Wald und Wellen vor mir sah. Das schien er mir anzusehen, denn er schob mir einen Stuhl hin und öffnete das Fenster, wofür ich ihm sehr dankbar war.

Dann verkündete er, dass im zentralen Vermisstenregister keine Valerie Winter registriert war. Das haute mich gleich noch mal um.

»Nicht?«

»Nein.«

Was hatte das zu bedeuten?

»Darum«, fuhr Dragic fort, »habe ich auf dem Polizeiabschnitt ihres Wohnbereichs nachgefragt, und die meinten, sie hätten vor vier Wochen eine Vermisstenmeldung aufgenommen, aber noch nicht weitergeleitet, weil der Mann, der sie abgesetzt hat, absolut nicht glaubwürdig klang. Er ist dort auf dem Revier bereits bekannt. Valerie Winter hat mehrmals Anzeige gegen ihn erstattet und bereits ein Kontaktverbot erwirkt.«

»Wirklich?«

»Ja. Die Abschnittskollegen dachten, sie wäre im Urlaub und er einfach nur in Panik, weil sie weg war. Keiner hat ihn ernst genommen, er war auf dem Revier bereits als einer bekannt, der Falschparker meldet. Weil die ihm beim stundenlangen Warten vor Valerie Winters Haus die Sicht genommen hatten.«

»Also, dann stimmt doch alles. Die Anzeige wurde nur noch nicht ins System eingelesen.«

»Tatsächlich ist die Frau nirgends zu erreichen, aber das letzte Funksignal von ihrem Handy kam drei Wochen nach der Vermisstenanzeige, Anfang August. Interessant, nicht?«

»Ja, interessant.«

»Ganz genau. Und noch viel interessanter finde ich die Angaben zu den Umständen ihres Verschwindens. Da heißt es: Ihr Hund wäre zwei Tage vorher verschwunden.« Dragics Stimme hatte einen bedrohlichen Klang angenommen. »Der Hund, Frau Buck.«

Unsicher darüber, was er von mir hören wollte, sagte ich: »Ja ...?«

Dann holte Dragic tief Luft, wie um sich selbst zu beruhigen. »Vorhin hatten Sie mir was von einer Frau erzählt, irgendeiner Duftspur nach Rosen. Und dass Sie diese Frau nicht zu Hause angetroffen haben. Sie und Koller.«

Unvermittelt haute Dragic mit der Faust auf den Tisch.

»Wusste ich's doch! Er ermittelt immer noch! Und weil die Töle weg ist, glaubt er, der Schattenmann hätte wieder zugeschlagen. Nach drei Jahren! Ist das so? Ist er noch da? Ist er noch in Valerie Winters Wohnung?«

Ich zuckte wahrheitsgemäß die Schultern. Und obwohl ich meine ganze Ahnungslosigkeit in Gestik und Mimik legte, bohrte Dragic weiter. »Hat Koller Spuren verwischt? Hat er was aus Winters Wohnung mitgenommen?«

Weil ich keine Antwort liefern konnte, um nicht zu sagen, wollte, fing Dragic an, mit sich selbst zu reden. Dabei stellte er sich die Frage, an der ich längst selber knabberte: »Was zum Teufel hat das Ganze mit dem S-Bahn-Schubser zu tun?!«

Dragic stand auf und bedeutete mir, ihm zu folgen. Auf dem Weg zum Fahrstuhl, vor dem schon wieder ein paar Leute vergeblich warteten, dann weiter durchs Treppenhaus zum Auto telefonierte Dragic mit einigen Kollegen. Vermutlich war einer davon ein Richter, denn er forderte einen Durchsuchungsbeschluss an.

***

22

Dragic verlangte eine genaue Berichterstattung der Geschehnisse im Zusammenhang mit Valerie Winters Wohnung von mir. Ich erzählte eine Version, in der Koller und ich nicht wie Einbrecher dastanden, sondern mehr wie ahnungslose Gäste auf Einladung von Albrecht Sommer. Ich hoffte, dass sich der Ärger sowohl für Koller als auch für mich in Grenzen halten würde. Komplett verleugnen, dass wir dort gewesen waren, ging nicht, da Dragic die Spurensicherung reinschickte und Fingerabdrücke sichern ließ.

Nachdem das erledigt war, hatte Dragic mit mir die Wohnung betreten, und da lief ich nun unter seiner Beobachtung die Wege ab, die Sommer gegangen war. Er hatte Valeries Papierkorb durchwühlt und die Fehldrucke der Suchanzeige herausgeklaubt, daran erinnerte ich mich genau. Jetzt war der Papierkorb leer.

Dragic stand am Schreibtisch vor der Fensterfront im Wohn- und Schlafraum und schaute in den Park hinüber. Der lag auf der anderen Seite der zweispurigen Straße vor Valeries Haus und bot zahlreiche Kletterbäume als Beobachtungsposten an. Der blickdichte Vorhang, den Valerie angebracht hatte, deckte nur die Ecke des Zimmers mit dem Bett ab. Die andere Seite der Fensterfront war mit Blumentöpfen voll gestellt, die moosig rochen.

Was mich zum Grübeln brachte. Denn nirgendwo hier in der Wohnung roch es auch nur im Entferntesten nach Wildrosenduft, von dem Koller behauptet hatte, dass er Valerie eigen war. Der vorherrschende Geruch ihrer Wohnung war der nach

Tigerbalm, und zwar die weiße Sorte mit Menthol und Pfefferminzöl. Auf dem Nachttisch, zwischen Stapeln von Büchern, lag eine kleine rote Dose mit dem Balsam fernöstlicher Heilkrautkunst, der, auf die Schläfen gerieben, für beißende Frische sorgte. Die brauchte Valerie allem Anschein nach dringend, denn halb unterm Bett lag außerdem eine Kühlgel-Augenbrille.

Als Dragic Valeries Kleiderschrank öffnete, der außer Schwarz wenig Farben zu bieten hatte, hielt ich prüfend meine Nase in die Richtung, aber auch von dort kam nur beißendes Menthol mit Pfefferminze. Ebenso wie aus Valeries Kissen. Die Bettdecke überraschte mich etwas, denn sie roch so, als hätte sich jemand, der nach Männerschweiß und Voltaren-Schmerzsalbe roch, vor Kurzem darin gewälzt.

»Albrecht Sommer«, sagte ich zu Dragic. Inzwischen war ich mir sicher, dass Sommer etwas mit Valeries Verschwinden zu tun hatte. Dieser Kerl war hochgradig gestört. »Sie sollten besser *seine* Wohnung durchsuchen. Womöglich liegt Valerie dort zerstückelt in der Badewanne oder wie eine Braut drapiert auf dem Bett.«

»Nein, da liegt sein Vater«, sagte Dragic. »Er ist vom Hals abwärts gelähmt und wird von ihm seit fünfzehn Jahren gepflegt. Habe vorhin schon Kollegen hingeschickt. Die ganze Wohnung ist eine Krankenstation. Es muss ziemlich belastend sein, den eigenen Vater so sehen zu müssen, ihm nicht wirklich helfen zu können, seit so vielen Jahren schon. Kein Wunder, dass er losgeht und sich Ablenkung sucht.«

Ich schaute Dragic mit großen Augen an.

»Der Vater hatte einen Radunfall. Von einem Lkw beim Abbiegen übersehen. Passiert leider viel zu oft«, erklärte er. Und weil ich ihn immer noch sprachlos anstarrte, schob er hinterher: »Aber Sie haben recht, Frau Buck, Albrecht Sommer sollte man sich auf jeden Fall genauer anschauen.«

Dieser Satz an dieser Stelle machte mich unglaublich ärgerlich.

»Immer erst, wenn's zu spät ist, ja? Die Frau hat mehrmals Anzeige gegen ihn erstattet! *Das* wäre der Moment gewesen, ihn sich genauer anzuschauen!«

»Und dann? Für Prävention gibt's keine Kapazitäten. Was geht, ist eine Gefährderansprache, in der man an den gesunden Menschenverstand appelliert, aber in den meisten Fällen bringt das gar nichts.«

»Ja, und deswegen lässt man Frauen wie Valerie damit allein? Das ist unterlassene Hilfeleistung, wenn nicht sogar Beihilfe zum Mord!«

»Nicht so voreilig! Haben Sie die Sache mit dem Geldbeutel vergessen? Ich glaube, Valerie Winter hat das Einzige getan, was Sinn macht. Sie ist zu einer Freundin gezogen und hält sich dort vor Sommer versteckt. Deswegen konnte sie am Donnerstag auch am Alexanderplatz unterwegs sein und vom Taschendieb beklaut werden.«

Das war eine plausible Erklärung, mit der Dragic sich zufriedenzugeben schien. Er sah aus, als wäre für ihn die Sache damit geklärt.

»Und ihr verschwundener Hund? Wie passt das dazu?«

»Das hat sie inszeniert, um das Ganze für Sommer glaubwürdiger zu machen.«

»Aha, und bei wem wohnt sie mit ihrem Hund seit vier Wochen? Koller meinte, dass ihre besten Freunde Bücher sind.«

Ich hatte Koller erwähnt, um Dragics Ermittlerehrgeiz etwas anzustacheln, aber Dragic wurde nur verschlossener und deutete Richtung Flur. »Abflug.«

Dabei hatte ich das Wildrosendufträtsel noch nicht gelöst! Wenigstens ins Badezimmer wollte ich noch, nachsehen, ob dort ein Larella-Flakon stand. Also tanzte ich den Volle-Blase-Tanz und fragte: »Kann ich vorher noch schnell?«

Dragic schaute erst skeptisch, zuckte dann aber die Schultern.

Bevor er mich reinließ, warf er einen langen, prüfenden Blick in das fensterlose kleine Badezimmer. »Aber ganz schnell.«

Ich nickte, schloss die Tür hinter mir, öffnete klappernd den Deckel, benutzte das Klo aber nicht, sondern checkte Valeries Duftauswahl ab. Die Handseife, das Shampoo, das Badeöl – alles war auf Minze, Frische und Schärfe ausgerichtet. Auch hier von herbsüßer Wildrose keine Spur. Stattdessen wieder der Geruch nach der Pfefferminzölbeimischung des weißen Tigerbalms.

Er kam aus dem Wäschekorb. Ich durchsuchte ein paar Kleidungsstücke, die darin lagen, und fand in einer Hosentasche eine dieser kleinen roten Dosen, nur noch halb gefüllt. Ich steckte sie ein. Danach warf ich einen Blick in den Spiegelschrank. Darin gab es weniger Kosmetik als Medikamentenpackungen. Ich nahm die heraus, die den prominentesten Platz hatte. Rizatriptan, ein hoch dosiertes Schmerzmittel bei starker Migräne. Valerie musste regelmäßig grauenhafte Kopfschmerzen gehabt haben. Ich selber war von so etwas bisher zum Glück verschont geblieben. Aber ich kannte die Abläufe dieser Zustände von meiner ehemaligen Mitbewohnerin. Sie kündigten sich meist mit flimmernden Kreisen am Blickfeldrand an und überrollten sie dann eine Stunde später wie eine dunkle Welle, die sie ans Bett fesselte. Einen ganzen Tag, manchmal zwei war Fanny nicht mehr in der Lage gewesen, zu sehen oder aufrecht zu gehen, kroch auf allen vieren zum Klo und schrie auf, sobald ich Licht anmachte oder Vorhänge zur Seite zog.

Dragic klopfte mahnend an die Tür. Ich beeilte mich, die Klospülung zu drücken, und entdeckte dabei ein Buch auf einem kleinen Schränkchen unterm Waschbecken. In Griffweite von der Badewanne entfernt.

Ich öffnete die Badezimmertür so schnell, dass Dragic keine Zeit hatte, sein Ohr von der Tür zu nehmen.

»Sie haben rumgekramt«, sagte er vorwurfsvoll.

Ich hielt ihm das Buch hin, sodass er das Cover gut sehen konnte.

»Genau das hat sie auf Instagram vorgestellt. Egal, wo sie hin ist, sie hätte es auf jeden Fall mitgenommen!«

Dragic schaute sich das Buch genauer an. »*Der Zorn der Einsiedlerin*«. Dann zuckte er die Schultern und zückte sein Handy. »Sie wird spannendere Lektüre gefunden haben. Ich kenne die Vargas-Krimis, die sind wirr und voller Wolkenschaufelei, was immer das sein soll.«

»Sieht Valerie anders.« Ich zeigte auf weitere Vargas-Krimis in ihren Bücherstapeln neben dem Bett. Sie waren voller Knicke und Eselsohren, rochen nach Kekskrümeln zwischen den Seiten, zeigten Kaffeetassenränder und wirkten auch sonst wie viel gelesene Lieblingsbücher.

»Was ist mit dem letzten Post?«, fragte Dragic und hielt mir Valerie Winters letztes Buchfoto hin. Es zeigte das Cover des Romans *Die Welle*. »Dann hat sie eben das mitgenommen.«

»Sie hat sonst immer Rezensionen gepostet, und nun kommt sie gleich mit neuer Lektüre? Eindeutig Fake. Und warum postet sie dieses Buch? Das passt überhaupt nicht zu ihr. Schauen Sie sich doch um, hier wimmelt es von Poesie und Cozy Crime.«

»Sie kennen die Frau doch gar nicht«, sagte Dragic unwirsch und dirigierte mich aus der Wohnung hinaus. »Überlassen Sie mir die Rückschlüsse, klar?«

Sosehr er auch versuchte, es zu verbergen, sein Interesse an den Umständen von Valerie Winters Verschwinden war geweckt. Vor allem an der Frage, warum ihr Geldbeutel am Tag der Schubsattacke unterwegs gewesen war.

***

23

Mit Dragics Einverständnis setzte ich mein Praktikum für den Rest des Tages in den Räumen der Mordkommission fort.

Während seine Leute nach Antworten im Außendienst suchten, saß ich mal wieder vor einem Bildschirm und schaute mir Überwachungsbänder aus S- und U-Bahn-Schächten an.

An sich war die Arbeit ziemlich verantwortungsvoll. Es ging darum, herauszufinden, wo genau Valerie Mandarinos Weg am Tag seiner Diebestour gekreuzt hatte. Klar, dass man sich dafür die Tagesaufnahmen aller Bahnsteige, Verbindungsgänge und Rolltreppen zwischen Senefelderplatz und Alexanderplatz anschauen musste. Dragic hätte mir diese Aufgabe sicher nicht gegeben, wenn er meine Beobachtungsgabe nicht zu schätzen gewusst hätte, und so schärfte ich meine Pupillen und zog mir die Aufnahmen mit voller Aufmerksamkeit rein.

Bisher hatte ich den Zusammenprall von Ortleb mit der S-Bahn ja noch gar nicht gesehen. Nur die Sequenzen vorher und nachher, das Blut vor Ort. Trotzdem war ich nicht darauf gefasst, wie die Bilder des zerschmetterten Ortleb auf mich wirkten. In der einen Sekunde mümmelte er an seinem Pizzastück, und in der nächsten löste sich sein Körper in Fetzen auf. Smash – und der Mann war Geschichte.

Die menschliche Verletzlichkeit so vorgeführt zu bekommen wie im Augenblick der Kollision mit einer gewaltigen Maschine war ernüchternd, grausam. Es waren Bilder, die ich nie wieder von meiner Festplatte würde löschen können.

Und während derjenige, der für Ortlebs Schicksal verantwortlich war, unerkannt in die Beliebigkeit großer Menschenansammlungen entglitt, ging zwei Stockwerke weiter unten Mandarino in den U-Bahn-Schächten seinem Tagewerk nach. Stieß hier mit jemandem zusammen, touchierte da den Nächsten, und mit jedem weiteren Rempler wuchs mein Ärger darüber, dass auch dieser Kerl noch immer frei herumlief. Aber diese offene Rechnung war jetzt nicht dran. Ich war als objektive Ermittlerin – na gut, wohl mehr als total subjektiv agierende Praktikantin – für Valerie hier, und als solche nahm ich meine Aufgabe sehr ernst.

Ich spulte viele Momente mit Frauen ähnlichen Typs vor und zurück, zoomte an Flecken heran, die wie Tätowierungen aussahen, doch wie zu erwarten war, gab es von Valerie keine Spur.

Natürlich versuchte ich, mir vorzustellen, wie sie aussehen könnte, wenn sie ihre auffällige schwarz-pinke Frisur veränderte, wenn sie sich absichtlich unkenntlich machte, ihre Tätowierungen abdeckte. Wahrscheinlich würde ich sie in so einem Fall übersehen, ich kannte sie ja nur von einem Foto, wusste nicht, wie sie sich bewegte, ob sie eher ein Mensch mit eckigen, ungelenken Bewegungen war oder einer von der geschmeidigen Sorte.

Um mir davon ein Bild zu machen, suchte ich auf ihrem Instagram-Account nach Videos zwischen den Bücherpostings. Tatsächlich gab es zwei von der Leipziger Buchmesse, die im März stattgefunden hatte. Valerie lief über das Messegelände und hatte sich im Selfie-Modus dabei gefilmt. Manchmal war ihr Gesicht nur halb im Bild, von ihrem Körper war leider gar nichts zu sehen, aber immerhin kam sie bei einigen Ständen an spiegelnden Flächen vorbei, in denen ihre Bewegungen für einige Sekunden zu sehen waren. Sie hatte eine schmale, jungenhafte Figur und trug klobige Schnürschuhe, was ihrem Gang einen abgehackten Rhythmus verlieh, schwarze Hosen mit Hosenträgern, dazu ein weißes langärmliges Hemd. Sie redete die ganze Zeit über Samu, der bald zu ihr kommen sollte. Ob er es wohl gut bei ihr haben würde?

Während sie sich das fragte, wurde ihr ein Flyer in die Hand gedrückt, den sie kurz ins Bild hielt. Das wirklich Spannende passierte jedoch hinter ihr.

Das Video blieb stehen, und Kollers Bild erschien auf dem Display – als eingehender Anruf. Weil ich mich in dem großen Büro mit mehreren Arbeitsplätzen relativ unbeobachtet fühlte, nahm ich an.

»Buck, wie sieht's aus, haben Sie den Taschendieb identifiziert?«

»Nein, das nicht, aber ich hab was Interessantes entdeckt ... Augenblick noch, ich muss hier erst mal eine ruhigere Ecke finden.« Ich ging auf den Gang hinaus und suchte mir einen leeren Raum, in dem ich ungestört telefonieren konnte. Und dann platzte die Neuigkeit aus mir heraus: »Festhalten Koller: Valerie Winters Geldbeutel ist unter dem Diebesgut!«

»Welches Diebesgut?«

»Von dem Taschendieb!«

»Und?«

»Na, das heißt, dass er ihr am Donnerstag begegnet sein muss! Zwischen Alexanderplatz und Senefelderplatz.«

»An welchem Donnerstag?«

»Donnerstag letzter Woche.«

»Aber sie ist seit vier Wochen verschwunden.«

»Genau, das ist ja das Interessante daran.«

»Was soll das bedeuten? Heißt das, sie ist doch nicht verschwunden, oder was?«

»Keine Ahnung. Dragic glaubt, dass sie sich absichtlich vor Sommer versteckt hält.«

»Ausgeschlossen.«

»Ich weiß nicht. Auf den Überwachungsbändern habe ich sie jedenfalls noch nicht entdeckt. Ich hab ...«

»Wie kommen Sie denn an die Überwachungsbänder?«, fiel Koller mir ins Wort. »Wo sind Sie jetzt überhaupt? Ich dachte, wir bleiben heute zusammen an dem Fall dran, war heute nicht Ihr freier Tag?«

»Na ja, ich bin immer noch bei der Mordkommission, komm hier auch so schnell nicht weg.«

»Hat Dragic Sie vor den Bildschirm gesetzt? Vorsicht! Das macht er nur, um Sie vom Ermitteln abzuhalten. Wir haben Wichtigeres zu tun!«

»Das ist keine Fleißarbeit, das ist schon wichtig.«

»Mit Ihrer Nase müssen Sie raus! Passen Sie auf: Ich habe einen Kopfkissenbezug aus Valeries Wohnung mitgenommen.«

»Nein, Koller!«

»Damit können Sie ihre Fährte aufnehmen, am besten heute noch zwischen Maisfeld und Schrottplatz.«

»Sind ja nur zehn, zwanzig Kilometer.«

»Und irgendwas ist mit ihrem Samojeden nicht in Ordnung. Sie hatte einen Termin beim Tierarzt, den sie nicht wahrgenommen hat. Keine Ahnung, was sie da wollte, sie ist ja nicht aufgetaucht und war vorher auch noch nie dort.«

»Woher wissen Sie davon?«

»Stand in ihrem Kalender, den hab ich hier, Augenblick ... Ich sage Ihnen gleich, wann der Termin war.«

Ich konnte Koller blättern hören und kriegte mich nicht mehr ein.

»Sind Sie eigentlich verrückt, die halbe Wohnung mitzunehmen? Dragic wird Ihnen einen Strick daraus drehen! Und am Ende fällt es auf mich zurück.«

»Nur wenn Sie es ihm erzählen.«

»Was soll denn diese Zwickmühle? Ich versuche, mich hier an die Regeln zu halten.«

»Lassen Sie das sein und halten Sie sich lieber an Ihre Nase.«

»Und wohin soll mich das am Ende führen?« Meine Lautstärke war etwas aus dem Ruder gelaufen, ich versuchte, sie wieder etwas zu dämpfen. »Und wo wir schon dabei sind, haben Sie nicht gesagt, dass Valerie diesen Wildrosenduft von Larella benutzt? In ihrer ganzen Wohnung war nichts davon zu riechen.«

»Woher wollen Sie das wissen. Sie waren doch nur im Flur und in der Küche.«

»Tut nichts zu Sache, um Sie mal zu zitieren. Was ist jetzt mit dem Wildrosenduft? Woher haben Sie die Info, dass es Valeries Duft sein soll? Von Albrecht Sommer? Dann hat er Ihnen Mist erzählt. Ich begreife eh nicht, wie Sie dem vertrauen können. Sie verdächtigen ihn doch eigentlich, oder irre ich mich?«

»Ganz genau, und darum brauche ich noch mehr Informationen über ihn. Einige habe ich schon, wir fangen hier nicht bei null an, Buck.«

»Was denn zum Beispiel?«

»Ach, muss das wirklich am Telefon sein? Es wäre mir lieber, Sie könnten herkommen. Ich hatte eigentlich fest mit Ihnen gerechnet heute Nachmittag.«

Ich wollte es mir mit Dragic nicht noch weiter verscherzen. Die Sache mit dem Einbruch in Valeries Wohnung reichte eigentlich schon, um mir meine weitere Laufbahn bei der Polizei zu verbauen.

»Heute wird das nichts mehr, tut mir leid, Koller.«

»Und morgen?«

Morgen war Mittwoch, der Tag, an dem Alma Hicks mit Mandarino verabredet war. Da hatte ich, ehrlich gesagt, noch weniger Zeit als jetzt.

»Auch schlecht. Mensch, Koller, es ist meine vorletzte Praktikumswoche, was soll ich denn machen?«

»Sagen Sie das irgendwann mal Valerie Winter. Ach Moment, das wird wohl auch nichts mehr bringen, denn dann ist sie wahrscheinlich tot!«

Koller hatte die letzten Worte ins Mikro gebrüllt, und danach war es so still geworden, dass ich dachte, er hätte aufgelegt. Als ich hörte, wie er sich räusperte, war ich überrascht, dass er noch dran war.

»Tut mir leid, Buck«, sagte er mit heiserer Stimme. »Das war nicht angemessen Ihnen gegenüber. Löschen Sie das bitte aus dem Protokoll, ja?«

»Schon passiert.«

»Sie wollten wissen, was ich über Sommer weiß«, sagte er in versöhnlichem Ton. »Also, auf jeden Fall hat das Mietshaus, in dem er mit seinem Vater wohnt, keinen Keller. Falls er Valerie irgendwo versteckt hält, dann nicht dort.«

»Aha.«

»Und haben Sie schon mal was von Erotomanie gehört?«

»Wenn Teenager in Popstars verliebt sind?«

»Ja, genau. Das gibt's auch bei Erwachsenen in krank. Leute, die unter so was leiden, fantasieren sich in eine Intimität rein, die es in der Realität mit dem Mann oder der Frau ihrer Träume überhaupt nicht gibt.«

»Okay, Sommer hat also ein massives psychisches Problem, wer hätte das gedacht.«

»Vor allem auch mit vermeintlichen Konkurrenten. Einem Studienkollegen von Valerie, der sie ein Stück in seinem Auto mitgenommen hatte, hat er den Lack zerkratzt. Einen Passanten, der neben ihr an einer Ampel stand, hat er mit Hundekot beworfen.«

»Oh, das ist auf einem ihrer Insta-Clips auch zu sehen. Da wird ein Typ, der ihr einen Flyer in die Hand gedrückt hat, aus dem Bild geschubst. Bestimmt von Sommer, ich war gerade dabei, mir das anzuschauen, als Sie anriefen, also, wenn er das war, dann ist er ihr sogar bis nach Leipzig gefolgt!«

»Da setz ich noch einen drauf: Einem Schriftsteller, dessen Lesung Valerie besucht hat, hat er auf allen Bewertungskanälen Ein-Sterne-Rezensionen geschrieben, mit seinem Klarnamen!«

»Oh, mein Gott, wirklich? Das toppt ja alles, und ich hab ihn eigentlich nur für einen Einbrecher, Entführer und Mörder gehalten.«

»Ich wollte damit sagen, dass der Mann mal impulsiv, mal geplant, mal direkt, mal aus dem Hinterhalt agiert. Er kennt keine Hemmungen, scheut keine Mühen, ist absolut nicht berechenbar, und er ist total auf Valerie fixiert.«

»Halleluja. Und wie lange muss Valerie das schon ertragen?«

»Seit Januar ungefähr, seit sie bei ihm in Behandlung war.«

»Moment. Was? In Behandlung? Bei ihm?«

»Er ist Physiotherapeut. Sie war wegen Migräne in der Praxis.«

»Ach so«, sagte ich. »Wieso haben Sie mir das nicht alles gestern schon erzählt?«

»Ich wollte, dass Sie dem Mann ganz unvoreingenommen begegnen. Wie war denn Ihr erster Eindruck? Würden Sie zu ihm ins Auto steigen, wenn Sie nichts über ihn wüssten?«

»Muss ich drüber nachdenken, im Augenblick schaudert's mich, wenn ich nur an ihn denke.«

Aus dem Hintergrund rief jemand nach Koller und fragte, ob Kaffee mit Milch oder ohne. Die Stimme ließ mich frösteln.

»Sagen Sie bloß, Sie sind immer noch mit ihm unterwegs?«

»Ja, wir sind jetzt Valeries tägliche Hunderouten abgelaufen. So ein Samojede braucht viel Bewegung, und ich bin froh, dass Valerie das offenbar gewusst hat. Jetzt essen wir gerade Bockwurst an der Hasenschänke. Also, Sommer isst, ich telefoniere ja mit Ihnen.«

Ich konnte nicht glauben, mit welcher Seelenruhe Koller diesen Spagat hinlegte – mit mir in Sommers Abgründe zu blicken, während er sich von ihm einen Kaffee holen ließ.

»Ich kann jetzt auch gar nicht mehr lange reden, das wird sonst unhöflich, und ich hab hier auch noch einiges vor, könnte länger dauern. Sie werden dann bestimmt vor mir zu Hause sein. Für den Fall habe ich im Hinterhof einen Ersatzschlüssel deponiert, unter dem Sattel des silbernen Herrenrads. Da ist noch Auflauf im Kühlschrank, Sie können gern schon anfangen zu essen. Ich habe Ihnen auch ein Stück vom Apfelkuchen zurückgelegt.«

Im ersten Moment wusste ich gar nicht, was ich darauf antworten sollte. Gab Koller mir wirklich gerade seinen Wohnungsschlüssel in die Hand? Tatsächlich hatte er sein Zuhause eben auch als mein Zuhause bezeichnet. Seine Gastfreundschaft, die Selbstverständlichkeit, mit der er mir Tür und Kühlschrank öffnete, machte mich sprachlos. Ein dicker Kloß der Rührung saß mir im Hals. Umso blöder fühlte ich mich, dieses Angebot ausschlagen zu müssen.

»Das ...« Ich musste mich räuspern, um weitersprechen zu

können. »Das ist total lieb von Ihnen, Koller, aber heute Morgen haben Ricky und ich uns versöhnt ...«

»Oh, gut.«

»Ja, und darum kann ich wieder nach Hause, also ...«

»Natürlich, ist doch klar. Schön, dass mit Ricky alles wieder im Lot ist. Das haben Sie gut gemacht, Buck.«

»Ich bin auch total froh. Danke, dass Sie für mich da waren in der Zeit, und danke auch für das, was Sie mir gesagt haben, mit dem Mutigsein und dem Davonlaufen und so. Sie hatten recht mit allem. Ich denke, ich versuche es jetzt mal mit Bleiben.«

»Ja? Bleiben Sie bei Ricky, oder versuchen Sie es nur? Dann lass ich den Schlüssel wohl besser unterm Sattel, für alle Fälle. Wir telefonieren dann morgen?«

»Äh, ja, klar.«

Ich tippte auf Anruf beenden und starrte eine ganze Weile vor mich hin, weil mir nicht klar war, wie Koller die Schlüsselsätze gemeint hatte. *Bleiben Sie bei Ricky, oder versuchen Sie es nur?* Unterstellte er mir damit Halbherzigkeit gegenüber Ricky, oder fühlte er sich in seiner Gastfreundlichkeit ausgenutzt, weil ich sie an einem Tag brauchte und am nächsten ausschlug?

Da ich zu keinem Schluss kam, verschob ich die Grübelei auf später, kehrte zu meinem Praktikantenplatz zurück und rief schon auf dem Weg dorthin Valerie Winters Instagram-Account wieder auf. Ich schaute mir den zweiten Videoclip an. Er war von einer höheren Warte aus gefilmt, vielleicht einer Galerie, von der aus man die Messehalle gut überblicken konnte, und er fing die Stimmung vor Ort sehr schön ein. Valerie war darauf jedoch nicht zu sehen, nur das Gewusel der Besucher zwischen den Ständen aus einigem Abstand. Ein bisschen so wie die Aufnahmen der Überwachungskameras von den Bahnsteigen und Verbindungsgängen am Alexanderplatz, nur in besserer Qualität und mit gut gelaunten Menschen.

Und auch hier brauchte ich eine Weile, um den Typen zu erkennen, der sich schattenartig durch die Menge schlängelte. Ich sah ihn auch nur, weil ich wiederholt nach ihm Ausschau hielt. Zuerst hatte ich nach seinen hellblonden Haaren gesucht, aber die waren gar nicht zu sehen, weil er die Kapuze seiner Jacke hochgeschlagen hatte. Albrecht Sommer blieb Valerie im Strom der Besuchermenge auf den Fersen und entzog sich gleichzeitig ihren Blicken, wie ich es in dieser Geschmeidigkeit bisher nur beim flüchtenden S-Bahn-Schubser gesehen hatte.

Ich suchte die passende Sequenz der Überwachungsbänder am PC heraus und ließ den Messeclip mit Albrecht Sommer gleichzeitig laufen. Die Ähnlichkeit des Bewegungstalents beider Protagonisten war erstaunlich.

Das sah Dragic auch so. Und darum wollte er Albrecht Sommer umgehend ins Präsidium holen lassen. Ich sagte ihm, dass ich wüsste, wo er jetzt sei, und dass Koller ihn vielleicht direkt herbringen könnte oder zur nächsten Polizeiwache.

Dragic war damit einverstanden, dass ich Koller anrief, bestand aber darauf, dass ich auf Lautsprecher schaltete und ihn nicht vorwarnte.

Blöderweise zeigte Koller sich alles andere als kooperativ, da er Sommer nicht für den S-Bahn-Schubser hielt.

»Er kann es gar nicht gewesen sein.«

»Wegen des bandagierten Arms? Sie haben selber schon daran gezweifelt, er kann den Verband abgenommen haben.«

»Nein, wenn Sie es genau wissen wollen, ich war nach unserem Training vom Wochenmarkt am Kollwitzplatz mit Sommer verabredet. Letzten Donnerstag um 14 Uhr. Mit anderen Worten: Ich bin Sommers Alibi.«

Das war zu viel für Dragic, er konnte sich nicht länger zurückhalten.

»Ernsthaft, Koller? Das kann doch wohl nicht wahr sein! Bist du nicht krankgeschrieben?«

»Dragic? Na, hallo, lange nichts von dir gehört. Wie geht's denn so?«

»Danke der Nachfrage, Koller, mir geht's eigentlich wie immer. Ich versuche, meine Arbeit zu machen, während du von der Seite reingrätschst.«

Kollers Tonlage schlug ebenfalls auf Angriff um. »Würdest du deine Arbeit machen, müsste ich nicht ermitteln, und der Schattenmann wäre längst gefasst.«

»Klar, der Schattenmann mal wieder«, stöhnte Dragic und ließ das Gesprächsruder vollends sausen. »Was hat das eine mit dem anderen zu tun? Gibt's sonst keine Verbrecher in der Stadt? Da wurde ein Mensch vor die S-Bahn geschubst, aber scheiß drauf! Lass uns aus alten Vermisstenfällen einen Serienmörder basteln, gibt einfach mehr her.«

»Hast du was damit zu tun, Dragic? Deckst du den Mann? Oder bist du es am Ende selber? Anders kann ich mir deine ignorante Haltung nämlich nicht mehr erklären.«

»Du hast doch einen Schatten, Koller!«, fauchte Dragic außer sich vor Wut.

»Sorry«, grätschte ich dazwischen und versuchte, die Sache wieder auf den Boden der Tatsachen zu holen, »hier geht's doch eigentlich um Sommer, oder nicht? Wo genau sind Sie denn jetzt gerade mit ihm, Koller? Immer noch an der Hasenschänke?«

Aber da war nur noch ein Knacken in der Leitung, Koller hatte aufgelegt.

Dragic sah mich finster an. Dann schickte er Polizisten vom

Neuköllner Abschnitt 52 los, die saßen am Tempelhofer Feld, was ganz um die Ecke der Hasenheide war. Mich schickte er nach Hause, wohin ich natürlich nicht ging. Ich überlegte, selber zur Hasenheide zu fahren oder mich vor dem Gebäude der Mordkommission zu postieren, um den weiteren Verlauf der Ereignisse mitzubekommen.

Unentschlossen lief ich zwischen der Keithstraße und dem U-Bahnhof Wittenbergplatz hin und her und versuchte vergeblich, Koller zu erreichen. Klar, er war sauer auf mich, weil ich ihm Dragic untergejubelt hatte, aber sauer war ich auch oft genug auf ihn. Von daher kein Grund nicht ans Telefon zu gehen.

Die nächste Stunde zerbiss ich mir vor Ungewissheit die Innenseiten meiner Wangen. Als endlich mein Handy klingelte, fiel mir ein Stein vom Herzen, aber es war nicht Koller, sondern Dragic, der wissen wollte, ob Koller sich bei mir gemeldet hätte.

Sommer und er wären in der Hasenheide nicht auffindbar gewesen. Er würde jetzt einen Polizisten bei Sommers Vater abstellen und wollte weder mich noch Koller in der Nähe dieses Mannes sehen.

Sollte ich mitbekommen, dass der offiziell krankgeschriebene Koller nicht einfach nur seinen Reha-Übungen nachging, sondern weiteren Privatermittlungen, erwartete Dragic von mir, ihn darüber zu informieren. Andernfalls könne er sich nicht vorstellen, dass ich für den Polizeiberuf wirklich geeignet wäre, schon gar nicht für den der Kriminalkommissarin.

Diese Ansage musste ich erst mal verdauen.

Aber was sollte ich machen? Ich musste erst mal wissen, was mit Koller war. Gut möglich, dass er längst bei sich zu Hause saß.

Auf dem Weg dorthin rief Ricky an und berichtete davon, dass Mo der Star auf Konopkes Hochzeitsgesellschaft war.

»Morgen würde er der Braut die Show stehlen, aber zum Glück sind wir ja nicht bei der Trauung mit dabei. Ich fahre erst abends wieder hin und hole Frau Konopke nach der Feier ab. Treffen wir uns in zwei Stunden zu Hause? Ich breche dann hier demnächst auf.«

»Ja, unbedingt. Ich wollte nur noch schnell bei Koller vorbei. Schauen, ob alles in Ordnung ist.«

»Wieso? Ist irgendwas passiert?«

»Ach, kann sein, kann nicht sein. Darum wollte ich ja kurz schauen.«

»Ja, klar, mach das. Und, Ninja, du wolltest doch wissen, in welches Altersheim Koller seinen Kuchen gebracht hat?«

»Sag bloß, du hast es rausgefunden!«

»Klar, hab ich. Adresse schick ich dir gerade, hast du's? Liegt ganz praktisch auf halbem Weg zwischen Mordkommission und Kollers Wohnung.«

»Ach, echt? In der Millerstraße. Ich glaub, da bin ich schon mal vorbeigekommen. Grauer Plattenbau mit winzigen Fenstern, oder?«

»Ja, hat den Gefängnislook, aber Bascha meint, die Leitung wäre spitzenmäßig, sehr engagiert. Und ich weiß auch, wer die Frau ist, die Koller dort besucht. Jeden Tag übrigens, nicht nur an ihrem Geburtstag.«

»Jeden Tag? Kann ja nur seine Mutter sein.«

»Nee, die Frau ist seine ...«

Im Hintergrund rumste und schepperte es, der Polterabend von Konopkes Tochter kam in die Gänge. Gäste und Nachbarn warfen Geschirr und alte Keramiktöpfe auf den Steinfußboden des Innenhofs. Ich verstand kein Wort und scheuchte Ricky in eine ruhigere Ecke der Location. Doch immer noch glaubte ich, mich verhört zu haben, als er sagte, dass die Frau Kollers Schwiegermutter wäre. »Sie heißt Lilo Lichterwald, und jeden Abend schaut er mit ihr die Sportschau.«

»Was meinst du mit Schwiegermutter? Das würde ja bedeuten, dass er verheiratet ist.«

»Na ja, ist er doch auch, aber sie leben schon seit zig Jahren getrennt.«

»Ist er doch auch? Hast du das etwa gewusst?«

»Ja, das hat er mal erwähnt. Marion heißt seine Frau, glaube ich.«

»Er hat mit dir über sie gesprochen?«

»Nur mal am Rande. Wir führen nicht so ausufernde Gespräche.«

Im Hintergrund knallte es ohrenbetäubend. Jemand aus den oberen Stockwerken musste eine Kloschüssel oder dergleichen heruntergeworfen haben. Mir klingelten die Ohren.

»Ich muss nach Frau Konopke schauen«, sagte Ricky. »Sie ist zwar blind, aber nicht taub.«

Er verabschiedete sich und ließ mich mit offenen Fragen über seine Gespräche mit Koller zurück.

***

24

Seit zehn Minuten lief die Sportschau. Sollte Koller diese Sendung jeden Abend mit seiner Schwiegermutter schauen, dann saß er jetzt bei ihr im Zimmer.

In dem Fall konnte ich mir den Weg zu seiner Wohnung sparen.

Das Altersheim war nicht weit entfernt, und von Rickys Arbeit wusste ich, dass man nicht einfach in solche Einrichtungen hineinspazieren konnte, ohne sich anzumelden.

Also fragte ich auf der Schwesternstation im Erdgeschoss nach, ob Frau Lichterwald wohl gerade ihren Schwiegersohn zu Besuch habe. Ich muss zugeben, dass ich nicht mehr genau weiß, wie ich diese Frage formuliert habe, denn ein überwältigender Geruchsmix aus Fencheltee, Heilsalbe, Desinfektionsmittel und Urin trübte vorübergehend mein Bewusstsein. Jedenfalls fand ich mich kurz darauf mit einer freundlichen Schwester vor Frau Lichterwalds Zimmertür wieder, die sie nach schnellem Klopfen mit den Worten öffnete: »Na, schauen Sie mal, Frau Lichterwald, jetzt ist doch noch ein Geburtstagsgast gekommen!«

»Marion?«, sagte Frau Lichterwald erfreut und schaute mich an, ohne dass sich Enttäuschung auf ihrem Gesicht breitmachte. Sie war eine weißhaarige, rundliche Frau mit großen hellbraunen Augen. Außer ihr und dem TV-Sportmoderator war niemand im Zimmer. Die Schwester griff nach der Fernbedienung und schaltete ab, schob mir dann einen Stuhl hin, den sie genau vor der Frau platzierte. »Viertelstunde«, sagte sie, »dann beginnt hier die Abendprozedur. Reicht Ihnen, oder?«

Ich nickte, setzte mich und sah Frau Lichterwald an, die mich ihrerseits anschaute.

»Prima, dann sprudeln Sie mal los«, sagte die Schwester und war weg.

Nachdem Frau Lichterwald und ich uns einige Sekunden lang wortlos angeblinzelt hatten, weil mir partout keine vernünftige Erklärung für meinen Besuch einfallen wollte, sagte sie: »Machst du den Fernseher wieder an? Wir verpassen noch die Ergebnisse der Bundesliga.«

Erleichtert über die Fokusverschiebung rückte ich meinen Stuhl in Blickrichtung zum Fernseher neben Frau Lichterwald, holte die Fernbedienung vom Bett und schaltete ein.

Und wirklich war der Sportmoderator gerade dabei, die Ergebnisse der Handball-Bundesliga der Frauen anzusagen.

»Dortmund 35:17 gegen Oldenburg? Was ist denn da los?«, wunderte sich Frau Lichterwald.

»Wenn du das übernehmen würdest, sähe das aber anders aus, mein Schatz.«

Frau Lichterwald stupste mich in die Seite.

»Ich, äh, hab leider null Ahnung von Handball.«

»Ha, das sagst du immer«, lachte Frau Lichterwald. »Ach Gott, die armen Kurpfälzer Bären. Die kommen ja gar nicht mehr aus dem Mustopf, haben sogar gegen Halle-Neustadt verloren. Nimmst du die Trainerstelle an? Ich sag dir, mach das. Du musst dich nicht zurückhalten wegen mir und schon gar nicht wegen dem Griesgram, der hat doch nur seine Toten im Kopf.«

Ich zuckte die Schultern. Was sollte ich dazu sagen?

Das Handballthema war durch, und der Moderator ging zu Leichtathletik über. Frau Lichterwald winkte ab. Ich stellte den Ton etwas leiser.

»Na?«, sagte sie und schaute mich direkt an. »Wann verlässt du ihn endlich? Sind die Koffer schon gepackt? Ich weiß, du hasst es, wenn ich drängle. Ich bin auch schon still.«

Mir war klar, dass Frau Lichterwald mich mit ihrer Tochter verwechselte und mit dem Griesgram aller Wahrscheinlichkeit nach Koller gemeint war.

Aus Rickys Erzählungen wusste ich, dass solche Verwechslungen bei seinen Patienten öfter vorkamen und es meist wenig Sinn ergab, die Dinge richtigzustellen, weil die Leute dann beschämt waren und verstummten. Am besten spielte man mit und versuchte, dem Gegenüber dabei ein gutes Gefühl zu vermitteln.

»Na ja«, sagte ich, »so schlimm ist es eigentlich nicht, es läuft ganz gut gerade.«

»Wirklich? Abwarten. Der nächste Mordfall kommt ganz sicher. Ja, ja, die Toten sind immer so viel spannender als die Lebenden.«

Frau Lichterwald seufzte und zeigte auf ihren Geburtstagstisch, auf dem einer von Kollers Apfelkuchen halb aufgegessen zwischen einer aufblasbaren 85 in einem Blumenstrauß und einer elektrischen Kerze stand, die nur noch schwach flackerte. »Ein Stückchen, mein Schatz?«

Mir war überhaupt nicht danach, aber ich griff trotzdem zu, allein schon, weil ich wissen wollte, wie es um Kollers Backkunst bestellt war.

»Die Äpfel sind aus unserem Garten, ich hab sie gestern abgenommen. Die Gurken brauchen noch, auf deinen Salat musst du noch warten. Wie schmeckt's?«

Hier ging einiges durcheinander, aber wer war ich, diese Unordnung infrage zu stellen?

»Lecker!«, sagte ich, und Frau Lichterwald strahlte.

Es klopfte an der Tür, und die Schwester von vorhin kam mit frischen Handtüchern herein.

»Ich muss jetzt leider stören. Man soll ja aufhören, wenn es am schönsten ist, nicht?«

»Wohl wahr«, bestätigte Frau Lichterwald.

»Ich muss jetzt auch«, sagte ich, aber es dauerte einige Minuten, bis ich aus dem Zimmer herauskam, hauptsächlich wegen des Kuchens: »Nimm doch noch ein Stück mit.«

»Ja, gut.«

»Ich kann es Ihnen einpacken.«

»Nicht nötig, ich esse es auf dem Weg.«

»Ach, das krümelt doch.«

Und dann, während ich darauf wartete, dass die Schwester mir den Kuchen in Alufolie einpackte, sagte Frau Lichterwald: »Lebt der Schnittlauch aus unserem Garten noch? Lass ihn bloß nicht wieder blühen. Du musst die Blüten vorher abschneiden, auch wenn sie hübsch aussehen. Der Schnittlauch wird sonst holzig davon. Und gieß den Dill. Vom Dill kann man nie genug haben, vor allem wenn man so viel Gurkensalat isst wie du.«

Als ich endlich draußen vor dem Altersheim stand, reichte die frische Luft nicht. Ich musste mir Valeries beißenden Tigerbalm auf die Schläfen schmieren, um wieder klar denken zu können. Was war da eben passiert? In der letzten halben Stunde hatte ich mehr über Kollers Privatleben erfahren, als ihm je recht sein dürfte, so viel stand fest.

Seine Frau hatte ihn verlassen, warum auch immer. Nach den Bemerkungen ihrer Mutter zu urteilen, war er damals schon mehr mit seiner Arbeit verheiratet gewesen. Aber das war nur ihre Sicht der Dinge, von daher mit Vorsicht zu genießen. Sicher war, dass die Kräutertöpfe, die Koller bewachte, seiner Frau gehörten. Und so wie er das Grünzeug hegte und pflegte, schien er davon auszugehen, dass sie irgendwann wieder zu ihm zurückkommen würde. Sollte sie eines Tages auf der Matte stehen, wollte er, dass sie sah, wie gut er sich um ihre Pflanzen gekümmert hatte. Eine Vorstellung, die mir das Herz schwer werden ließ.

Ich wollte unbedingt mit Koller reden. Nicht, dass ich ihn auf seine Frau hätte ansprechen wollen. Erst mal wollte ich nur wissen, wo er jetzt war und wieso er auf seinen allabendlichen Besuch im Altersheim verzichtet hatte. Ach, und dann die Eskapaden mit Albrecht Sommer.

Gesprächsstoff gab es genug, aber leider ging er noch immer nicht ans Handy.

Also machte ich mich auf den Weg zu ihm nach Hause.

Aber auch dort öffnete er auf mein Klingeln nicht. So langsam fing ich an, mir ernsthaft Sorgen zu machen. Was, wenn Albrecht Sommer einer dieser Stalker war, die bis zum Äußersten gingen, und Koller das gemerkt hatte? Was, wenn Koller aus der Hasenheide nicht herausgekommen war?

Oder: Was, wenn er doch zu Hause war, sich aber nicht rühren konnte, weil er gestürzt war oder betrunken oder beides zusammen?

Wenn der Ersatzschlüssel noch in dem Versteck war, das er mir beschrieben hatte, dann konnte ich wenigstens in seine Wohnung rein und nachsehen.

Als ich im Hinterhof das silberne Herrenrad nicht sofort erblickte, beschlich mich die Angst, jemand könnte es mitsamt dem Schlüssel geklaut haben. Aber dann sah ich es doch, im Abendlicht hatte das Silber nur gelblich gewirkt. Ich fand auch gleich den Schlüssel unterm Sattel und betrachtete ihn von allen Seiten, als hätte ich vorher noch nie einen gesehen. Irgendwie war es ja auch ein kleines Wunder, den Schlüssel eines Menschen in der Hand zu halten, der sonst als Einmannfestung mit hochgezogener Zugbrücke bekannt war.

***

25

Kollers Wohnung war leer.
Ich schaute in allen Räumen nach, auch in seinem Schlafzimmer ein Stockwerk höher.

Die Wendeltreppe war ich vorher noch nie hinaufgegangen, hatte immer nur gehört, wie Koller sich mit großem Krafteinsatz am Metallgeländer hochzog, dann eine Schiebetür aufgleiten ließ und hinter sich wieder zu. Seine Schritte oben waren meist recht leise gewesen, was am extra flauschigen Teppichboden gelegen hatte, mit dem dort alles ausgelegt war.

Es war ein riesiger Raum, der die gesamte Fläche des Untergeschosses mit Wohnzimmer, Küche und Bad einnahm, und er war fast ganz in orangerotes Abendlicht getaucht, das durch vier große Fenster fiel. Neben einem Doppelbett und einem Kleiderschrank gab es zwei Schreibtische, zwei Kommoden und eine große Wäschetruhe. Aber keinen Koller weit und breit.

Er hatte seine Wohnung ordentlich hinterlassen, das Bett war gemacht, nur in der Küche standen noch einige Backutensilien vom Morgen herum. Auflauf und Kuchenstück standen wie versprochen im Kühlschrank zum Verzehr bereit. Es war anzunehmen, dass er seit dem Vormittag seine Wohnung nicht wieder betreten hatte.

Alles wirkte so normal wie gestern und doch ganz anders, denn ich schaute mich mit anderen Augen um, stellte mir vor, wie Koller sich zu seiner Frau Marion aufs Sofa setzte, wie sie sich in dieser Wohnung bewegt, über den Dielenboden gelaufen oder aus dem Fenster geschaut haben mochte, wie sie die

Wendeltreppe hinauf- und hinabgestiegen war. Natürlich war sie nur eine verschwommene Gestalt für mich, ich wusste ja nichts von ihr, wobei, das stimmte nicht ganz – immerhin wusste ich, dass sie ein Handballass gewesen sein musste, dass ihre Mutter ihren Mann doof fand und dass dieser Mann sie vermisste. Sein Leben hatte sich nicht immer nur um Sherlock oder den Schattenmann gedreht. Es hatte auch einmal eine große Liebe gegeben.

Ich schaute auf die Uhr, noch anderthalb Stunden bis zu meiner Verabredung mit Ricky.

Zeit genug, um den Kuchen aufzuessen. Ich setzte mich damit in den Sessel im Wohnzimmer, der am direktesten zur Schattenmann-Wand hin ausgerichtet war und in dem Koller allem Anschein nach seinen Morgenkaffee getrunken hatte, denn die Tasse stand halb ausgetrunken in Griffweite auf dem Boden. Hier hatte er gesessen und Valerie Winters Blick standgehalten, genau wie ich es jetzt tat. An der Schattenmann-Wand waren außer ihrem Foto und dem ihres Samojeden keine weiteren Fotos hinzugekommen, aber am Stadtplan hatte Koller weitergearbeitet. Dort leuchteten wesentlich mehr farbige Pinnnadelköpfe als gestern noch. Soweit ich mich erinnerte, hatte er die Uniadresse von Valerie mit einer roten Nadel markiert, ihre Wohnadresse mit einer grünen und die Stelle im Park, an der ihr Hund verschwand, mit einer gelben.

Jetzt waren fünf weitere Exemplare der roten Pinnnadeln dazugekommen.

Ich nahm an, dass sie die Arbeitsplätze der anderen Opfer des Schattenmanns markierten. Sie waren von West über Süd nach Ost in einer Art Halbkreis über die Stadt verteilt. Weshalb hatte Koller sie angepinnt? Welcher Gedankengang steckte dahinter?

Beim näheren Hinsehen entdeckte ich, dass die Pinnnadeln mit Zahlen beschriftet waren. Von eins bis sechs. Vermutlich die Opfernummerierung in chronologischer Reihenfolge. Demnach musste Valerie Winter Nummer sechs sein. Und ich entdeckte, dass eine weitere Pinnnadel im Stadtplan steckte. Sie war unbeziffert und weiß, weswegen ich sie nicht sofort gesehen hatte. Sie wirkte so, als markiere sie die relative Mitte zwischen den roten Pinnnadeln.

Ich schaute mir die Adresse, an der sie steckte, genauer an: Friedrichstraße 119. In die Suchleiste meines Handys eingetippt, wurde mir ein Link zu einer Physiotherapiepraxis angezeigt. Wie zu erwarten war, war es die, in der Albrecht Sommer in einem Team aus zwanzig Mitarbeitern arbeitete. Seit neun Jahren. Nach Kollers Theorie war das erste Opfer des Schattenmanns vor acht Jahren verschwunden. Gut möglich, dass Sommer es durch seine Arbeit in dieser Praxis kennengelernt hatte. Andererseits auch wieder nicht, denn während Kollers Ermittlungen vor drei Jahren waren alle möglichen Verbindungen der Frauen untereinander überprüft worden. Da hatte sich nichts Gemeinsames ergeben, keine Überschneidungen, keine Mitgliedschaft im selben Sportverein, kein Kauf der Haustiere beim selben Züchter. Auch kein zufälliger Kontakt beim selben Hundetrainer oder dergleichen. Wie hatte Koller dann so etwas wie den Gang in dieselbe Physiopraxis übersehen können?

Ich rief Koller an, der natürlich nicht ans Telefon ging, und wollte ihm schon auf die Mailbox sprechen, dass ich es dumm von ihm fand, sich auf das Spiel von Sommer eingelassen zu haben. Und natürlich war es ein Spiel. Wäre Sommer sonst auf ihn zugekommen? Wenn er Valerie Winters Verschwinden nicht selbst bei ihm gemeldet hätte, wäre doch niemand darauf gekommen, dass sie weg ist. All das wollte ich sagen, ließ es aber doch sein, weil ich dachte, wenn Koller in Schwierigkeiten steckte und gar keinen Zugriff mehr auf sein Handy hätte, dann wäre es nicht gut, wenn diese Nachricht jemand anderer hört.

So weit war es schon. Jetzt dachte ich wirklich darüber nach, dass Koller ausgeknockt war. Also probierte ich es bei Dragic im Büro, und tatsächlich ging er ran.

»Buck. Das glaub ich jetzt nicht. Kann es sein, dass Sie mich mit Koller verwechseln?«

»Nein«, sagte ich wahrheitsgemäß. »Ich glaube, dass Koller in Schwierigkeiten steckt.«

»Nichts Neues.«

»Es geht um Albrecht Sommer.«

»Ich hatte Ihnen gesagt, dass Sie sich da raushalten sollen!«

»Genau deswegen rufe ich an. Damit ich mich raushalten kann, sollten Sie das übernehmen. Diese Physiopraxis, in der er arbeitet. Schauen Sie sich die mal genauer an. Und damit wir auf Nummer sicher gehen, gleichen Sie auch mal die Patientinnen der letzten acht Jahre mit den Schattenmann-Opfern ab. Sie haben doch die Namen? Ich kann Sie Ihnen sonst raussuchen. Moment mal, Augenblick ...«

Ich klemmte das Handy zwischen Ohr und Kinn und öffnete die oberste Schublade von Kollers Schattenmann-Kommode. Sie war bis obenhin mit all dem vollgestopft, was bis vor Kurzem noch die Wand gefüllt hatte – Fotos der Frauen, ihrer gekidnappten Hunde und Katzen, Kopien der Suchanzeigen, der Fotos ihrer Wohnungen, der Fassaden ihrer Häuser, der Situation auf den Gehwegen vor ihren Häusern, in ihren Hinterhöfen, auf den Wegen im Park, sowie zahlreiche Notizzettel mit zeitlichen Einordnungen, Jahreszahlen wie Uhrzeiten. Beim Reinschielen in Kollers Wohnzimmer hatte ich all diese Informationen immer nur als großes Durcheinander wahrgenommen, genau wie jetzt auch wieder.

»Äh ... sorry,« sagte ich zu Dragic, »kann doch etwas dauern.«

Aber er hatte schon aufgelegt.

Und nun?

Ich war der einzige Mensch, der Koller vermisste und der nach ihm suchen würde. Also stöberte ich die Schattenmann-Schublade durch, musste aber feststellen, dass Koller im Beschriften der Fotos nicht konsequent war. Auf manchen stand der Name, bei anderen die Nummern, die sich auch auf den Pinnnadeln befanden. Es war kein einheitliches System, aber für Koller anscheinend in Ordnung, da er alles gedanklich verbinden konnte.

So sah es also in seinem Kopf aus.

Ich hatte nicht vorgehabt, Kollers ganze Kommode zu durchsuchen, aber der auffällige Duft nach Wildrose, der aus dem Inneren zu kommen schien, zwang mich dazu. Ich öffnete die Türen unterhalb der Schublade und schaute auf eine ganze Anzahl von Marmeladen- und Saure-Gurken-Gläsern mit Schraubverschluss, in denen Koller Geruchsproben aufbewahrte. Eine davon hatte er mir erst letztens in Mahlow unter die Nase gehalten. Die mit dem Schal und dem Wildrosenduft. Der Deckel lag abgeschraubt daneben, auf der Innenseite war eine Nummer notiert, und zwar die eins. Also hatte Koller mir die Duftprobe des ersten Opfers unter die Nase gehalten und nicht die von Valerie Winter. Konnte er zu dem Zeitpunkt auch gar nicht, weil Albrecht Sommer mit seiner Armverletzung noch nicht in ihre Wohnung klettern konnte, um Koller eine Geruchsprobe herauszuholen. Simulierte Verletzung oder nicht – offiziell war das ja erst heute passiert.

Von dem Zeitstrahl, der letztens noch quer über die Wand gespannt war, hatte ich ablesen können, dass der Schattenmann sich sein erstes Opfer vor acht Jahren geholt hatte – immer vorausgesetzt, dass Kollers Theorie stimmte. Eine acht Jahre alte Geruchsprobe war keine gute Basis für eine Fährte. Koller überschätzte mich mal wieder total. Deswegen hatte er mir die Probe wahrscheinlich auch untergejubelt, damit ich sie nicht einfach nur kopfschüttelnd ablehnte.

Auch in allen anderen Gläsern steckten Stoffstücke verschiedenster Art, vom Haarband bis zum Kissenbezug, die Koller vermutlich aus den Hinterlassenschaften der verschwundenen Frauen zusammengetragen hatte. Auf den Deckeln hatte er mit wasserfestem Edding die Opfernummern notiert. Ich wollte mich gerade durch die Geruchsproben schnüffeln, da klingelte mein Handy. Es war Ricky, der von einer Tankstelle anrief und wissen wollte, welchen Wein er für mich mitbringen sollte und ob ich schon nackig auf dem Bärenfell vor dem Kamin läge.

»Äh ... das wird leider nichts mit unserem Abend heute, Ricky. Wir müssen Koller finden, nützt alles nichts.«

Die aufrollenden Wogen ließen sich glätten, als ich Ricky die Sache mit dem Stalker darlegte, den Koller für den Schattenmann hielt. »Erst läuft er mit dem Verrückten durch den Park, und nun meldet er sich schon seit Stunden nicht mehr, ist nicht zu Hause und war auch nicht bei seiner Schwiegermutter, wie sonst.«

»Dass ich das richtig verstehe – dieser Albrecht Sommer, der Stalker, und der Schattenmann sollen ein und dieselbe Person sein.«

»Das meinte ich.«

»Und dieser Albrecht Sommer ist auch der, den du mir heute schon mal beschrieben hast, dieser schmächtige Typ mit dem ausgekugelten Ellbogen, der trotzdem gut klettern kann.«

»Ja, schon verdächtig, nicht?«

»Okay, gut. Jetzt stell dir mal Koller daneben vor. Wie groß ist Koller? 1,90? Auf jeden Fall größer als ich, zehn Zentimeter mindestens. Er ist ein Riese.«

»Mit einer Prothese. Er kommt kaum die Treppen hoch. Runter ist noch schlimmer.«

»Dennoch ein Baum von einem Kerl. Der lässt sich nicht so leicht umhauen.«

»Der Schattenmann hat seine Opfer sediert. Jedenfalls wurden Beruhigungsmittel in Sonja Freisangs Blut gefunden. Da braucht er nicht viel Kraft.«

»Nun gut, was sollen wir jetzt machen?«

»Ich wollte gerade los, um mir die Physiopraxis von Sommer in der Friedrichstraße anzuschauen.«

»Wozu? Hat doch jetzt alles geschlossen.«

»Ich will mir das anschauen. Gebäude, Nachbarschaft, wer sonst noch dort im Haus ist. Ob es da einen Supermarkt gibt oder ein Restaurant, egal, das seh ich dann. Eins führt zum anderen, wo soll ich sonst ansetzen?«

»Wie du meinst. Dann treffen wir uns dort. In einer halben Stunde?«

Das war zu schaffen.

Ich schraubte alle Gläser wieder zu, schloss Schublade und Kommodentüren. Brachte das Geschirr in die Küche zurück, löschte das Licht und verließ Kollers Wohnung. Im Durchgang vom Treppenhaus zur Haustür umwehte mich ein Geruch, der mir bekannt vorkam, den ich aber nicht sofort zuordnete, weil ich ihn nicht mit Kollers Wohngegend in Verbindung brachte.

Erst als ich schon auf der Straße war und einige Meter gelaufen, ließ ich die Bilder zu, die der Geruch heraufbeschwor – Albrecht Sommer, wie er mit verschwitztem T-Shirt Rennrad fährt, elegant abspringt und tänzelnd auf mich zukommt. Umwölkt von seiner speziellen Mischung aus Eigenduft und Voltaren-Salbe. Ich schaute mich nach seinem Rennrad um, ob es hier irgendwo angeschlossen war, aber er konnte ja auch mit der Bahn gekommen sein. Aus welchem Grund? Um Koller zu besuchen? Aber dann hätte er doch bei ihm geklingelt, und davon hatte ich nichts bemerkt.

Im Treppenhaus hatte es auch nicht nach ihm gerochen, sondern nur im Durchgang zum Hinterhof. Sollte er einen Bekannten haben, der zufällig im Hinterhaus von Koller wohnte? Unwahrscheinlich. Viel wahrscheinlicher war etwas ganz anderes.

Schnell lief ich zurück, in Kollers Wohnhaus hinein, den Hausflur bis zum Hinterhof durch. Tatsächlich hockte dort Albrecht Sommer neben Kollers silbernem Herrenrad und tastete es nach dem Schlüssel ab, der dort für mich deponiert worden war und in meiner Hosentasche steckte.

Ich konnte mir denken, woher Sommer das Versteck kannte. Er war ja dabei gewesen bei dem Telefonat, in dem Koller mir davon erzählt hatte, und hatte womöglich die Ohren gespitzt. Viel wichtiger war die Frage, *wieso* er nach dem Schlüssel suchte und woher er wusste, dass Koller nicht zu Hause sein würde.

Also war alles genauso, wie ich befürchtet hatte.

Ich zog mich wieder in den Hausflur zurück, ging ein paar Stufen im Treppenhaus hinauf bis zum ersten Absatz, von dem aus man durch ein Fenster in den Hinterhof schauen konnte. Dort holte ich mein Handy heraus und rief Ricky an, der blöderweise nicht ranging. Als Nächstes probierte ich es bei Dragic, obwohl ich wenig Hoffnung hatte, dass er nach unserem letzten Telefonat noch einmal abheben würde.

»Sie schon wieder. Haben Sie noch ein paar Anweisungen für mich?«

»Nein, tut mir leid, aber ich würde nicht noch mal anrufen, wenn es nicht ernst wäre, das müssen Sie mir glauben.«

»Also gut, ich bin ganz Ohr, solange es nicht um Albrecht Sommer geht.«

»Sie werden lachen, aber ...«

»Nein. Sommer gehört zu meinem Fall. Der hat nichts mit Kollers Hirngespinsten zu tun. Er soll sich ein für alle Mal raushalten!«

»Nicht auflegen, bitte! Sommer ist leibhaftig hier, keine fünf Meter von mir. Kommen Sie her, oder schicken Sie eine Streife, mir egal! Nur schnell bitte!«

»Hm, wenn das so ist. Aber wohin denn überhaupt?«

»Zu Kollers Adresse. Sommer ist gerade im Hinterhof.«

»Natürlich, wo soll er auch sonst sein. Die Streife ist in zehn Minuten da. Machen Sie nichts, Frau Buck! Halten Sie sich im Hintergrund, ich verlass mich auf Sie.«

Er legte auf, und ich bezweifelte, dass Albrecht Sommer so nett sein würde, diese Zeit mit Nichtstun zu überbrücken. Ich warf einen Blick durch das Flurfenster. Inzwischen suchte er den Boden um das Fahrrad herum nach Kollers Schlüssel ab. Noch zehn Sekunden, dann würde er aufgeben und wieder davonspazieren – wenn sich ihm keiner in den Weg stellte.

Sollte ich keiner sein?

***

26

Ich wartete am geöffneten Tor zum Hinterhof auf Sommer, im dunklen Hausflur. Das Licht ließ ich aus, denn so konnte Sommer mich nicht sofort sehen. In Gedanken versunken trat er über die Schwelle. Ich sagte: »Hallo, Albrecht.« Und er zuckte zusammen, als wäre ich ein Gespenst oder etwas noch viel Schlimmeres – ein Stalker, wie er selbst einer war. Irgendwie gefiel mir das, ich fühlte mich wie Valeries Racheengel.

Sommer schien eine ähnliche Assoziation zu haben, denn er schaute mich mit großen Augen an und stammelte: »Valerie?«

»Nina Buck«, stellte ich klar und gab mich autoritärer und polizistenmäßiger, als ich mich fühlte. »Die Kollegin von Koller. Wollen Sie ihn besuchen?«

»Ich, äh …«, fing Sommer an. Langsam gewöhnten sich seine Augen an die Lichtverhältnisse, und er erkannte, dass ich nicht Valerie war. Trotzdem sah er mich weiter auf eine eigenartige Weise an, ganz anders als vor Valeries Wohnung bei unserem ersten Aufeinandertreffen.

»Heute Mittag waren Ihre Haare doch heller, oder nicht?« Er streckte die Hand nach meinen Haaren aus. »Was ist das für ein Shampoo?«

Ich kickte seinen Arm mit meinem Handgelenk übertrieben heftig weg, damit er gleich wusste, dass er so etwas stecken lassen konnte. »Völlig schnuppe! Was wollen Sie hier? Wo ist Koller? Sie wissen doch, wo er ist.«

Er antwortete nicht, reckte stattdessen seine Nase in meine Richtung. »Oder ist das Ihr Parfüm? Ich glaube, Valerie hat dasselbe.«

»Hallo? Aufhören damit!« Ich haute mit Schmackes auf den Lichtschalter, und das Flurlicht ging flackernd an. »Sie waren den ganzen Nachmittag mit Koller zusammen, und wenn Sie nicht wüssten, wo er ist, dann wären Sie nicht hier. Ich weiß genau, dass Sie seinen Schlüssel gesucht haben. Sie wollten in seine Wohnung, weil Sie in Ihre eigene nicht reinkommen, die wird nämlich bewacht.«

Sommer schien gar nicht richtig zuzuhören und kam einen Schritt näher. Ich wich zurück. Noch ein Schritt, und meine Fersen berührten die Wand.

»Bleiben Sie, wo Sie sind, und hören Sie auf, mich so anzuschauen!« Um ihn abzuwehren, behauptete ich: »Ich bin nicht alleine hier, draußen sitzen noch zwei Kollegen im Auto. Die kommen, sobald ich rufe. Wir sind Ihnen gefolgt.«

»Aber wieso? Was soll der ganze Aufwand?«

»Das wissen Sie ganz genau.«

Aus kalten blauen Augen schaute Sommer mich an.

»Ich habe keine Ahnung.«

Das Flurlicht ging aus, sodass ich mich umdrehen musste, um den Schalter zu drücken. Als ich mich wieder Sommer zuwandte, war er noch näher gekommen, und mich überliefen eisige Schauer. Sein Gesicht war so nah, seine Pupillen weiteten sich, seine Nüstern auch, und mir wurde schlagartig klar, dass es etwas Instinkthaftes, Emotionales war und mit Valeries Tigerbalm zu tun haben musste. Den hatte ich mir doch vor einer Stunde auf die Schläfen geschmiert, und dieser Duft triggerte irgendwas bei Albrecht Sommer. Dabei war es nicht einmal Valeries richtiger Eigenduft, sondern nur eine Komponente davon.

»Stopp!«, rief ich mit fester Stimme und schob ihn von mir weg. »Drei Schritte zurück und durchatmen! Ganz ehrlich jetzt, ich fang sonst an zu schreien.«

Das musste überzeugend geklungen haben, denn er tat wie geheißen. Er wusste ja nicht, dass mein Schreien lediglich die Nachbarn alarmiert hätte. Dragics Streife ließ auf sich warten, hatte er sie überhaupt losgeschickt? Ich musterte Sommer, der sich fahrig übers Gesicht strich. Ich konnte mir vorstellen, dass er mit Koller durch die Hasenheide gelaufen war und über dieses und jenes geredet hatte. Aber ebenso traute ich ihm zu, dass er Koller niedergeschlagen und hinter der Hasenschänke verbuddelt hatte. Er überschritt jede Grenze, was Valeries Privatsphäre betraf, warum sollte er andere Grenzen akzeptieren?

»Ich will nur wissen, wo Koller ist, mehr interessiert mich nicht.«

»Wo Koller ist?«

»Ja, verdammt! Sie haben den ganzen Nachmittag zusammen verbracht. Ich hab mit Koller telefoniert, er hat angekündigt, dass er noch eine Weile mit Ihnen unterwegs sein wird. Also erzählen Sie mir bloß keinen Mist! Wo ist Koller jetzt?!«

Sommer schaute unsicher zur Haustür.

»Ich weiß nicht. Ja, wir waren ewig lange unterwegs und haben über Valerie geredet und darüber, was sie mir bedeutet, aber dann ...«

»Dann? Was ist dann passiert?«

»Na, dann wollte er, dass wir in eine Laube fahren, und das wollte ich nicht.«

»In eine Laube? Was für eine Laube?«

»Oder Garage. Irgendwas Abgelegenes außerhalb.«

»Richtung Mahlow?«

»Ja, genau. Er dachte, ich würde mich da auskennen. Als hätte ich da irgendwo ein Haus. Stimmt aber nicht! Ich komme nie weiter als bis nach Neukölln zu Valerie. Ich kann seit Wochen nicht mehr schlafen, ohne sie! Und wenn ich ein Haus hätte, dann hätte ich es längst verkauft, um ihr Dinge zu schenken, die sie sich wünscht. Wissen Sie, was ein Physiotherapeut mit halber Stelle verdient? Das Pflegegeld für meinen Vater reicht hinten und vorne nicht.«

»Sie sind also nicht mit Koller nach Mahlow?«
»Nein.«
»Aber wo ist er jetzt?«
»Er ist in eine andere S-Bahn gestiegen, als ich. Ich wollte eigentlich nach Hause, dort wimmelte es aber von Polizisten...«
»Und Koller hat nicht gesagt, wohin er wollte? Überlegen Sie, Sommer, je mehr Ihnen einfällt, desto besser für Sie.«
»Na ja, ich glaube, er sagte was von Zehlendorf.«
»Von Zehlendorf?«
»Ach, nein, Zepernick war's. Ja, genau, Zepernick.«
»Zepernick, im Norden? Wieso Zepernick?«
»Er wollte da jemanden treffen, klang für mich so, als wollte er über Nacht bleiben.«
»In Zepernick? Über Nacht?«

Das klang so abwegig, dass es fast schon wieder wahr sein konnte.

»Darum dachte ich, es wäre kein Problem, wenn ich in der Zeit in seiner Wohnung bin. Zum Sonnenaufgang wäre ich wieder raus. Hätte er gar nicht gemerkt.«

»Glaub ich sofort. Sie sind ja geübt darin, in fremde Wohnungen einzusteigen und sich dort wie zu Hause zu fühlen, nicht?«

»Bis jetzt nur in Valeries. Und die ist ja nicht fremd. Außerdem stehle ich nichts. Was ist so schlimm daran?«

»Da weiß ich gar nicht, wo ich anfangen soll...«

In der Ferne hörte ich eine Polizeisirene und hoffte inständig, dass es Dragics Leute waren. Außer meiner Notlüge gab es nichts, was Sommer davon abhielt, sich abzuwenden und aus dem Haus hinauszuspazieren. Immerhin glaubte er mir. Aber glaubte ich ihm?

Von Zepernick hatte Koller noch nie etwas erzählt.

Das hieß aber nicht viel. Bis heute hatte ich auch nicht gewusst, dass er verheiratet war. Ich musterte Sommers bleiche Gestalt mit dem flusigen Blondhaar. Er wirkte harmlos und gefährlich zugleich, unheimlich. Wieso hatte Koller ihn laufen lassen, wenn er ihn für den Schattenmann hielt?

»Schieben Sie bitte mal Ihren Ärmel hoch.«

»Was?«

»Ihren Ärmel, bitte. Und dann den Verband abwickeln, ich würde gern mal den Unterarm sehn.«

Sommer schaute weniger erstaunt, als ich erwartet hatte.

»Genau wie Koller.«

»Ach, ja?«

»Weil ihr denkt, dass Samu mich gebissen hat, als ich ihn in einen Sack gesteckt habe, stimmt's?«

Sommer krempelte den Jackenärmel hoch und hielt mir seinen Unterarm hin. Der war glatt bis auf eine verheilte Schürfwunde auf der Unterseite. Ansonsten keinerlei Verletzungen, die Hundebissen ähnlich sahen.

»So hat Koller auch geguckt«, sagte Sommer. »Enttäuscht. Aber danke der Nachfrage, der Ellbogen ist wieder gut verheilt. Und Valerie hab ich auch nicht entführt.«

Die Polizeisirenen waren verhallt. Entweder waren die Polizisten woandershin gefahren, oder sie parkten gerade ein. Sommer hatte aufgehört, höflich zu sein, er machte Anstalten, sich abzuwenden und in den Hinterhof zurückzugehen. Dort konnte er mit seinen Kletterkünsten über die Mülltonnen in die Nachbargärten verschwinden.

»Warten Sie ...«, versuchte ich ihn davon abzuhalten.

»Nein, Frau Buck. Ich hab Ihnen gesagt, was ich weiß. Ich gehe jetzt«, sagte Sommer ungeduldig, aber bestimmt. »Valerie braucht mich. Außer mir sucht niemand nach ihr.«

Sommer wirkte so, als ob er jeden Moment abhauen würde. Ich ging auf ihn zu, nah genug, um den Zauber des Tigerbalms wieder wirken zu lassen. Und tatsächlich wich die Abwehr aus seinem Gesicht, entspannten sich seine Schultern.

»Sie wissen doch, wie der Geruchssinn unbewusst wirkt, Albrecht, davon haben Sie schon mal was gehört, oder?«

Sommer zuckte die Schultern und nickte gleichzeitig.

»Jedenfalls hat mir Koller das mal so erklärt: Was immer wir riechen, rauscht durch die Nase direkt ins Gehirn, und zwar in die evolutionär älteste Windung. Da werden Reflexe ausgelöst, aber auch Erinnerungen aufgerufen. Also, wenn Sie sich plötzlich ekeln, befreit oder mutlos fühlen, ohne zu wissen, warum, dann haben Sie etwas gerochen und sich erinnert. An ein Gefühl, eine Stimmung, einen Augenblick am See, als die Sonne schon hinter den Bäumen verschwunden war und der Regen aufs Zeltdach trommelte, oder an später, als alle schon schliefen und das Stockbrot im Lagerfeuer verglühte. Alles, was wir je gerochen haben, ist mit einer Erinnerung verbunden, und die poppt auf, sobald wir den Geruch erneut wahrnehmen. Was das ist, unterscheidet sich natürlich von Mensch zu Mensch. Dem einen beißt Tigerbalm in der Nase, den anderen erinnert er an seine Mutter, die vielleicht viel zu früh gestorben ist. Hier ...« Ich griff nach Sommers Hand und legte Valeries Tigerbalmdose hinein. »Konzentrieren Sie sich mal darauf, anstatt auf Valerie, und finden Sie heraus, warum dieser Duft Sie triggert und was das mit Ihnen zu tun hat.«

Sommer schaute ungläubig auf die kleine rote Dose in seiner Hand, dann zu mir.

»Gleich kommen Dragics Kollegen und nehmen Sie mit. Denen sagen Sie alles, was sie wissen wollen, genau wie mir. Wenn Sie nichts Schlimmes getan haben, werden Sie schnell wieder rauskommen. Und sobald Sie wieder draußen sind, suchen Sie sich eine Psychotherapeutin, nein, besser einen männlichen Therapeuten. Sicher ist sicher. Und am besten suchen Sie sich auch noch eine Selbsthilfegruppe für pflegende Angehörige. Ich weiß, wie selbstzerstörerisch das ist, ich habe selber meine Oma gepflegt, bis sie gestorben ist. Als das anfing, war ich siebzehn.«

»Wirklich?«

»Ja, das macht einen kaputt, ich weiß das. Sie müssen sich um sich selber kümmern, Albrecht, es wird nicht helfen, Frauen hinterherzuspionieren und den Kontrollfreak zu spielen. Holen Sie sich lieber Ihr eigenes Leben zurück.«

Wie bestellt ging die Tür auf, und zwei Streifenpolizisten kamen herein. Sommer ging widerstandslos mit ihnen mit, wie ein erschöpftes Kind, das endlich aus dem Bällebad abgeholt wird, und ich blieb noch eine Weile im Hausflur zurück, erstaunt über mich selbst und die Art und Weise, mit der ich Sommer gegenüber aufgetreten war. Ich hatte den Mann mit dieser Geruchsnummer ja regelrecht hypnotisiert! Und diese Ansprache zum Schluss – waren das wirklich meine Worte gewesen, oder war es mein innerer Koller, der da gesprochen hatte?

Aber wieso meldete sich der echte Koller nicht? Was sollte das mit der Übernachtung in Zepernick?

Ich sprintete mit ein paar Sätzen zu seiner Wohnung hinauf, schloss auf und lief, ohne die Schuhe auszuziehen, ins Wohnzimmer zum Stadtplan und suchte dort gezielt nach einer Pinnnadel in Zepernick. Da war aber nichts. Ich erinnerte mich, dass auf einem der beiden Schreibtische im Obergeschoss ein Buch gelegen hatte, das einem Adressbuch nicht unähnlich war. Also doch die Schuhe aus und die Wendeltreppe rauf über den weißen Flauschteppich zum Schreibtisch. Leider war es kein Adressbuch, das dort lag, sondern ein Gedichtband mit den gesammelten Liebesgedichten von Joachim Ringelnatz, der Widmung nach ein Geschenk seiner Frau zum ersten Hochzeitstag vor zwanzig Jahren. Ein Lesezeichen markierte folgendes Gedicht:

Der letzte Weg
»Ich gehe ins Wasser«, sagte sie leis, »Ade!
Du hast es gut mit mir gemeint.
So weiß ich einen, der um mich weint.
Hab Dank!«
Ich aber sah ihr tiefes Weh
Und küsste sie, die arm und krank,
Und sagte: »Geh!«

Ich blätterte das Buch durch, überflog die anderen Gedichte und stellte fest, dass es das einzige dieser Art war, die anderen gingen mehr in Richtung Happy End.

Mein Handy klingelte los, und ich schlug ertappt das Buch zu – wenn das jetzt Koller war, dann hatte er den siebten Sinn und ahnte, dass ich in seiner Privatsphäre herumschnüffelte.

Es war aber Ricky.

»Wo bleibst du denn?«, wollte er wissen. »Ich stehe hier vor der Physiopraxis. Da ist alles stockdunkel. Ich war sogar im Haus drin, glaube aber nicht, dass Koller hier ist.«

»Bin eben dem Stalker begegnet, du weißt, der Typ, den Koller für den Schattenmann hält.«

»Was?! Und?«

»Weiß nicht. Entweder er hat mich angelogen, oder Koller ist nach Zepernick gefahren.«

»Na ja, wieso nicht?«, überlegte Ricky. »In Zepernick hat seine Schwiegermutter gewohnt, bevor sie ins Heim gekommen ist.«

»Ernsthaft? Herrgott, wie kannst du das wissen? Worüber spricht denn Koller alles mit dir? Ich dachte, ihr hättet nur über Möpse geredet?«

»Ja, keine Ahnung, worüber redest du denn mit ihm? Ihr verbringt doch viel mehr Zeit miteinander.«

»Wir arbeiten zusammen, wir trainieren. Dabei reden wir nicht über Privates.«

»Ja, okay, ist doch euer Ding. Ich frage mich nur, was Koller in dem Schwiegermutterhaus will.«

»Vielleicht wohnt seine Frau ja dort. Wie ist die genaue Adresse?«

»Weiß ich nicht. Aber ich kann's vielleicht rausfinden. Ich komm zu dir, währenddessen telefonier ich ein paar Kolleginnen durch.«

Ich steckte das Handy in die hintere Hosentasche und dachte über Ricky nach. Er half mir einfach, anstatt mir Vorwürfe zu machen. Und das jedes verdammte Mal. Vielleicht war es doch ganz gut, wenn wir zusammenblieben.

Ich sah mich hier oben noch etwas genauer nach einem Adressbuch um, fand aber nichts dergleichen. Nur Bücher über Sportpädagogik und Unterrichtstheorie in der Oberstufe. Kollers Frau war Sportlehrerin geworden statt Trainerin in der Bundesliga. In welcher Schule hatte sie unterrichtet? Vielleicht ließ sich darüber etwas mehr über sie herausfinden. In einem der Bücher war ein Stempel vom Robert-Havemann-Gymnasium in Karow.

Nirgends ein Bild von ihr. Ich zückte mein Handy wieder und gab ihren Namen in die Google-Suchleiste ein, Marion Koller, Handball, Lehrerin, und dann noch Marion Lichterwald, Trainerin, Sport. Es wurde keine sinnvolle Verbindung angezeigt. Ich steckte das Handy wieder ein und machte mich auf den Weg zurück ins Erdgeschoss.

Als ich an der Wäschetruhe vorbeikam, fiel mir auf, dass mir Wildrosenduft in der Nase hing. Noch? Oder schon wieder?

Ich ging zur Wäschetruhe zurück und prüfte, ob der Duft an der Stelle intensiver war. Tatsächlich. Es roch zwar auch nach wurmstichigem Eichenholz, aber doch unverkennbar nach Wildrose. Ich hob den schweren Deckel an, und nun war es eindeutig, dass die Duftquelle sich in der Truhe befand.

Sie war gefüllt mit Klamotten, Kosmetikartikeln und großen wie kleinen privaten Dingen von Kollers Frau. Ich griff nach einem Pullover und roch daran, dann nach einem weißen Schal, der dem im Marmeladenglas sehr ähnlich sah, nach Haarbändern und Tüchern, und egal, wonach ich griff, alles roch nach diesem auffälligen Wildrosenduft. Es gab auch einen Larella-Flakon, der so gut wie leer war. In einem Katzenkorb fand sich ein gerahmtes Hochzeitsfoto von Koller und seiner Frau. Darauf waren Kollers Haare blonder und voller, sein Bart gestutzter, seine Schultern breiter, seine Haltung aufrechter. Er überragte seine Frau, die in einem weißen Minikleid, das an ein Tennis-Outfit erinnerte, umwerfend aussah. Es brachte ihre durchtrainierten Beine zur Geltung.

Ihre Haare trug sie kurz geschnitten, wie Jean Seeberg in dem Film *Atemlos,* sie wirkte warmherzig und nachdenklich, und mir fiel auf, dass ich ihr Gesicht bereits auf einem der Fotos in der Schattenmann-Schublade gesehen hatte. Beschriftet mit Nr. 1.

***

27

Kollers Frau war also Schattenmann-Opfer Nr. 1.
Jedenfalls nahm Koller das an.

Als Ricky kam, der Mo so in seine Trainingsjacke gesteckt hatte, dass nur der Kopf herausschaute, zeigte ich ihm alle Hinweise, die ich gesammelt hatte – den Duft in der Wäschetruhe und im Marmeladenglas, die Fotos von Kollers Frau in der Kommode, mal mit Katze, mal ohne, und auch am Stadtplan waren Einstichlöcher von Pinnnadeln zu finden, die darauf hindeuteten, dass Koller seine eigene Adresse bereits als Tatort markiert hatte.

Ricky hielt dagegen. »Wenn er glaubt, dass der Schattenmann sie geholt hat, wieso bewacht er dann ihre Kräuter? Das macht er doch nur, weil er hofft, dass sie zurückkommt. Und ich hab das bis jetzt auch immer so verstanden, dass sie ihn verlassen hat.«

»Ja, bei Frau Lichterwald klang das vorhin auch so, aber das Problem ist vermutlich, dass man es nicht so genau weiß.«

»Solange man keine Gewissheit hat, ist alles möglich.«

»Eben, alles ist möglich. Ich kann mir sogar vorstellen, dass Koller zuerst davon ausging, dass sie freiwillig gegangen ist. Wenn man ihre Mutter reden hört, dann war die Ehe nicht besonders glücklich.«

»Auf den Fotos schaut sie aber ganz froh aus. Vielleicht konnte ihre Mutter Koller einfach nicht leiden. Soll kein seltenes Phänomen sein. Du hättest mal hören sollen, wie Frau Konopke über die Frisur von ihrem Schwiegersohn gelästert hat. Mo schlackern immer noch die Ohren, guck.«

Ricky wackelte so mit seinem Körper, dass Mos Gesicht erzitterte.

»Hör auf, der kriegt noch ein Schleudertrauma.«

»Dabei sieht Frau Konopke kaum was mit ihrem grauen Star. Das war Gemecker aus Prinzip.«

»Hol Mo mal raus da, der klemmt sich doch den Hals ein am Reißverschluss.«

»Ja, ich mach ja schon.«

Ricky holte Mo aus seiner Jacke und setzte ihn auf Kollers Wohnzimmerteppich, wo er prompt eine Pfütze produzierte. Während Ricky nun zwischen Bad und Pfütze hin und her rannte, überlegte ich weiter.

»Vor acht Jahren muss Kollers Frau gegangen sein, da waren sie ungefähr zwölf Jahre verheiratet. Wenn er glaubt, dass der Schattenmann was mit ihrem Verschwinden zu tun hat, dann hat sie sich seitdem nicht mehr bei ihm gemeldet. Vielleicht bei ihrer Mutter. Aber ob die sich daran erinnern kann? Wohl eher nicht.«

»Trotzdem hofft er drauf, dass sie zurückkommt. Würde er glauben, dass sie einem Serienmörder zum Opfer gefallen ist, dann … Ist der Schattenmann überhaupt ein Mörder? Es wurde doch nie eine Leiche gefunden, oder? Diese vermissten Frauen sind einfach nie wieder aufgetaucht.«

»Deswegen ist es ja so schwierig, einen Zusammenhang zwischen den Fällen herzustellen. Außer Koller glaubt keiner mehr dran, dass die Vermisstenfälle, die er rausgesucht hat, überhaupt zusammenhängen. Ich glaub das aber schon. Die Sache mit den Haustieren, die kurz vorher abhandengekommen sind … also das kann kein Zufall sein.«

Mo bellte unvermittelt los, und Ricky streichelte ihm beruhigend über seinen kleinen Mopskopf.

»Keine Sorge, mein Kleiner, dich mopst keiner weg, ich lass dich niemals aus den Augen.«

»Übrigens ist doch eine der vermissten Frauen wieder aufgetaucht.«

Ich kramte ein Foto von Sonja Freisang aus der Schattenmann-Schublade und zeigte es Ricky. Der nickte.

»Hab ich erst letztens wieder was drüber gelesen. Als der Typ aufs Gleis geschubst worden ist, letzten Donnerstag.«

»Hannes Ortleb.«

»Da gab es einen großen Artikel über alle S-Bahn-Toten der letzten Jahre, und da war sie auch dabei.«

»Fast zwei Monate vermisst, und plötzlich stapft sie mitten in der Nacht aus dem Wald heraus, ohne Jacke, abgemagert und mit Sedativa im Blut, die Prinzessinnenstraße entlang zum Lichtenrader S-Bahnhof hin, nur um sich vor die erste einfahrende Bahn zu werfen.«

»Unglaublich. Da schafft sie es aus einem Folterkeller rauszukommen, und dann endet sie so.«

»Ja, scheiße. Folterkeller weiß man nicht so genau. Sicher ist, dass sie wenig Essen bekommen hat, oder vielleicht hat sie es auch verweigert, weil sie ahnte, dass da Beruhigungs- oder Schlafmittel drin sind, ich weiß es nicht.«

»Koller konnte ihren Weg doch zurückverfolgen, mit seinem Hund, oder?«

»Nur bis zu einem Maisfeld, dort verlor sich die Spur. Er ist letztens mit mir dort in der Gegend herumgerannt, wollte, dass ich was erschnüffle. Kann schon sein, dass der Schattenmann in der Gegend lebt. Aber ich bin halt nicht Sherlock.«

»Und wie passt Kollers Frau in diese Reihe?«, fragte Ricky und griff nach der Kiste mit den gerahmten Fotos, die ich aus der Wäschetruhe heruntergebracht hatte.

»Keine Ahnung. Bis heute hab ich nicht mal gewusst, dass Koller überhaupt verheiratet ist.«

»Vielleicht gibt es ja eine Polizeiakte über sie.«

»Ich überlege die ganze Zeit, wie ich da rankommen könnte. Ob Dragic was davon weiß? Wie ich Koller kenne, hat er niemanden eingeweiht, allein schon, weil er den Fall sonst hätte abgeben müssen. Und als Praktikantin darf ich nicht mal an die Sachen im Kühlschrank. Warte mal …«

Ich nahm Ricky eines der Bilder aus der Hand, es war ein Hochzeitsbild mit Verwandten und Freunden drum herum. Ein kleiner Mann neben Koller kam mir bekannt vor, auch wenn er inzwischen zwanzig Jahre älter, mit mehr silbernen Haaren und braungebrannter war. Sein stechender Husky-Blick war unverkennbar derselbe. »Dragic. Das hier ist Dragic! Er war bei Kollers Hochzeit dabei, sie waren befreundet!«

»Stimmt. Und schau, das ist 'ne Ringschachtel in seiner Hand. Er war sogar Trauzeuge.«

»Ha!«, war das Einzige, was mir dazu einfiel.

Ricky kam jetzt wie ich ins Ermittlungsfieber. Er wollte mehr über Koller erfahren, wollte die Wendeltreppe rauf, um tiefer in der Wäschetruhe zu wühlen, nach Fotoalben, Tagebüchern und dergleichen. Die ersten drei Stufen nahm er in einem Satz.

»Stopp mal, Ricky …«

»Was?«

»Lass das lieber, geh nicht rauf.«

»Wieso? Hast du ein schlechtes Gewissen? Ich auch. Wie wir hier rumschnüffeln, ist doch echt abartig.«

»Ja, das stimmt, aber ich meine, da oben gibt's nichts Spannendes mehr, ich hab schon alles durchsucht und das Wichtigste runtergebracht.«

»Ach so, aha.«

»Aber du hast recht, den Rest soll uns Koller selber erzählen. Lass uns nach Zepernick fahren, na los.«

»Äh, warte mal. Ich hab da keine Adresse rausgefunden.«

»Echt nicht? Ich dachte, du hast rumtelefoniert.«

»Hab ich auch, aber keine von den Kolleginnen, die die Datenschutzregeln für mich brechen würden, hat gerade Dienst. Die liegen alle schön faul zu Hause auf ihrem Sofa und genießen den Feierabend. Verrückte Hühner.«

»Mist. Und jetzt? Wie finden wir Koller?«

»Gar nicht. Wir warten hier einfach, bis er wieder auftaucht.«

»Warten? Aber wenn ihm was passiert ist! Es ist außerdem nicht sicher, ob er überhaupt in Zepernick ist.«

»Du hast doch schon alle Orte abgeklappert, wo er sonst sein könnte. Mehr kannst du nicht machen.«

Konnte ich wirklich nicht?

»Wenn er morgen immer noch verschwunden ist, kannst du ja eine Vermisstenmeldung aufgeben.«

»Willst du mich verarschen?«

»Nein, meine ich ernst.«

»Das bringt überhaupt nichts. Die warten erst mal ein paar Wochen, bis was passiert. Da kannst du auch Farbe beim Trocknen zusehen.«

»Dann schickst du eben diesen Dragic los.«

»Bloß nicht! Nein, lass uns jetzt nach Zepernick fahren, so groß ist der Ortsteil ja nicht. Wenn Koller dort nicht ist, dann ist Albrecht Sommer ein Lügner und Schlimmeres. Wenn Koller dort ist, finde ich ihn.«

»Mit deiner Nase, oder wie?«

»Ja, klar, womit sonst.«

***

28

Was eigentlich nur so dahingesagt war, um Rickys Einwände auszuhebeln, war dann doch ein realistischer Ermittlungsansatz. Geruchsmäßig hatte ich einige markante Anhaltspunkte, um den richtigen Garten zum Lichterwald-Haus ausfindig zu machen, wusste ich doch, dass es dort eine ganz bestimmte Sorte Kornäpfel geben musste, die Koller zum Backen verwendet hatte. Und natürlich die heiligen Kräuter aus seiner Küche – Schnittlauch, Petersilie, Dill und Basilikum.

Nachdem wir Rickys Wohnmobil an der Zepernicker Hauptstraße abgestellt und die Wachhunde der Gegend uns mit einem vielstimmigen Bellchor begrüßt hatten, schnupperten wir acht Straßenzüge durch, bis die besondere Duftmischung in der Luft lag. Dass hier in dieser einsamen Vorstadtgegend an Laternen gespart wurde, half mir bei der Konzentration auf den Geruchssinn. Vor allem da es an fast jeder Ecke stark nach Äpfeln roch, aber es kam eben auf die Sorte an.

Mit der Taschenlampenfunktion seines Handys beleuchtete Ricky das Klingelschild des vom Kornapfel-Kräuterduft umwölkten Hauses. Und tatsächlich stand da der Name *Lichterwald*.

Ricky warf mir einen anerkennenden Blick zu und pfiff durch die Zähne. Verlegen schaute ich zum Haus hin, das klein und verwinkelt war, von Efeu und Wein umrankt. Alle Rollläden waren oben, in jedem Fenster brannte Licht, und das Gartentor stand sperrangelweit offen.

»Und nun? Klingeln?«

»Warte mal.«

Ricky lief einmal ums Haus herum und kam, einen Kornapfel mampfend, wieder zurück.

»Und?«

»Echt lecker.«

»Ich meine, ob du Koller irgendwo gesehen hast.«

»Im Erdgeschoss auf jeden Fall nicht.«

Ich drückte auf die Klingel. Ein helles Glockenspiel erklang aus dem Inneren des Hauses. Ein melodischer Dreiklang, der noch weit in die nachfolgende Stille nachhallte.

Wir lauschten und warteten, dass sich etwas tat, sogar Mo spitzte die Ohren.

Schließlich polterte und rumpelte es, gefolgt von einem knirschenden Krachen, das sich anhörte, als hätte sich ein Wesen mit Knochen aus morschem Holz bei einem Treppensturz das Genick gebrochen.

Ricky fackelte nicht lange. Er drückte mir Mo in die Arme und hätte bestimmt die Tür eingetreten, wenn sie nicht angelehnt gewesen wäre.

Wir fanden Koller am Fußende einer Treppe liegend, seine Rotweinfahne führte uns direkt zu ihm. Er atmete normal und war bei Bewusstsein, versuchte sogar, sich aufzurichten. Schmerzen schien er dabei nicht zu haben, er war nur unglaublich betrunken.

Das knirschende Geräusch war von einem alten Stuhl gekommen, auf den er gefallen war. Wie sich die Situation darstellte, hatte er sich mit einer Rotweinflasche im oberen Stockwerk befunden und war, vom Klingeln aufgeschreckt, zur Treppe ... *gerannt* konnte man eigentlich nicht sagen, so ohne Prothese. Er musste einbeinig gesprungen sein. Oder die Prothese war beim Sturz abgegangen. Koller konnte sich nicht erinnern, wann er sie abgenommen hatte oder was damit passiert war. Er wollte auch nicht, dass wir einen Krankenwagen riefen, behauptete, alles wäre in Ordnung.

Wir hoben ihn mit vereinten Kräften aufs Sofa, Ricky versorgte ihn mit einem nassen Lappen für die Stirn, auf der sich eine Beule abzeichnete, und ich suchte das ganze Haus nach seiner Prothese ab, fand sie aber nirgends. Was ich fand, waren aufgefächerte Fotos von Kollers Frau Marion beim Sonnenbaden, Essen, Lachen, Schlafen, Wandern, bei Regen und bei Schnee. Außerdem jede Menge Pokale, Medaillen, gerahmte Urkunden von gewonnenen Turnieren und immer wieder Handbälle, neue wie alte, wie Stolperfallen im Haus verteilt. Es war nicht auszumachen, was das ehemalige Kinderzimmer von Marion Lichterwald gewesen war, denn sie war überall präsent, in jedem Raum. Außer Koller war aber niemand im Haus.

Viele Möbel waren mit Decken abgedeckt, andere waren eingestaubt. Und jedes Zimmerlicht war an. Beim Überfliegen der herumliegenden Fotos fesselte ein bekanntes Gesicht meine Aufmerksamkeit. Wieder einmal Dragic in jüngeren Jahren, in Handballkluft mit seiner Mannschaft und der von Marion. Weitere Fotos der beiden im Handballumfeld und bei Gartenfesten. Sie sahen darauf verdammt jung aus. Hatten sie sich schon vor Kollers Ehe gekannt?

Zurück im Wohnzimmer versuchte ich, den Kotzgeruch zu ignorieren, der in der Luft hing und eindeutig von Koller ausging. Er saß inzwischen aufrechter und wirkte ansprechbar.

Ich schaute Ricky fragend an, der nickte und sagte: »Voll auf den Teppich. Ich hab ihn gleich rausgeschafft. Dann hab ich Koller mit Wasser abgefüllt. Wird schon wieder. Wir sollten ihn aber besser noch eine Weile wach halten.«

Ich legte meine Hand auf Kollers Schulter.

»Gehen Sie weg, Buck«, verlangte er mit schwerer Zunge. Es war aber nicht der Moment für Rücksichtnahme. Ricky wollte, dass wir ihn wach hielten, und mir brannte eine Menge Fragen auf der Seele, also legte ich los.

»Haben Sie Dragic die Frau ausgespannt?«

Koller reagierte nicht gleich, eigentlich reagierte er überhaupt nicht, stierte glasig vor sich hin. Ricky drehte vorsichtig Kollers Kopf in seine Richtung und versuchte, Blickkontakt aufzunehmen. »Koller? Alles in Ordnung mit Ihnen?«

Koller schüttelte in Zeitlupe den Kopf. »Ich dachte immer, sie wären gute Freunde. Er war ihr Trauzeuge, er hat sich für uns gefreut.«

»Er war Marions Trauzeuge, nicht Ihrer?«

»Nein, wir waren nur Stul… Studienkollegen damals.«

Ricky warf mir einen vielsagenden Blick zu und signalisierte mir, dass ich genauso weitermachen sollte.

»Haben Sie Ihre Frau durch Dragic kennengelernt?«, hakte ich nach. »Über den Handball?«

Koller nickte im Zeitlupentempo.

»Und Sie haben nie die Möglichkeit geprüft, dass er mit ihrem Verschwinden zu tun haben könnte? Vielleicht ist sie ja bei ihm untergekommen?«

»Ich bin sofort zu ihm, als sie nicht bei ihrer Mutter war … Aber er hatte auch keine Ahnung, wo sie ist. Und das hat mir Angst gemacht. Sonst war er immer der Erste, mit dem sie geredet hat.«

Ich ließ nicht locker. »Dragic hätte Sie anlügen können. Marion hätte trotzdem bei ihm gewesen sein können, ganz freiwillig, und als sie wieder wegwollte, hat er Gewalt angewendet. Haben Sie darüber auch nachgedacht, Koller? Ich meine – haben Sie das mal zu Ende gedacht?«

»Ja, ja, ja, Buck, ich hab jahrelang nichts anderes gemacht! Ich …« Koller würgte unvermittelt, aber Gott sei Dank ohne Erfolg. Dann holte er erschöpft Luft, das Sprechen strengte ihn an. Und es klang ja auch, als wäre seine Zunge zu dick und aus Blei. »Ich hab ihm hinter seinem Rücken die Spusi nach Hause geschickt. Nur Fingerabdrücke von Marion, kein Blut. Seine Nachbarn haben nichts gesehen. Keller, Dachboden, Auto und Garage waren auch clean. Ich hatte sogar sein Telefon abgehört.«

»Ohne Erlaubnis nehme ich an. Ist Dragic deswegen sauer auf Sie?«

»Ich habe viel mehr Grund sauer auf ihn zu sein! Er hat mich vom Schattenmann-Fall abziehen lassen. Außer ihm wusste niemand, dass meine Frau in die Opferreihe passt. Er war der Einzige, der diese Zusammenhänge auch gesehen hat – und hat das gemeldet. Damit war ich den Fall los, er hat übernommen.«

»Wie das? Er war doch selber befangen?«

»Aber nicht verheiratet mit einem potenziellen Opfer. Außerdem hatte er einen ganz anderen Ansatz. Ihm ging es eher darum, zu beweisen, dass die Fälle eben nicht zusammenhängen. Und vielleicht hat er ja sogar recht? Vielleicht hat meine Frau mich wirklich einfach nur verlassen, weil ich ein lausiger Ehemann war. Weil ich sie allein gelassen habe. Weil ich nie für sie da war. Weil alles das, was jeder über mich sagt und denkt, stimmt, und ich nichts weiter als ein selbstsüchtiger Griesgram bin!«

Koller fing an, suchend umherzuschauen, den Raum nach Weinflaschen abzuscannen.

Ich stupste Ricky an, der sofort Wassernachschub holte. Und ich versuchte derweil, das Thema in weniger dramatische Tiefen zu lenken. Auf die Schnelle fiel mir nur Albrecht Sommer ein, und die Frage, warum Koller ihn als Schattenmann abgeschrieben hatte. »Nur weil er keine Hundebissspuren am Unterarm hatte?«

»Auch wegen Alibis. Er war da immer bei seinem Vater. Ausnahmslos.«

»Was für Alibis?«, fragte Ricky und hielt Koller ein volles Wasserglas hin.

»Für alle fraglichen Schattenmann-Zeiten«, sprang ich Koller bei, der immer blasser wurde und schon wieder aussah, als wünsche er nichts sehnlicher, als sich zu übergeben. »Also alle, bei denen die Haustiere und dann auch die Frauen verschwunden sind, stimmt's?«

Koller verdrehte die Augen und griff sich an den Hals. »Gott, ist mir schlecht!«

»Eimer holen?«, fragte Ricky.

Ich rannte in die Küche, schaute dort in Schränke und Ecken und fand schließlich unter der Spüle einen alten Wok – besser als nichts.

Als ich damit ins Wohnzimmer zurückkam, ging es Koller bereits wieder besser. In gedämpfter Stimmlage erklärte er Ricky gerade etwas, das anscheinend nicht für mich bestimmt war. Es ging um seine Frau. Dass er hoffte, sie würde am Geburtstag ihrer Mutter vielleicht ja doch zu Besuch kommen. Für den Fall, dass sie nicht wusste, dass ihre Mutter inzwischen im Heim war, war er heute hier.

Wie er da so schief auf dem Sofa hing, den nassen Lappen an die Stirn gepresst und darum bemüht, beim Sprechen nicht zu lallen, das brach mir echt das Herz.

Er erzählte etwas von einem Reha-Aufenthalt und einer Katze, auf die er hätte aufpassen sollen. Ich verstand nicht alles, weil ich mich im Hintergrund hielt. Koller wich meinem Blick aus und schien ins Sofa verschwinden zu wollen. Es war ihm unangenehm, so von mir gesehen zu werden. Also suchte ich weiter nach seiner Prothese, auch weil ich nicht begreifen konnte, dass sie hier nirgends war. Wie hätte er denn ohne sie hierherkommen können, er war ja mit der S-Bahn gekommen, und Krücken waren auch keine zu finden.

Ich schaute sogar draußen im Garten nach. Durchsuchte das Gras ums Haus herum, zog weitere Kreise, blieb schließlich zwischen Kräuterbeeten stehen und atmete tief durch.

Der süßherbe Duft der Kornäpfel und das Rauschen der Blätter im Nachtwind versetzten mich gefühls- und gedankenmäßig hinter den Rücken meiner Oma auf den Mopedsitz. Wie sehr ich sie vermisste.

Aus dieser Warte heraus konnte ich Koller verstehen. Er war an einem Punkt in seinem Leben angekommen, an dem er nicht mehr wusste, wie er weitermachen sollte, weil er keine Antworten fand. Wenn ein Mensch, der einem sehr wichtig war, von einem Tag auf den anderen aus dem Leben verschwand, dann ließ sich das schwer verkraften. In den meisten Fällen gab es Gründe dafür, die einem helfen, damit klarzukommen. Meine Oma war sehr krank gewesen, bevor sie starb. Und so schwer erträglich das auch war, es hatte mir zumindest Zeit gegeben, mich an den Gedanken zu gewöhnen, dass es ein Leben ohne sie geben würde. Und die Umstände, unter denen meine kleine Elli sich verabschiedet hatte, waren medizinisch auch nachvollziehbar. Kollers Frau aber war ohne Erklärung gegangen. Damit war der Raum für Spekulationen geöffnet, und aus dem fand Koller nicht mehr heraus.

Wie es sich für mich darstellte, hatten er und seine Frau schon während der Ehe nicht viele Gemeinsamkeiten – er ging in seiner Polizeiarbeit mit Sherlock auf, und sie hatte ihre

Sportleidenschaft und ihre Katze. Dann hatte es einen längeren Reha-Aufenthalt seiner Frau gegeben, wegen einer Sportverletzung nahm ich an, während dessen Koller auf ihre Katze hätte aufpassen sollen. Was er anscheinend lausig gemacht hatte, denn die Katze kam abhanden, woraufhin seine Frau auch nicht mehr nach Hause wollte. Jedenfalls kam sie nach der Reha nicht mehr zu ihm zurück. Da sie aber auch nirgendwo anders auftauchte, kamen Koller irgendwann Zweifel an der Freiwilligkeit ihres Fortbleibens. Er fing an, nach ihr zu suchen, es gab aber keine Anhaltspunkte, wo. Dann tauchte eine andere Vermisste aus der Versenkung auf – Sonja Freisang –, und Koller entdeckte Parallelen zwischen den Umständen ihres Verschwindens und dem seiner Frau, recherchierte nach weiteren Fällen und stellte schließlich seine Schattenmann-These auf. Damit hatte er endlich einen Grund, eine Erklärung, einen Schuldigen, etwas Konkretes.

So konkret, wie ein Schatten eben sein konnte.

Eine Grille zirpte, ein Käuzchen rief, und ich schaute zum Himmel hinauf, in das stille weiße Licht des Mondes.

Was, wenn die Fälle doch alle nicht zusammenhingen? Wenn die Katzen und Hunde inzwischen wieder aufgetaucht waren, wenn Sonja Freisang sich nach einem schiefgelaufenen Drogentrip vor die S-Bahn geworfen hatte, wenn Valerie Winter sich vor ihrem Stalker Albrecht Sommer versteckt hielt, wenn Marion Koller ein neues Leben fernab von Mann und Mutter begonnen hatte, für das sie sich nicht rechtfertigen wollte?

Hinter mir knarrte eine Tür am Haus, dann raschelten Rickys Schritte im Gras – er blieb hinter mir stehen und legte seine Arme um mich.

»Koller schläft jetzt«, sagte er. »Ich hab ihm noch ein Glas

Wasser eingeflößt, das sollte den schlimmsten Kater verhindern.«

»Er hat sich voll abgeschossen.«

»Ja, übel, dabei fing der Abend erst an.«

»Hat er noch was von Dragic erzählt?«

»Nein, ging nur noch um seine Frau. Ich hab ihn reden lassen.«

»Meinst du, er glaubt selber nicht mehr an die Schattenmann-Theorie? Würde er noch daran glauben, bräuchte er doch nicht darauf zu hoffen, dass seine Frau hier auftaucht, oder?«

»Er ist ziemlich am Ende, würde ich sagen, keine Ahnung, woran er noch glaubt.«

Ricky zog mich fester an sich.

»Ich glaub jedenfalls an uns, Ninja. Und wenn du noch mehr Zeit brauchst, um das mit Elli zu verarbeiten, dann nimm sie dir. Ich lass dich in Ruhe mit dem Kinderthema.«

»Hä, wie kommst du denn jetzt darauf?«

»Ich wollt's nur mal gesagt haben.«

»Nein, ernsthaft jetzt.« Ich wand mich aus seiner Umarmung und schaute ihn direkt an. »Wie kommst du jetzt darauf?«

»Na, wegen Kollers Frau. Vorhin hab ich erfahren, dass sie ihre Handballkarriere aufgegeben hat, weil ein Kind unterwegs war. Und da ...«

»Koller hat ein Kind?!«

Dieser Tag hielt immer noch weitere Überraschungen bereit.

»Nein, sie hat es im sechsten Monat verloren. Ein paar Jahre später hatte sie dann noch eine Fehlgeburt, und irgendwie ist sie damit nicht klargekommen. Wir wissen ja beide, wie man sich da reinsteigern kann.«

»Reinsteigern? Was meinst du mit reinsteigern?«

»Mann, Ninja, du weißt, was ich meine. Versuch jetzt nicht, mir zu unterstellen, ich würde dir was unterstellen.«

»Was denn unterstellen?«

»Sag mal, merkst du nicht, wie du sofort wieder anspringst? Soll ich mich schon mal umdrehen, damit du mir einen Arschtritt verpassen kannst?«

»Dann formulier das doch anders, ich weiß überhaupt nicht, was du mir damit sagen willst.«

»Echt nicht? Die Frau war nach den Fehlgeburten nicht mehr dieselbe. Sie kam da einfach nicht drüber weg. Wieso muss ich dir das so genau erklären, kannst du das nicht nachvollziehen?«

»Klar kann ich das. Aber ich frag mich halt, warum du das als Reinsteigern bezeichnen musst. Das klingt herablassend und so, als hätte sich die Frau nur was eingeredet.«

»So hab ich das ja nicht gemeint.«

»Klang aber so.«

»Aber du weißt doch, was ich meine. Ich frag mich, wieso das in deinen Ohren dann so anders klingt. Kommt mir vor, als wolltest du es falsch verstehen.«

»Dann sag das doch so, dass ich es nicht falsch verstehen kann.«

»Ha!«, sagte Ricky – und weiter nichts.

»Was soll das denn jetzt heißen?«

»Einfach nur ›ha‹. Versteh es von mir aus, wie du willst.«

»Okay, dann versteh ich das so, dass du mich nicht verstehst.«

»Wenn du dich in diese Vorstellung reinsteigern willst, nur zu.«

»Ha!«, sagte ich.

Einige Sekunden herrschte Stille, dann meinte Ricky: »Das Einzige, was ich nicht verstehe, ist die Sache mit dem Ultraschallbild von Elli. Wieso ist dir das so wichtig, erklär mir das bitte mal.«

Ich zuckte die Achseln, während ich nach einer Antwort suchte.

Ricky bohrte ungeduldig nach. »Du müsstest mal sehen, wie dein Gesicht sich zur Faust ballt, wenn du von dem Taschendieb redest, der dir das Bild geklaut hat. Und ich hab gesehen, wie du den Mittwoch in deinem Kalender eingekreist hast. Dabei ist die Mine von dem Stift abgebrochen. Und frag jetzt nicht, welcher Mittwoch. Ich meine morgen, da soll irgendeine Übergabe stattfinden, und du hoffst, dass der Dieb dabei auftaucht. Ich bin voll und ganz im Bilde. Was hast du dann vor mit dem Mann, Ninja? Willst du ihn grillen?«

Ja, dachte ich, sagte aber: »Ich will das Bild zurück, ganz einfach. Das ist mein Bild. Und wenn ich es wildfremden Leuten überlasse, dann ist das ... Das ist so, als würde ich Elli ein zweites Mal alleine lassen.«

»Aber du hast sie doch gar nicht alleine gelassen. Für die Fehlgeburt kannst du doch gar nichts.«

»Aber wir haben sie nicht beerdigt. Sie ist im Müll gelandet, Ricky. Im Müll. Und ich will nicht, dass noch mehr von ihr dort landet. Ist das so schwer zu verstehen?«

Ricky schaute mich an. Er stand so, dass das Mondlicht sich in seinen Augen spiegelte.

»Ja, schon, aber so ein Bild ist doch nur ein Stück Papier, das hat nichts mit ihr zu tun. Ich hab das Gefühl, wenn du da so stark dran festhältst, verlierst du das Wesentliche aus den Augen.«

»Und das wäre?«

»Dass sie auf andere Weise bei uns ist. In unseren Gedanken, unseren Herzen, dass wir überhaupt zusammen sind, verdanken wir doch ihr. Elli ist dort, wo Liebe ist.«

Ich dachte kurz daran, Rickys Worten zu vertrauen, mich in seinen Mondaugen zu verlieren und Frieden zu finden, aber dann schob sich das Bild der Abfalltonne in der Klinik dazwischen. In meiner Fantasie surrten Schwärme von Fliegen darüber hinweg.

»Wenn es ein Grab gäbe«, sagte ich. »Wenn ich wüsste, dass es einen Ort für sie gibt.«

Ricky schüttelte den Kopf und zuckte gleichzeitig die Schultern.

»Ich glaube, es ist dasselbe Problem, das Koller in den Wahnsinn treibt. Ich habe nie verstanden, was Koller und dich eigentlich verbindet, aber jetzt kapier ich's langsam.«

»Was meinst du?«

»Na, für ihn gibt es auch keinen Ort, an dem seine Frau begraben liegt. Jedenfalls keinen, den er kennt. Vielleicht spaziert sie ja sogar noch irgendwo herum, unter einem anderen Namen, in einem anderen Land, oder sie wird hier irgendwo gegen ihren Willen festgehalten und wartet nur darauf, dass er sie endlich befreit. Alles möglich, aber wissen tut er nichts – ich glaube, das macht ihn langsam, aber sicher irre.«

Die Ungewissheit, ja, die wusste wirklich am Verstand zu nagen.

Vielleicht war das der Grund, warum ich unbedingt Ermittlerin werden wollte – um das Unklare endlich in Gewissheit zu verwandeln.

***

29

Der Wind hatte sich gedreht. Jetzt wehte der Kotzgeruch vom Teppich herüber, den Ricky in den Vorgarten geworfen hatte. Der Geruch vermischte sich mit dem der Kornäpfel und der Kräuter, ein Konglomerat aus Hoffnung und Vergeblichkeit. Kollers Frau würde nicht mehr auftauchen, jedenfalls fühlte es sich für mich so an.

»Diese Reha, weißt du, warum sie dort war?«, fragte ich Ricky.

»Depressionen. Koller meinte, sie wäre aus der Trauer nach der zweiten Fehlgeburt nicht mehr rausgekommen, hätte sich darin verloren. So wie er redet, hat er das anscheinend erst viel später ernst genommen, dachte wohl, die Zeit renkt alles wieder ein, darum hat er weitergemacht wie immer.«

»Und dann lief die Katze weg.«

»Wenn der Schattenmann sie nicht geklaut hat.«

»Vielleicht ist sie wirklich nur abgehauen, weil Koller nicht aufgepasst hat. Er musste ja arbeiten. Hat er sie draußen rumstreunen lassen?«

»Nehm ich doch an. Sonst hätte er ja keine Katzenklappe in der Tür.«

»Hat er Suchanzeigen aufgehängt?«

»Weiß ich nicht. Auf jeden Fall war seine Frau zwei Wochen später weg.«

»Zwei Wochen? Wäre eine längere Zeitspanne als sonst.«

»Sie ist aus der Rehaklinik ausgecheckt, saß wohl auch im Zug, aber zu Hause angekommen ist sie nicht.«

»Wie Koller vergeblich am Bahnhof auf sie wartet ... traurige Vorstellung.«

»Na ja, er meinte, sie hätten ausgemacht, dass sie ein Taxi nimmt. Er wäre damals gerade an einem wichtigen Fall dran gewesen und hätte es nicht zum Bahnhof geschafft.«

»Hm, kein Wunder, dass ihn das schlechte Gewissen plagt.«

Dass Kollers Frau während des Verschwindens der Katze gar nicht in der Stadt gewesen war, wäre bereits die dritte Abweichung vom Ablaufmuster der anderen Fälle. Wenn man annahm, dass der Schattenmann nur Tiere von Frauen kidnappte, die er im Vorfeld ausspionierte, hätte er bemerken müssen, dass Koller keine Frau ist. Es sei denn, dem Schattenmann war längst klar, wem die Katze wirklich gehörte, und er hatte seinen Plan bereits gefasst. Dafür sprach, dass Frau Koller das erste Opfer in der Reihe war. Übereinstimmende Merkmale bildeten sich bei derartigen Serientaten ja erst später aus, durch den zwanghaften Wunsch des Täters nach Wiederholung.

»Eigentlich wäre der Schattenmann so was wie Kollers Rettung«, stellte ich fest.

»Wieso?«

»Na, dann könnte Koller alles auf ihn schieben und wäre seine Schuldgefühle los.«

»Die müssen riesig sein. Da geht's nicht nur um die Katze, und dass er seine Frau nicht vom Bahnhof abgeholt hat, er meinte auch, er hätte sie in der Reha nicht ein einziges Mal besucht.«

»Nein?«

»Im Grunde hat er sie mit den Fehlgeburten von Anfang an im Stich gelassen. Muss man einfach mal so sagen.«

»Oh, Mann.«

Wolken schoben sich vor den Mond, es wurde auf einen Schlag finster.

»Meinst du ...«, überlegte ich. »Könnte es sein, dass Kollers Frau sich vielleicht umgebracht hat?«

Ricky lehnte seine Wange an meinen Hinterkopf. »Aber wieso ist ihre Leiche dann noch nicht gefunden worden?«

»Wo war denn die Reha? Vielleicht ist sie an irgendeiner Station ausgestiegen, während der Zugfahrt. Es gibt Stellen in den Bergen oder in Flüssen, da bleiben Leichen verschollen. Die Bewegung des Wassers sorgt dafür, dass der Körper vollständig zerrieben wird.«

»Zerrieben?«

Dicke vereinzelte Regentropfen fielen herab, platschten hier und da auf Blätter und Dachziegel.

»Ja, Kiesel und Steine am Flussgrund sind scharfkantiger, als man meint, und die Strömung kann manchmal derartig ...«

»Ja, Ninja, ich kann's mir vorstellen.«

»Wenn sie nicht ins Meer getragen werden, dann lösen sie sich auf dem Weg dorthin auf.«

»Lösen sich auf, boah ...«

»Na, durch organische Zersetzung, Tierfraß, mechanischen Abrieb. Es braucht nur Zeit, die richtige Landschaft und Witterungsbedingungen, und jeder Körper löst sich in nichts auf.«

Ricky war etwas von mir abgerückt und fing an, sich suchend umzuschauen. Die Regentropfen waren zahlreicher geworden, gleich würde ein Schauer losbrechen.

»Wo ist eigentlich Mo?«

Den hatte ich völlig aus den Augen verloren. »Hast du ihn nicht mit rausgenommen?«

»Nein, ich dachte, du hättest ihn. Hatte ich ihn dir nicht gegeben?«

»Ja, als du die Tür eintreten wolltest. Aber dann haben wir

Koller gefunden und aufs Sofa gehievt, und da muss ich Mo auf den Boden gesetzt haben.«

»Musst du? Weißt du das nicht mehr?«

Ich konnte mich null Komma null daran erinnern. Nach Kollers Anblick am Fußende der Treppe war bei mir anscheinend alles andere ausgeblendet worden. »Doch, ja, ich hab ihn bestimmt auf den Boden gesetzt, wohin denn sonst?«

»Ich glaube, wir haben die Tür nicht zugemacht.«

Ricky setzte sich in Bewegung, rannte förmlich zum Haus zurück. Ich hinterher, kopfschüttelnd und mit schlechtem Gewissen. Mo war mir völlig aus dem Blick gerutscht. Genau aus diesem Grund war ich für Haustiere ungeeignet, das hatte ich ja schon geahnt.

Koller schlief tief und fest auf der Couch, Ricky hatte ihn mit Kissen versorgt und ordentlich zugedeckt. Er wachte auch nicht auf, als wir nach Mo rufend umherliefen und das Sofa verrückten, um unter die Schränke zu schauen. Kein Mo, nirgendwo.

Also gingen wir wieder raus, obwohl es gerade so richtig zu schütten anfing. Mitten im prasselnden Regen leuchteten wir mit unseren Handylampen unter Büsche und Bäume, in die Nachbarsgärten, liefen den Gehweg vorm Haus ab, die Straße rauf und runter. Mos Fährte aufzunehmen wäre auch ohne den Wolkenbruch unmöglich gewesen. Ich konnte seine Note nicht von der anderer Hunde unterscheiden. Und hier gab es eine Menge Hunde, an fast jeder Pforte dieser Einfamilienhaussiedlung wurde vor ihnen gewarnt.

Mit jeder Minute, die wir vergeblich nach Mo suchten, wurde Ricky stiller und stiller. Um ihn aufzumuntern, brüllte ich durch den Regen hindurch: »Gleich finden wir ihn, so weit kann er mit seinen kurzen Beinen ja nicht kommen.«

Ricky leuchtete mit seiner Handylampe unter die parkenden Autos. Der Regen verlor merklich an Kraft und ging langsam wieder in Getröpfel über.

»Vielleicht ist er doch im Haus«, überlegte ich laut. »Oben haben wir noch nicht so richtig nachgesehen.«

»Weil er da auch gar nicht die Treppen raufkommt, er ist zu klein. Ich fürchte eher, dass er hier draußen vielleicht in ein Loch gefallen ist.«

»Was für ein Loch?«

»Ein Abwasserrohr oder so.«

Das war schon möglich. Mir rutschte das Herz in die Hose. Falls Mo tatsächlich aus der offenen Tür spaziert und danach in einen Gully gefallen war, dann war das allein meine Schuld. Ricky hatte mir vertraut – und ich hatte die Tür offen gelassen, ich hatte Mo aus den Augen verloren.

»Die Straße ist eine Sackgasse, dahinter fängt der Wald an«, sagte Ricky. »Vielleicht hat ihn auch ein Fuchs geholt.«

Das gab mir den Rest. Ich konnte nicht mehr klar denken. »Du hättest ihn mir nicht geben dürfen, Ricky!«, heulte ich los. »Du hättest Mo nie holen dürfen! Ich hab dir gleich gesagt, ich kann das nicht! Ich kann das einfach nicht!«

Ricky griff nach meinem Arm, aber ich wedelte ihn weg und stürzte auf der Straße vor ihm her. »Was vertraust du mir auch einen Welpen an? Ein Hunde-*Baby*? Du bist verrückt!«

Auch nicht gerade die feine Art, die Verantwortung jetzt auf Ricky abzuwälzen, aber anders kam ich gerade nicht klar, und er hatte Mo ja auch wirklich ohne meine Zustimmung geholt. Ich hätte keinen Hund gewollt. Ich hatte gewusst, dass ich für so eine Verantwortung nicht bereit war, und nun war alles genau so gekommen wie befürchtet.

Mir schnürte es die Kehle zu, obwohl ich permanent nach

Luft schnappte – was war das hier? Eine Panikattacke? Alles drehte sich, ich ruderte herum, spürte das kühle Metall eines Laternenpfahls an meinen Händen und rutschte ab. Ricky fing mich auf, drückte meinen nassen Kopf an seine nassen Schultern. »Ausatmen, atme aus, Ninja!«

Und endlich kam wieder Luft in meine Lungen, alles beruhigte sich. Ricky atmete vor, und ich folgte seinen tiefen Atemzügen, bis ich wieder bei mir war, bis ich wieder Gedanken denken und auch aussprechen konnte.

»Das mit dem Fuchs …«, setzte ich an.

»Vergiss das«, sagte Ricky. »Wir haben uns voll ablenken lassen. Ich glaub ja eher, dass Mo … Ach, lass uns zurückgehen, na komm.«

»Was glaubst du? Sag schon.«

»Wir sollten nach Koller sehen. Geht's wieder?«

Ricky fasste meine Hand und zog mich eilig zum Haus der Lichterwalds zurück.

Die Unruhe, die ihn überkommen hatte, übertrug sich nun auch auf mich. Mir war auf einmal klar, woran er dachte: Was, wenn der Schattenmann umging? Was, wenn es ihn doch gab und es hier gar nicht um Mo ging, sondern um Koller? Er hatte ihn bereits einmal angeschossen, ein zweites Mal würde er ihn nicht davonkommen lassen.

Und plötzlich sah ich überall Schatten! So wie Ricky beim Laufen mit dem Handylicht rumfuchtelte, war das zwar kein Wunder, trotzdem erschreckte mich jede Bewegung im Augenwinkel, jeder vorüberzuckende dunkle Fleck.

Wir rannten Hand in Hand zum Haus, wie wir noch nie vorher gerannt waren.

***

30

Wir kamen im Lichterwald-Haus an und fanden Koller reglos auf dem Sofa vor.

Ricky lief schnurstracks auf ihn zu und zog ihm mit einem Ruck die Decke weg. Zum Vorschein kam Mo, der eingerollt auf Kollers Brust schlief.

»Dachte ich's mir doch!«, rief Ricky erleichtert.

Ich schaute ihn an und schüttelte den Kopf. Während er allem Anschein nach genau diesen Ausgang der Situation vor Augen gehabt hatte, war ich mal wieder vom Schlimmsten ausgegangen.

Und diese Gedanken ließen sich auch nicht so leicht abschütteln. Darum lief ich im Haus herum, schaute in jedem Raum nach dem Rechten, knipste weitere Lampen an, drehte die Dimmer hoch und eliminierte alle Schatten im Haus.

Schließlich musste ich auch noch Koller wach rütteln, um sicherzugehen, dass er wirklich nicht tot war.

»Was ist los?« Verwirrt schaute Koller sich um. »Ist Marion da? Marion?«

»Nein, Koller, wir sind's bloß.«

Daraufhin dämmerte er wieder weg.

Ich überredete Ricky dazu, die weitere Nacht in dem Haus zu verbringen, um Koller nicht allein zu lassen. Dann verriegelte ich Türen und Fenster, zog die Vorhänge zu und breitete Decken und Kissen auf dem Wohnzimmerboden vor Kollers Couch aus.

»Willst du da jetzt auf dem Boden schlafen wie ein Wachhund?«

»Koller hält mich für einen flandrischen Treibhund, das passt dann ja. Außerdem: In dem Bett da oben werde ich eh nicht pennen können, das riecht nach Rheumasalbe.«

Ricky zuckte die Schultern, hängte seine Klamotten zum Trocknen auf, wickelte sich in Handtücher und ließ sich mit Mo auf die Kissen fallen.

»Aber das Licht machst du schon noch aus, oder?«

Nach und nach ja, aber ein Nachtlicht ließ ich brennen.

Ricky kommentierte das kopfschüttelnd mit nur einem Wort: »Schattenkoller.«

Damit traf er genau ins Schwarze, auch wenn es nicht Koller war, der mir im Kopf herumspukte. Im silbernen Mondlicht draußen vor dem Fenster meinte ich immer wieder, Dragics Haarschopf zu erkennen. Zweimal ging Ricky raus, um Zweige abzureißen und sie mir wie erlegte Fantasiegestalten zu präsentieren.

»Lass dich nicht von Kollers Hirngespinsten mitreißen, Ninja«, beschwor Ricky mich. »Bleib auf deine eigenen Fälle fokussiert. Steht morgen nicht irgendwas Wichtiges mit dem Taschendieb an?«

»Ja, da trifft er die alte Dame, Alma Hicks, am Alex. Vielleicht. Hoffentlich.«

»Siehst du, also konzentrier dich lieber darauf.«

»Und Koller? Wir müssen uns um ihn kümmern. Ohne seine Prothese kommt er hier nicht weg. Er braucht einen Rollstuhl oder wenigstens Krücken.«

»Krieg ich hin, ich fahr ihn gleich nach dem Frühstück zum Arzt.«

»Und Frau Konopke?«

»Muss erst abends abgeholt werden, kein Problem also, und du legst dich wie geplant am Alexanderplatz auf die Lauer. Mach die Augen zu jetzt.«

Das versuchte ich, und es ging auch schon viel besser. Die Gestalten, die vor meinem geistigen Auge auftauchten, verloren ihre Bedrohlichkeit und machten schließlich Billy und Khan Platz. Ich hatte meine Bärenführer nur einen einzigen Tag nicht gesehen, aber es fühlte sich wie eine Ewigkeit an. In der Zwischenzeit war so viel passiert!

Ricky war zurück in meinem Leben, ein Hundebaby obendrein, und ich hatte mehr Dinge über Koller erfahren, als ich je wissen wollte.

Was fing ich jetzt damit an?

Dass das Verschwinden von Kollers Frau in einem Zusammenhang mit dem Verschwinden von Valerie Winter stand, war absolut unwahrscheinlich.

Nicht aber, dass Valerie Winter etwas mit der S-Bahn-Schubsattacke zu tun hatte.

Vielleicht war sie selber der Schubser ... Ja, warum eigentlich nicht? Das könnte erklären, warum sie auf den Überwachungsbändern nicht zu sehen war, obwohl ihr Geldbeutel ihre Anwesenheit an diesem Tag zu dieser Stunde bezeugte. Ein Gedanke, der mir hier auf dem Deckenlager im Lichterwald-Haus in dieser Vollmondnacht sehr überzeugend vorkam. Was Dragic wohl dazu sagen würde? Und Koller?

Aber Ricky hatte ganz recht. Ich sollte mich weder von dem einen, noch vom anderen ablenken lassen, sondern mehr auf meinen eigenen Weg konzentrieren. Und der führte zu Mandarino.

Er war die Schlüsselfigur: Erstens hatte er die Brieftasche des S-Bahn-Schubsers geklaut, erkannte die Person womöglich wieder. Zweitens war das Elli-Bild aus meiner Brieftasche verschwunden. Und da Frau Hicks glaubhaft versichert hatte, dass sie nichts dergleichen an sich genommen hatte, musste es bereits vor der Übergabe weggekommen sein. In diesem Fall hatte Mandarino es.

Es fiel mir schwer, mich an die Situation in der U-Bahn mit ihm zu erinnern. Die Bilder der Überwachungsbänder vermischten sich mit meinen eigenen. Nicht nur die Bilder dieses einen Tages, sondern auch die aller anderen Tage meines Lebens am Alexanderplatz.

Ich lauschte den asynchronen Atemzügen und rasseligen Schnarchern von Koller, Ricky und Mo und versuchte, mich über die Erinnerung an den Mandarinengeruch zurück in die U2 zu beamen. Aber auch das half nicht, weil Gerüche flüchtig und an Gegenwärtigkeit gebunden sind. Und im Hier und Jetzt lag nun mal ein Mix aus Rotweinkotze, dem feuchten Muff regennasser Kleider und Kornapfelduft in der Luft.

Grüner, herbsüßer Kornapfelduft nach einem warmen Regen. Die Wange an Omas Rücken geschmiegt, flog die Landschaft an uns vorbei. Felder, Bäume, Hochsitze, Strommasten, ab und zu ein Haus.

Aus rassligen Schnarchgeräuschen wurde Mopedmotorbrummen und endlich, endlich schlief ich ein.

***

31

Dragics Leute hatten sich im Touristenlook so am Stufenbrunnen postiert, dass sie Frau Hicks, die auf einer Bank am Beachvolleyballfeld saß, gut im Blick hatten. Zwei weitere Mitarbeiterinnen kreisten ähnlich unauffällig um Neptunbrunnen und Weltzeituhr. Dragic saß an einem strategisch günstigen Fenster der Bar eines Casinos am Fuße des Fernsehturms, von wo aus er den besten Überblick hatte und uns über Funk Anweisungen geben konnte.

Ich durfte frei herumlaufen, sollte aber die Augen offen halten. Sobald ich Mandarino erspähte, hatte ich das direkt Dragic zu melden, der dann alles Weitere für den Zugriff veranlassen würde. Auf keinen Fall sollte ich mich Mandarino nähern oder anderweitig unqualifiziert dazwischenfunken.

Das hatte ich auch nicht vor. Ich wollte nichts tun, was die Aktion in irgendeiner Art gefährden konnte.

Langsam fing ich an, Khan und Billy zu vermissen, denn eigentlich wäre unser Abschnitt für Mandarino zuständig gewesen, zusammen mit dem Diebstahlsdezernat, aber in dieser Sache hatte längst Dragic das Ruder übernommen. Mordermittlungen hatten eben Vorrang, und ich konnte froh sein, dass ich überhaupt dabei war.

Dragic gab mir zu verstehen, dass er im Augenblick nichts weiter von mir erwartete, als dass ich zur schnellen Identifizierung von Mandarino beitrug. Bis der Mann uns nicht endlich ins Netz gegangen war, wollte er nichts von nächtlichen Theorien hören.

Auch mit Koller hatte ich heute Morgen nicht darüber reden

können, weil er einen kolossalen Kater hatte. Er wollte nichts frühstücken und sagte kein Wort, sondern stöhnte immer nur, wenn ich ihn etwas fragte.

Wie verabredet, hatte Ricky ihn zum Arzt gefahren und saß dort immer noch im Wartezimmer, als ich ihn vom Alexanderplatz aus anrief.

»Gut, dass Mo dabei ist, der bringt Koller auf andere Gedanken. Hast du schon mal was vom Mopsorden gehört?«

»Eine Medaille für Möpse?«

»Nein, der Mopsorden war eine Freimaurerloge im achtzehnten Jahrhundert, aber noch geheimer und fortschrittlicher, es gab da auch weibliche Logenmeister. Weißt du, wie die genannt wurden? Großmöpse.«

»Glaub ich dir nicht.«

»Frag Koller.«

Würde ich so bald wie möglich machen, aber für den Moment musste ich Ricky abwürgen, da mir Billy entgegenkam. Sie war heute zum Streifendienst auf der Platte eingeteilt, dem unmittelbaren Bereich um den Fernsehturm. So liefen wir uns hin und wieder über den Weg und konnten kurz plaudern.

Die Nahtoderfahrung mit dem Entsafter hatte sie besser weggesteckt, als am Montag noch zu befürchten gewesen war. Sie wirkte aufgeräumt und entspannt wie eh und je.

Trotzdem war da etwas an ihr, das mich irritierte. Ich konnte es aber nicht benennen und dachte nach jeder Begegnung erneut darüber nach.

Natürlich hielt mich die Grübelei über Billys Veränderung nicht davon ab, nach Mandarino Ausschau zu halten. Meine fünf Sinne waren aufs Äußerste geschärft, was dazu führte, dass ich einen Dauerappetit auf das Angebot vom Bratwurstmann vor Galeria Kaufhof entwickelte.

Mandarino tauchte leider nicht auf.

Inzwischen ließ er Frau Hicks schon über eine Stunde warten, was die Vermutung nahelegte, dass er Wind von ihrer Kooperation mit der Polizei bekommen hatte oder die Falle witterte.

Wieder klingelte mein Handy. Diesmal war Khan dran, der heute auf der Wache Dienst schob und wissen wollte, wie die Aktion lief.

»Ich bleibe optimistisch. Sobald er festsitzt, sag ich dir Bescheid.«

»Okay, ich drück euch die Daumen. Der Nachmittag fängt ja erst an.«

»Genau. Abwarten.«

»Und bloß keinen Tee trinken – wer pinkeln muss, hat verloren.« Khan lachte und wurde dann von jemandem unterbrochen, tauschte kurz Informationen aus. »Sorry, Nina, ich muss weitermachen hier. Grüß Billy von mir, wenn du sie siehst.«

»Mach ich.«

»Ach ja, hast du ihr den Smoothie schon gegeben? Und du deinen schon probiert?«

Uh, der Smoothie. Khan hatte mir heute Morgen zwei selbst befüllte Flaschen mitgegeben, eine für mich, eine für Billy. Total nett von ihm. Das Problem war nur, dass es Heidelbeersmoothies waren. Allein der Gedanke daran, wie die Heidelbeeren im Mixer zerschmettert wurden, überschwemmte mich mit einer Welle von Übelkeit.

»Äh ... ja, sehr lecker. Danke noch mal.«

»Den Entsafter hab ich verschenkt. Jetzt hab ich einen Smoothiemaker, das ist was ganz anderes. Und Billy kann etwas Vitamine vertragen, findest du nicht?«

»Kommt mir auch so vor. Glaubst du, sie hätte besser noch ein paar Tage zu Hause bleiben sollen?«

»Wollte sie nicht. Hat sie was gesagt?«

»Nein, ich dachte nur … irgendwas stimmt mit ihr nicht.«

»Hm, ja. Lass uns später noch mal telefonieren, okay? Viel Glück mit dem Taschendieb.«

Wir legten auf, und mir kam plötzlich ein Lied in den Sinn, das überhaupt nicht in die Jahreszeit passte. Heute waren es fast dreißig Grad. Ich stand mit dem Rücken zum Brunnen der Völkerfreundschaft, dessen spärliche Fontänen kaum für Abkühlung sorgten, mit Blick auf die Weltzeituhr, die in der Wärme flimmerte. Und der Liedtext in meinem Kopf schwärmte vom Tannenbaum und von der Treue seiner Blätter, bei Wind und Wetter. Dann schmeckte ich Kokosaroma, und mir wurde klar, dass hier Mandarinos Duft in der Luft lag. Genau die Mischung aus Omas Weihnachtsmandarinen und Kokos – wie in der U-Bahn vor sechs Tagen.

Ich drehte mich um, konnte aber im Gewusel aus Shoppingbummlern und Touristen keinen mir bekannten Lockenkopf ausmachen. Je mehr ich umherschaute, desto mehr verlor ich den Duft wieder aus der Nase. Also machte ich das, was ich mit Koller so oft geübt hatte – ich machte die Augen zu und überließ meiner Nase die Wahrnehmungshoheit.

Natürlich kam ich ab dem Moment nicht mehr so schnell durch die Menge, aber ich hatte eine Sonnenbrille auf und lief mit ausgestreckten Armen, was die Leute immerhin davon abhielt, mich über den Haufen zu rennen.

Als ich der Geruchsquelle näher zu kommen schien, öffnete ich wieder die Augen, und nun konnte ich Mandarinos Lockenkopf keine fünf Meter vor mir sehen. Er hatte eine Spur von Mandarinenschalen hinter sich gelassen, die es mir leicht gemacht hatte, seiner Fährte zu folgen. Offensichtlich hatte er sich selbst in der Obstabteilung von Galeria Kaufhof versorgt, nachdem er das Treffen mit Frau Hicks abgeschrieben hatte.

Jetzt, wo Mandarino nur noch zwei Meter von mir entfernt war, zögerte ich, Dragic direkt anzufunken, denn das würde mir die Gelegenheit nehmen, allein mit dem Mann zu sprechen, der mir Ellis Bild geklaut hatte. Wir waren hier außer Sichtweite von Dragic, und die nächste Mordermittlerin an der Weltzeituhr schaute gerade in die andere Richtung.

Also tippte ich Mandarino auf die Schulter und sagte: »Hey!«

Mandarino drehte sich um, er trug wieder ein Leinenhemd, diesmal in ausgewaschenem Blau, und seine Armeehose. Ein dazu passender Armeerucksack hing lässig über einer Schulter.

Als er mich sah, zeigte er keinen Anflug von Erkennen. Er schaute freundlich und neugierig, während er an Mandarinenschnitzen kaute, ein letztes Stück hielt er mit angewinkeltem Arm in der offenen Hand.

»Alma wundert sich, wo du bleibst«, sagte ich.

Jetzt zog er wachsam die Augenbrauen hoch und musterte mich erstaunt.

»Ich hab hier ein Funkgerät.« Ich tippte auf meine Tasche. »Da gibt es einen Knopf. Wenn ich den drücke, wimmelt es hier in einer Sekunde von Polizisten.«

Er ließ seinen Blick über den Platz schweifen, so als könnte er tatsächlich Polizisten in Zivil von Touristen unterscheiden.

»Und wieso drückst du ihn nicht?«

Dumme Fragen stellte er auf jeden Fall nicht.

»Du hast mir letzten Donnerstag meinen Geldbeutel geklaut, in der U-Bahn.«

Er zuckte die Schultern und warf sich das letzte Mandarinenstück geschickt in den Mund.

»Muss 'ne Verwechslung sein.«

»Da war ein Ultraschallbild drin. Was hast du damit gemacht?«

»Was für ein Ding? Keine Ahnung, was du von mir willst.«

Er drehte sich weg. Ich fasste ihn am Arm, hielt ihn fest und beeilte mich zu sagen: »An dem Tag hast du auch einem Mörder das Portemonnaie geklaut, deswegen sucht dich das LKA. Du wirst hier nicht mehr wegkommen. Deine einzige Chance bin ich.«

Er drehte sich wieder halb zu mir hin, schien ganz Ohr, sodass ich meinen Griff etwas lockerte.

»Wenn du mir sagst, wo das Ultraschallbild ist, geb ich dir zehn Sekunden Vorsprung, bis ich Alarm schlage.«

»Zehn Sekunden bloß? Hältst du mich für einen Zauberer? Gib mir zehn Minuten.«

»Wieso? Durch die Unterführung wärst du schnell außer Sichtweite. Jetzt sind es nur noch neun Sekunden. Acht. Sieben. Sechs ...« Ich öffnete meine Tasche und griff hinein. Übrigens dieselbe, aus der er meinen Geldbeutel gestohlen hatte. »Fünf. Vier ...«

»Okay, warte mal, warte. Ich glaub, mir fällt das gerade wieder ein. Das war so ein schwarz-weißes Papier, stimmt's? Zusammengefaltet im Scheinefach.«

»Ja, genau. Wo ist es?«

»Erst mal loslassen!« Er schüttelte meine Hand von seinem Arm ab. »Ich glaub, ich hab das Bild einer Freundin gegeben.«

»Wozu das?«

»Aus Spaß, was weiß ich.«

»Wie heißt sie, wo wohnt sie? Redest du von Alma Hicks?«

»Quatsch, Mann, doch nicht Alma.« Mandarino schien verwundert und amüsiert gleichzeitig, zeigte Mundwinkelgekräusel und Zahnlücke, aber diesmal wirkte sein Charme alles andere als mitreißend. »Ich rede von einer Ex. Der hab ich das Bild gezeigt, um sie abzuschießen.«

»Was?«

»Da war doch ein Baby drauf, oder nicht? Ich hab ihr gesagt, es wäre meins. Seitdem ruft sie nicht mehr an.«

»Bullshit.«

»Nein, echt, sie hat das Bild zerrissen. Ende und sorry. Ciao, Bella.«

Mandarino winkte, drehte sich elegant in eine Menschentraube hinein – und war weg.

Hätte dahinter nicht schon Billy auf ihn gewartet.

Tatsächlich hatte ich das Funkgerät von Anfang an auf Senden auf Billys Frequenz gestellt, sodass sie das Gespräch hatte mithören können. Und wie erhofft hatten das Brunnenplätschern und die Bemerkung mit der Unterführung ausgereicht, um ihr zu vermitteln, dass wir uns zwischen dem Brunnen der Völkerfreundschaft, Galeria Kaufhof und dem Eingang zum Park Inn Hotel befinden mussten. Gemeinsam setzten wir Mandarino fest, während ich Dragic informierte.

Keine Minute später wurde Mandarino zu einem Streifenwagen gebracht, während Dragic sich zuerst mit Billy und dann mit einer seiner Mitarbeiterinnen unterhielt. Ich stand etwas abseits und wartete gespannt darauf, dass Dragic mir sagte, wie es weiterging. Würde er mich zur Mordkommission mitnehmen, zulassen, dass ich mitbekam, wie die Mandarino-Geschichte sich entwickelte, und sich meine Valerie-Winter-Theorie anhören?

Dragic schien mit seiner Kollegin sehr viel besprechen zu müssen. Mit ernsten Gesichtern standen sie beisammen, schüttelten die Köpfe oder nickten abwechselnd bedächtig.

Billy hatte sich auch noch nicht aus Dragics Verfügungsradius gewagt.

Sie stand noch genau dort, wo Mandarino ihr in die Arme gelaufen war, erwiderte meinen ratlosen Blick, zuckte die Achseln, griff in ihre Hosentasche, und endlich wurde mir klar, was mich an ihr so irritiert hatte – sie roch nicht mehr nach ihrem geliebten E-Zigaretten-Aroma, sondern nach Tabak! Nach der Beinahe-Entsaftung war sie zu ihrer vor langer Zeit abgelegten Nikotinsucht zurückgekehrt.

Ich ging zu ihr hinüber und zeigte mich erstaunt. »Billy«, sagte ich, »wie kommt's?«

Ich hatte mal gelesen, dass Leute, die dem Tod nur knapp entkommen waren, ihr Leben anschließend viel mehr zu schätzen wussten, alles umkrempelten und fortan gesünder und bewusster lebten. Bei Billy schien das Gegenteil passiert zu sein.

»Mir ist was klar geworden.« Sie zog eine Zigarette aus der Schachtel und steckte sie sich zwischen die Lippen. »Was ganz Grundlegendes. Könnte so was wie mein neues Lebensmotto werden.«

»Aha. Und was?«

Sie kramte in ihrer anderen Hosentasche nach einem Feuerzeug, fand es, zündete ihre Zigarette an, wobei sie bis in die Lunge durchzog, um den Rauch anschließend genießerisch durch Mund und Nase auszuatmen.

»Das Leben besteht zum größten Teil aus Ersatzhandlungen, und die werden dann irgendwann das Leben, verstehst du?«

Auch ich wollte ihrem Rauch mit philosophischem Blick nachschauen, aber er wehte in meine Richtung, und so hüstelte ich herum und verwedelte die Luft.

»Klar, aber ist Tabakrauchen nicht auch nur eine Ersatzhandlung für irgendwas anderes?«

»Garantiert«, sagte Billy und zog wieder bis in die Lunge. »Und wenn ich rausgefunden habe, wofür, dann werde ich genau das machen.«

***

32

Dragic verlegte den Rest meiner Praktikumszeit offiziell und mit dem Einverständnis von Alice in seinen Zuständigkeitsbereich. Damit war ich jetzt also bei der Mordkommission, und das freute mich wie Bolle, auch wenn mir klar war, dass Dragic das hauptsächlich machte, um mich im Auge zu behalten. Es war ihm lieber, ich recherchierte unter seiner Aufsicht nach Hintergrundinfos über Valerie Winter, als dass ich ihm mit Koller bei dieser Sache noch einmal in die Quere kam.

Außerdem schien ich die Einzige zu sein, die mit Mandarino zurechtkam. Was weniger an mir lag als an Mandarino. Dragic hatte ihm bereits alle relevanten Aufnahmen der Überwachungskameras vom Tag der Schubsattacke gezeigt, um sein Gedächtnis aufzufrischen. Da war zu sehen gewesen, wie nah er dem Schubser gekommen war und dass er ihm beim Anrempeln und anschließenden Entschuldigungsgetue aus nächster Nähe ins Gesicht gesehen hatte. Leugnen zwecklos.

Das versuchte Mandarino auch gar nicht, er blieb einfach komplett stumm. Auch als Dragic ihm klarmachte, dass eine Kooperation in diesem Mordfall sich positiv auf die Behandlung seiner Diebstahlsanzeigen auswirken dürfte.

Dragic hatte ihn vor die Wand mit den Personalausweisbildern geführt. Siebenundzwanzig Bilder der Personen, die er am Tag der Schubsattacke um ihre Geldbörsen erleichtert hatte. Einer davon musste der Schubser sein. Dragic und seine Leute standen gespannt um Mandarino herum und erwarteten die Auflösung des Rätsels. Doch statt auf Valerie Winters Bild hatte Mandarino auf meins gezeigt und gesagt: »Ich will mit der da reden, mit sonst niemand.«

Mir erzählte er dann, dass der Schubser auf keinem der Bilder drauf war.

Auf Dragics Wunsch hin legte ich Mandarino jedes einzelne Passbild noch mal vor. Zu guter Letzt das von Valerie Winter. Ich sagte ihm, er solle sich vorstellen, dass in den Klamotten des Schubsers eine Frau steckte, die sich die Haare geschnitten hatte, nicht geschminkt war oder anders gestylt. Mandarino bestand trotzdem darauf, dass es keiner von den Leuten auf den Bildern war, auch nicht Valerie Winter. Womit er meine Theorie vom Tisch wischte.

Aber war Mandarinos Aussage vertrauenswürdig? Immerhin war er ein Dieb und Betrüger.

Als Nächstes wollte Dragic wissen, ob Mandarino die Geldbeutel den Ausweisbildern ihrer jeweiligen Besitzer zuordnen konnte. Eine Aufgabe, die zugegebenermaßen sehr schwierig war: siebenundzwanzig Geldbörsen einem vergrößerten Ausweispassbild zuordnen, das er in der Erinnerung mit einem Menschen abgleichen musste, den er vor sechs Tagen nur wenige Sekunden das erste und das letzte Mal in seinem Leben gesehen hatte. Hinzu kam, dass die meisten Geldbeutel sich sehr ähnelten, von Größe, Form und auch von der Farbe her. Sie waren entweder grau, blau, braun oder schwarz. Der von Valerie Winter war etwas größer, schwarz-weiß kariert mit einem silbernen Reißverschlusszipper in Form des Buchstabens V wie Valerie.

Erstaunlicherweise konnte Mandarino einundzwanzig Geldbörsen ihren Besitzern tatsächlich zuordnen. Oder zumindest der Person, deren Ausweis im Geldbeutel gesteckt hatte. Was ziemlich viel war.

Vermutlich war die Aufmerksamkeit eines Taschendiebs für

derlei Detailfragen ganz anders geschult als bei anderen Menschen.

Valerie Winters Geldbeutel gehörte zu denen, die Mandarino ihrem Ausweisbild nicht hatte zuordnen können.

Dafür aber jemand anderem – und hier kam ich ins Grübeln. Diese Person war nämlich niemand Geringerer als der Schubser selbst. Ihm hatte Mandarino seiner Erinnerung nach den schwarz-weiß karierten Geldbeutel auf den Treppen zur U2 abgenommen. Wie hing das zusammen? Und wieso konnte Mandarino ausgerechnet Valeries auffälligen Geldbeutel ihrem Bild nicht zuordnen?

Die Antwort darauf konnte nur lauten, dass er keine Erinnerung an sie hatte, weil er ihr nicht leibhaftig begegnet war. Der Schubser musste tatsächlich ein anderer Mensch gewesen sein. Jemand, der Valerie Winters Geldbeutel bei sich hatte, aber nicht Valerie Winter war – ihr Entführer.

Daraufhin legte Dragic Mandarino ein Foto von Albrecht Sommer hin.

»War es vielleicht dieser Mann?«

Mandarino reagierte nicht, und Dragic legte ein weiteres Bild von Sommer auf den Tisch, auf dem er aus einem anderen Winkel abgelichtet worden war. Doch auch dafür erntete er von Mandarino nur einen leeren Blick, den dieser demonstrativ von Dragic weg auf mich richtete.

Dragics Gesichtsfarbe veränderte sich. Er schnaubte vor Wut und sah aus, als würde er jeden Moment mit der Faust auf den Tisch hauen. Aber er tat es nicht, sondern nickte mir zähneknirschend zu. Und ich stellte Mandarino noch einmal die gleiche Frage: »War es dieser Mann?«

Diesmal antwortete er, und zwar mit amüsiertem Grinsen: »Nee, der war's auch nicht.«

Nun haute Dragic doch mit der Faust auf den Tisch: »Jetzt habe ich aber die Faxen dicke! Wir suchen hier einen Mörder, verdammt noch mal! Entweder Sie antworten auf meine Fragen, oder Sie haben zusätzlich zu Diebstahl und Hehlerei gleich auch noch eine Anzeige wegen Strafvereitelung und Beihilfe zum Mord am Hals!«

Mandarino zuckte die Schultern. Dragic räusperte sich, fuhr sich mit der Hand über die Stirn, warf einige widerspenstige Strähnen seines prächtigen Silberhaars zurück und holte fünf weitere Fotos hervor, die er vor Mandarino ausbreitete.

Alles Bilder von Jugendlichen in Kapuzenpullis, schätzungsweise zwischen fünfzehn und neunzehn Jahre alt. Ich sah sie nur seitenverkehrt und konnte Einzelheiten nicht erkennen. Mandarino aber schon. Ohne zu zögern, nahm er sich eines der Bilder heraus und hielt es Dragic hin, der schlagartig besänftigt wirkte.

»Sicher?«, fragte er interessiert nach.

Mandarino nickte.

»Würden Sie das auch vor Gericht bestätigen?«

Mandarino zuckte wieder die Schultern und nickte gleichzeitig.

»In Ordnung«, sagte Dragic. »Danke.« Er steckte das Foto in die Brusttasche seines Hemdes, natürlich so, dass man es nicht sehen konnte, und ging zur Tür. »Warten Sie noch einen Moment, ich hole kurz jemanden, der Ihre Aussage aufnimmt, Augenblick.«

Wir hörten Dragic quer über den Gang rufen.

Mandarino warf mir einen verbrüdernden Blick zu, aber ich wich ihm aus und schaute statt in seine Augen auf die Lücke zwischen den vier liegen gebliebenen Bildern der Jugendlichen.

»Du hast nicht nur aus Spaß auf irgendeinen von diesen Jungen getippt? Ich meine, dir ist schon klar, dass der jetzt ein Mordverdächtiger ist, oder?«

»Yep«, sagte Mandarino. »Keine Sorge. Ehrlichkeit ist mein zweiter Vorname.«

»Und wie ist der erste? Un?«

Mandarino kräuselte wieder seine Mundwinkel und sagte dann: »Ich hab's übrigens meinen Eltern geschickt.«

Ich wusste sofort, was er meinte. Ellis Bild. Doch wieso sollte er das Ultraschallbild eines Embryos seinen Eltern schicken? Fragend zog ich die Augenbrauen hoch.

»Die sitzen auf ihrer Kohle. Aber jetzt, wo sie glauben, dass sie Großeltern sind, wollen sie endlich was abgeben.«

»Quatsch. Das Bild ist ein Jahr alt. Das Datum steht auch drauf. Wen willst du verarschen?«

»Stimmt aber wirklich. Ich hab's erst mit Babyfotos probiert, gibt's ja wie Sand am Meer im Netz. Hat aber nicht gezogen. Die wollten einen echten Beweis. Danke dafür! Das war ein reiner Glücksgriff. Ich konnte ja nicht ahnen, dass du so was mit dir rumträgst.«

»Dann hol's zurück.«

»Vergiss es, da komm ich nicht ran. Die leben in einem Elfenbeinturm im Königreich der Arschlöcher.«

Ein weiteres Märchen aus Mandarinos Mythensammlung, er konnte es einfach nicht lassen. Angewidert wendete ich mich von ihm ab.

Als die Kommissarin, die Mandarinos Vernehmung fortsetzen würde, den Raum betrat, winkte Dragic mich zu sich. Natürlich hatte er von dem Gespräch etwas mitbekommen, nun wollte er wissen, worum genau es gegangen war.

»Ach, um ein Familienfoto aus meinem Geldbeutel, das er

geklaut hat«, versuchte ich es zu umschreiben. »Nichts Wichtiges.«

»Hm«, machte Dragic und tat mir den Gefallen, es dabei zu belassen. Mürrisch kaute er auf seinen Lippen herum und tippte sich gedankenverloren auf die Brusttasche seines Hemdes, in der das von Mandarino ausgewählte Foto steckte.

»Was, wenn er falschliegt?«, fragte ich.

»Das kann schon sein«, sagte Dragic, »aber dafür liegen Sie öfter mal richtig.«

Ich schaute ihn erstaunt an.

»Ich hab Sie am Alexanderplatz im Auge behalten«, erklärte er. »Ja, ich hab dafür auch meinen Beobachtungsposten gewechselt, jedenfalls hab ich gesehen, wie Sie unseren Zeugen, den Sie Mandarino nennen, entdeckt haben. Zuerst standen Sie mit dem Rücken zu ihm, und dann sind Sie ihm mit ausgestreckten Armen durch eine Menschenmenge gefolgt. Ich nehme an, mit geschlossenen Augen, das war ziemlich eindrucksvoll.«

Mir war nicht recht klar, worauf Dragic hinauswollte. Doch dann schlug er den Bogen zurück zum S-Bahn-Fall.

»Ich hab schon die ganze Zeit so meine Vermutung, wer Hannes Ortleb getötet hat. Aber mir fehlen die Beweise. Vor allem fehlt mir das Motiv.« Dragic schaute mich an. »Und jetzt frage ich mich, ob Sie mir bei diesem Problem vielleicht helfen könnten.«

**

33

Der maritime Herrenduft in Dragics Auto war so stark, dass ich mich neben Lino Ventura auf einer Serpentinenstraße an der italienischen Riviera wähnte. Dabei war ich noch nie in der Gegend gewesen. Womöglich gab es dort gar keine Serpentinen. Ich fühlte mich bei der Duftmischung an alte Filme erinnert, die meine Oma gern geschaut hatte, mit Schauspielern, die ein Männerbild verkörperten, das erdig und breitschultrig war, mit Kinnpartien wie aus Stein gemeißelt, Stiernacken, breiter Stirn und aufgewirbeltem Haarschopf, weil der Mann sich dem Wind entgegenstellte, vorwärtsschritt, die Fäuste in den Taschen, jeden Zweifel mit sich allein ausmachend.

Genauso wirkte Dragic auf mich, und darin unterschied er sich kaum von Koller. Auch sonst hatten diese beiden Männer viel gemeinsam. Ich überlegte die ganze Zeit, wie ich Dragic auf Marion Koller ansprechen konnte. Natürlich wollte ich auch seine Seite der Geschichte hören. Aber das war sicher ein Reizthema, und ich wollte die lockere Stimmung nicht zerstören. Dragic machte das erste Mal, seit ich ihn kennengelernt hatte, einen netten Eindruck und zeigte sich gesprächig.

»Ich bin ja sonst skeptisch mit Praktikantinnen in unserer Abteilung«, sagte er. »Diese Mordgeschichten, also die sind einfach nichts für zarte Gemüter. Klar, Krimis im Fernsehen sind das eine, aber was man so in der Realität mitkriegt an grausamen Banalitäten und Gemeinheiten, also, das ist seelisch dann oft nicht so leicht zu verkraften.«

»Aber es hilft doch bestimmt, die Geschichten hinter den

Taten kennenzulernen. Mörder sind doch auch nur Menschen, oder nicht?«

»Sie wollen also Mörder kennenlernen, verstehe ich das richtig?«

»Und Mörderinnen.«

»Immer für die Gleichberechtigung, ja? Es gibt aber eindeutig viel mehr Männer, die töten. Das kann ich Ihnen versichern.«

»Bis jetzt habe ich nur eine Mörderin persönlich kennengelernt. Und die war nicht gerade zimperlich.«

Sie war auch der Grund dafür, warum Elli nicht überlebt hatte, und jetzt musste ich zusehen, dass das Gespräch in eine andere Richtung lief, sonst würde ich Dragics Vorurteile über zarte Gemüter hier bestätigen müssen. Wobei ich die Dinge komplett anders sah als er und absolut der Meinung war, dass die weibliche Sicht auf die Dinge das Ermittlungsspektrum erweiterte. Es war nicht nötig, diese Herangehensweise abzuwerten, umzuziehen oder zu verschleiern. Es war aber auch nicht der Zeitpunkt für eine Grundsatzdiskussion mit Dragic.

Dafür würde nie der richtige Zeitpunkt sein, solange ich davon abhängig war, dass er mir ein gutes Zeugnis ausstellte.

»Ja, ich erinnere mich«, sagte er. »Na schön, das mag ja drei-, viermal interessant sein. Aber die Motive wiederholen sich, und am Ende läuft es meistens darauf hinaus, dass die Leute sich vom Leben ungerecht behandelt fühlen und andere dafür büßen lassen. Wollen Sie sich das anschauen? Jeden Tag, acht Stunden, jahrelang? Das macht was mit einem, sollte man nicht unterschätzen.«

»Sie werden mich nicht davon abhalten können, Polizistin zu werden, tut mir leid.«

»Kam das so rüber? War nicht so gemeint. Wir brauchen

ganz dringend Nachwuchs wie Sie, nein, wirklich. Das bringt frischen Wind. Darum arbeite ich ja auch gern mal mit Externen zusammen.«

»Externe?«

»Privatermittler oder Leute, die sich auf irgendwas spezialisiert haben ...«

»Sie arbeiten wirklich mit Privatermittlern? Kommen die Ihnen nicht in die Quere?«

»Nur, wenn sie für die Täterseite arbeiten. Auf der Opferseite läuft's gut. Die genießen natürlich ein ganz anderes Vertrauen bei den Angehörigen und kriegen Sachen mit, nach denen müssen wir lang und umständlich graben.«

»Klar.«

»Da bin ich ganz offen für Input. Auch was andere Ermittlungsmethoden betrifft. Das kam vielleicht bisher nicht so rüber, aber das können Sie mir glauben, Frau Buck.«

»Ja, klar«, nickte ich mir einen ab, obwohl ich mich langsam fragte, wieso Dragic auf einmal so wichtig war, was ich von ihm dachte. Als Kollers Schützling hatte er mir bisher wenig zugetraut, aber Koller nahm nicht jeden unter seine Fittiche, und vielleicht hatte Dragic das endlich begriffen.

In der letzten halben Stunde waren wir über den Wittenbergplatz Richtung Schöneberger Autobahnkreuz gefahren und nur zäh vorangekommen, immer wieder standen wir an roten Ampeln im Stau. Nun ordnete Dragic sich in die Spur zur Stadtautobahn Richtung Tempelhof ein. Wohnte dort der junge Mann, den Dragic des Mordes an Ortleb verdächtigte?

Viel hatte Dragic mir über die anstehende Aktion nicht erzählt, eigentlich nur, dass ich einmal schnüffelnd durchs Haus des Verdächtigen laufen sollte. Mehr nicht. Ich war mächtig stolz darauf und hatte keine weiteren Fragen gestellt, sondern nur profimäßig genickt. Kein Problem, Herr Kommissar.

»Ich hab sogar mal einen Schamanen um Rat gefragt«, fuhr Dragic fort, seine Offenheit zu demonstrieren. »Da ging es um das Versteck einer Leiche.«

»Und?«

»Der lag gar nichts so weit daneben mit seiner Vision. Er hatte uns in einen Sumpf geschickt, meinte, die Leiche würde gekrümmt im Wasser liegen, wie ein Embryo im Mutterleib. Letztendlich fanden wir sie in einem Garten, zusammengefaltet in der Regentonne.«

»Es war aber nicht der Garten des Schamanen?«

»Haha, nein. Aber jetzt raten Sie mal, wie wir auf die Regentonne gekommen sind. Einfach mal raten.«

»Mit einem Spürhund?«

»Leichenspürhunde sind gut, gar keine Frage. Von denen gibt's auf jeden Fall öfter mal richtige Ergebnisse als von den völlig überschätzten Mantrailer-Hunden. Aber die Regentonne stand zu weit außerhalb des Suchradius, Leichenspürhunde waren's nicht. Noch einen Tipp?«

»Äh … Kommissar Zufall?«

»Ausnahmsweise mal nicht, nein. Sie kommen da nie drauf. Es war ein Truthahngeier.«

»Was?«

»Ja, ein Truthahngeier hat das Versteck gefunden, kein Witz.«

»Truthahngeier, sind das Aasgeier?«

»Genau. Die können Leichengeruch über Kilometer weit riechen und direkt hinfliegen, die machen nicht so schnell schlapp wie Hunde und brauchen nicht mal Zuspruch und Ermunterung. Geniale Spürnasen. Echte Leichenspezialisten.«

»Ist ja toll.«

»Ja. Das war leider nur ein Test mit dem Vogel, davon gibt's hier ja nicht so viele, die kommen aus Südamerika. Aber ich hoffe mal, die kommen bald öfter zum Einsatz.«

»Schade, dass sie nur Leichen aufspüren können und keine lebenden Vermissten.«

»Hm, ja. Aber sie würden immerhin den toten Vermissten finden, das ist doch auch schon mal was.«

»Aber nur, solange das Fleisch noch dran ist.«

»Ja«, stimmte Dragic zu. »Da gibt's leider nur ein kurzes Zeitfenster für die Suche. Aber ich habe gehört, dass man Hunde auch auf Knochensuche abrichten kann. Es soll da so einen Archeo-Dog geben, der bei Ausgrabungen hilft …«

»Von dem hat Koller mir auch schon erzählt.«

Dragic ließ das Tempelhofer Feld links liegen und nahm die Auffahrt Richtung Marienfelde.

»Ich hab Koller als Kollegen immer respektiert«, fing er plötzlich ganz von selber an. »Er war extrem erfolgreich, weiß der Geier, warum. Nein, ernsthaft, ich hab's nie verstanden, aber ist ja auch egal – jeder hat seine Art und Weise, die Dinge zu handhaben.«

Ich nickte, wagte nicht, auch nur einen Mucks zu machen, aus Angst, Dragic würde die Tonlage falsch verstehen.

»Als Kollege – top«, fuhr Dragic fort. »Aber menschlich, nein, da fehlen mir die Worte.«

Ich wartete eine Weile auf eine nähere Erläuterung, die aber nicht kam. Wir stierten einfach nur beide weiter stumm auf die Autobahn.

»Ähm …«, versuchte ich den Gesprächsfluss aufrechtzuerhalten. »Ich weiß, dass Sie mit Kollers Frau befreundet waren. Hat das was damit zu tun?«

Dragic trat aufs Gaspedal und beantwortete mir die Frage damit ohne Worte.

»Halten Sie den Schattenmann-Fall für ein Hirngespinst von Koller?«, blieb ich dran.

»Kann man so nicht sagen«, sagte Dragic, nachdem er sich mit moderater Geschwindigkeit wieder auf die Mittelspur eingependelt hatte. »Das war schon eine geniale Eingebung von ihm, und die Arbeit, die darin steckt, all diese Fälle zu extrahieren ... Genau das meine ich mit Kollers Brillanz. Da wäre kein anderer drauf gekommen. Aber in dem Fall war das eben sehr subjektiv geprägt. Im Prinzip nur aus dem Wunsch heraus, es möge eine höhere, nahezu geniale Macht geben, die über Schicksale bestimmt.«

»So eine Art Schattenmann.«

»Nicht mehr und nicht weniger.«

»Also nichts Reales.«

»Ich schwöre bei Gott, ich habe danach gesucht! Ich habe alle Spuren verfolgt und die Wege der Frauen verglichen. Aber die lagen Jahre auseinander! Außerdem haben sie sich noch lange nach ihrem Verschwinden gemeldet. Da bestand überhaupt kein Verdacht eines Verbrechens.«

»Haben Sie auch den Truthahngeier zu Hilfe geholt?«

»Wenn Sie es so genau wissen wollen – ja. Ich habe nichts unversucht gelassen. Entweder leben die Frauen noch, oder ihre Leichen sind sehr tief unter der Erde versteckt.«

Wir passierten ein Hinweisschild, das zum Tag der offenen Tür in der Naturschutzstation im Freizeitpark Marienfelde einlud. Dahinter fing Brandenburg an, mit seinen Feldern und Wäldern.

»Das ist schon ziemlich weit südlich hier«, stellte ich fest.

»Ja, schön, nicht? Vor zehn Jahren hab ich mir hier in der

Nähe mal einen alten Bauernhof angesehen«, sagte Dragic. »War dann doch nicht so preiswert wie gedacht, das halbe Dach war marode.«

Wir fuhren an einer Ansammlung von Häusern vorbei und an einem Ortsschild, auf dem Heinersdorf stand. Von Kollers Stadtplanmarkierungen wusste ich, dass das ein Ortsteil von Großbeeren war, geografisch auf gleicher Höhe wie Mahlow, nur etwas weiter westlich. Auf der anderen Seite des Maisfelds, in dem Sherlock die Fährte von Sonja Freisang verlor.

Hundert Meter weiter bog Dragic dann in eine von Schlaglöchern durchzogene Straße ein, die genau an diesem Maisfeld entlangführte. Eine unheilvolle Ahnung beschlich mich. »Wieso … warum hier?« Mehr brachte ich nicht heraus, mein Mund war auf einmal wie ausgedörrt.

»Was?«

Der Wagen fuhr krachend durch ein Schlagloch, und Dragic fluchte. Er drosselte die Geschwindigkeit, und ich zog am Türgriff, fest entschlossen, mich aus dem fahrenden Auto fallen zu lassen und ins Maisfeld zu robben. Aber natürlich war die Tür verriegelt, und die Angst ließ sich nicht mehr länger unterdrücken. Trug Dragic eine Waffe? Mein Gehirn war wie leer gefegt, ich konnte mich an dieses Detail nicht erinnern.

Ich schaute zu ihm hinüber. Seine Frisur hatte durch das Gerüttel auf der löchrigen Straße völlig ihre Form verloren, die silbrigen Strähnen fielen ihm in die Stirn. Die Klimaanlage funktionierte tadellos, und trotzdem schwitzte Dragic, ich konnte den Schweiß durch sein intensives Parfüm hindurch riechen. Außerdem rann ihm ein Schweißtropfen von der Schläfe bis zur Wange in den Bartschatten hinein, der auf einmal viel dunkler wirkte als vorhin noch.

Ich wollte Ricky sagen, dass ich recht gehabt hatte mit dem

silbernen Haarschopf im Mondlicht gestern, dass es kein Hirngespinst gewesen war, sondern eine Ahnung, ein Gedanke, den wir hätten ernst nehmen sollen. Aber mein Handy war in meiner Tasche, und meine Tasche im Kofferraum – genau dort, wo Dragic sie vor Antritt der Fahrt verstaut hatte.

Jetzt bog er in einen Sandweg ein, der vom Maisfeld weg an Weizenfeldern vorbei zu einer Allee führte. Von dort war links die Mahlower Siedlung zu sehen, in der Koller mit mir herumgelaufen war, rechts lagen die in der Pampa verstreuten Gehöfte, auf die er gezeigt hatte.

Genau die visierte Dragic jetzt an.

War eines davon das alte Bauernhaus, von dem er gesprochen hatte? Hatte er inzwischen das Dach repariert und den Keller ausgebaut, um hier ganz ungestört ein Schattenmann-Dasein zu führen?

Gleich würde ich es erfahren.

Fieberhaft schaute ich mich nach einem Ausweg um. Vielleicht war im Handschuhfach eine Waffe. Letzte Gelegenheit, sie sich zu schnappen. Während wir durch das Spalier aus Lindenbäumen fuhren, das abwechselnd Licht und Schatten auf uns warf, riss ich das Handschuhfach auf, griff hinein und berührte kühles Metall.

Es hatte aber nicht die Form einer Waffe, sondern von Handschellen.

Dragic schaute mich fragend an.

»Suchen Sie was?«

»Okay, Dragic, Sie glauben doch nicht ernsthaft, dass Sie damit durchkommen?«

»Hm?«

»Jeder in Ihrem Kollegenkreis hat mitbekommen, dass Sie mit mir unterwegs sind.«

»Ja, und?«

»Und wenn ich jetzt plötzlich verschwinden sollte, dann wäre das sehr verdächtig, finden Sie nicht?«

Dragic blinkte und bog in den Zufahrtsweg ein, der zu den Gehöften führte.

Es war sehr warm an diesem wolkenfreien Sommertag mitten im August, aber ich fror. Meine Finger waren so kalt, dass ich sie kaum bewegen konnte, und ich musste die Zähne zusammenbeißen, damit Dragic sie nicht klappern hörte.

»Warum verschwinden?«, fragte er. »Ich dachte, Sie wollen den Mörder kennenlernen?«

Er brachte den Wagen vor dem ersten Haus zum Stehen, zog den Schlüssel ab und stieg aus. Noch bevor sein Fuß den Boden berührt hatte, war ich schon rausgesprungen. Die Abendschwüle erschlug mich fast, und die Stille erst.

In weiter Ferne tuckerte ein einsamer Traktor einen Feldweg entlang.

Wie praktisch dieses Haus hier gelegen war! Was auch immer hier geschah, erntete wenig Aufmerksamkeit. Die Nachbarn wohnten zwar in Sichtweite, blieben aber hinter Holunderbüschen und dichten Brombeerhecken außen vor. Das blaugraue Tor zum Hof war hoch und blickdicht. Ein großes Schild daran warnte vor der Beißfreudigkeit eines Hundes, obwohl kein Hund zu riechen war. Die reifen Brombeeren dominierten das Aroma der Luft, außerdem der Geruch von frischer Farbe.

Vielleicht waren vor Kurzem ein paar Türen im Innenhof neu gestrichen worden.

Das Haus selbst war ein typisches Einfamilienhaus aus DDR-Zeiten und gut gepflegt. Vor allen Fenstern hingen schneeweiße Gardinen, und das Dach war längst nicht mehr marode.

»Und jetzt?«, fragte ich Dragic und sah ihn herausfordernd an. Wenn er es wagte, mir zu nahe zu kommen, würde ich ihm die Nase brechen, mindestens.

»Klingeln wir«, sagte er, brachte seine Haare in Form, indem er sie aus der Stirn zurückstriegelte, und zeigte zum Klingelschild an der Seitentür neben dem Tor. »Wollen Sie?«

»Was?«

»Na, Sie stehen näher dran.«

Ich drehte mich zum Klingelschild um und las, was draufstand.

Den Namen kannte ich, aber es war nicht der von Dragic.

***

34

Nachdem ich geklingelt hatte, warteten wir eine ganze Weile, ohne dass sich etwas tat. Dragic meinte, es würde jedes Mal so lange dauern. Wir sollten geduldig sein, der mutmaßliche Mörder von Hannes Ortleb würde schon noch die Tür öffnen.

Es war für mich nicht leicht, von einer Sekunde auf die andere vom Fall des Schattenmanns auf den des S-Bahn-Mörders zurückzuschalten. Das beklemmende Gefühl in Dragics Anwesenheit verflog nicht, auch nicht die bedrohliche Aura, die sich während der Fahrt um ihn aufgebaut hatte. Seine höfliche Plauderei hatte von Anfang an aufgesetzt gewirkt, sie kaschierte nur schlecht seine autoritäre Ader und seine Arroganz.

»Warum wollten Sie mich noch mal dabeihaben?«

»Nehmen Sie das als Challenge, oder wie nennen Sie das Riechtraining mit Koller? Einfach mal mit durchlaufen und Augen, Ohren und Nase offen halten, weiter nichts. Das hier ist mein zehnter Besuch. Ich habe nichts in der Hand, um ihn festzunehmen. Seine DNS am Karohemd von Hannes Ortleb ist plausibel. Sein Alibi ist schwer angreifbar: Er will im Baumarkt gewesen sein und Farbe gekauft haben. Es gibt eine Überwachungskamera an der Kasse, da sieht man einen schmalen jungen Mann mit der obligatorischen Kapuze auf dem Kopf, vom Gesicht nur einen weißen Fleck Kinn, die Auflösung ist saumäßig – aber natürlich hat er den Kassenzettel des Farbdosenkaufs in seinem Portemonnaie, und von seinem Konto ging der Betrag auch ab.«

»Sie glauben aber nicht, dass er die Farbe gekauft hat?«

»Nein, ich glaube, dass es einer seiner Kumpels war. Er hat eine Menge davon.«

»Waren das die anderen Jugendlichen auf den Fotos, die Sie Mandarino gezeigt hatten?«

»Ja, genau. Einer von denen hat mit seiner Bankkarte im Baumarkt bezahlt. Und zwar zeitgleich zur Schubsattacke am Alexanderplatz. Die Aktion war ganz gezielt als Alibi geplant. Lässt sich aber schlecht beweisen.«

»Der Freund im Baumarkt hatte dann also seinen Geldbeutel. Aber warum hatte *er* Valerie Winters?«

»Auf die Erklärung bin ich so was von gespannt«, sagte Dragic und drückte erneut auf die Klingel, länger und vehementer als ich.

Kein Hund reagierte mit einem Bellen, es passierte gar nichts.

»Vielleicht ist er ja wirklich nicht da«, meinte Dragic.

Durch das Schlüsselloch des Tores war ein Auto zu sehen, das im Hof stand.

»Das heißt gar nichts, das ist der Citroën Berlingo seines Vaters, er selber hat noch keinen Führerschein. Wenn er in die Stadt fahren will, fährt er mit dem Rad zur S-Bahn nach Mahlow. Vielleicht sollten wir ...«

Dragics Handy klingelte. Er unterbrach seinen Satz, um ranzugehen, und entfernte sich zum Sprechen ein paar Meter.

Ich lief derweil ums Haus und verschaffte mir einen Überblick über die Größe des Gehöfts, das rundherum von einer ordentlich verputzten Mauer umgeben war. Hochklettern ausgeschlossen. Die Gebäude waren trotzdem zu sehen. Zu dem einstöckigen Wohnhaus mit Spitzdach gehörte noch ein kleines Nebengelass, das vom Stil her älter wirkte als das Haus, im Grunde aber als Anbau fungierte, außerdem noch eine Scheune quer über den Hof.

Ich schaute mich um, ob ich irgendwo raufklettern konnte, aber hier gab es nur hohes Gras und Büsche. Die Bäume einer Streuobstwiese standen einige Meter zu weit entfernt. Ebenso ein Brunnen und Steinreste einer alten zerfallenen Mauer. Der Duft von gelbgrünen Sommerbirnen lag in der Luft und mischte sich mit maritimem Aftershave – Dragic trabte an.

»Ach, hier sind Sie«, keuchte er, mal wieder mit hochrotem Kopf und Atemnot. Was seine Ausdauer beim Laufen betraf, war er nicht sehr belastbar. Falls er doch der Schattenmann sein sollte, konnte man ihm ganz einfach davonlaufen.

Ich ließ ihn an die Mauer gelehnt durchatmen und sagte dann: »Einmal Räuberleiter machen, bitte.«

Er schaute mich kopfschüttelnd an, mit leichter Empörung im Blick.

»Nein. Wir haben keinen Durchsuchungsbeschluss.«
»Ich will mich nur ganz kurz auf dem Hof umsehen.«
»Geht nicht.«
»Und wenn Sie in die andere Richtung schauen?«
»Läuft das so ab, wenn Sie mit Koller unterwegs sind?«

Ich zuckte die Achseln und sagte nichts, was Antwort genug war.

»Kommen Sie, wir fahren das Auto weg«, schlug Dragic vor. »Solange es vor dem Haus steht, wird er nicht auftauchen. Es ist über die Felder meilenweit zu sehen, und inzwischen kennt er es, ich war ja schon ein paarmal hier. Lassen wir ihm die Chance, nach Hause zurückzukommen.«

Ich nickte und stapfte Dragic hinterher durch das hohe Gras zurück zum Auto.

* * *

35

Wir warteten im Auto mit runtergekurbelten Fensterscheiben hinter einem Hagebuttenstrauch auf einem Feldweg, von dem aus wir das Haus und die Allee nach Mahlow im Blick hatten. Ich hatte meine Tasche aus dem Kofferraum geholt und Dragic und mir ein paar Kaugummis spendiert. Inzwischen neigte die Sonne sich Richtung Horizont und tauchte alles in warmes Nachmittagslicht.

Der Duft der Hagebutten erinnerte mich an den von Wildrosen und an Marion Koller. Der Gedanke an sie war so präsent, dass ich ihre körperliche Anwesenheit auf der Rückbank hinter mir zu spüren meinte. Aber es waren nur die unausgesprochenen Fragen, die sich in dieser Atmosphäre verdichteten. Zweimal hatte ich mich schon umgeschaut, bis ich es endlich wagte, Dragic die längst fällige Frage zu stellen: »Was glauben Sie, wo Marion ist?«

»Was?« Dragic wirkte ehrlich überrumpelt.

»Kollers Frau. Sie waren doch ihr bester Freund.«

»Äh, hat Koller Ihnen das erzählt?«

»Mehr oder weniger.«

Reflexhaft tastete Dragic seine Hemdtasche und seine Hosentaschen ab, wie ich es sonst nur von einer eingefleischten Raucherin wie Billy kannte.

»Sie rauchen nicht mehr«, stellte ich fest.

»Zum Glück.«

»Seit wann?«

»Ach ... seit die Suche abermals ins Leere lief«, sagte Dragic. »Ja, Koller war nicht der Einzige, der seine ganzen Hoffnungen an diese Schattenmann-Theorie gehängt hat. Ich hab mich auch mitreißen lassen, und, na ja, das Ergebnis kennen wir.« Dragic wischte übers Lenkrad, als wollte er das Thema gleich einer Fliege verscheuchen. »Schluss damit. Alles muss ein Ende haben.«

Plötzlich surrte eine riesige Hornisse durch mein Beifahrerfenster und auf Dragics Seite direkt wieder hinaus, was uns kurz den Atem stocken ließ. Wir schauten uns gleichzeitig mit großen Augen an und atmeten kichernd wieder aus.

»Kann ich Sie auch etwas fragen?«, sagte Dragic, nachdem wir uns beruhigt hatten.

Ich zuckte die Schultern und nickte – nur zu.

»Sie waren doch vor einigen Jahren mal eine ganze Zeit lang obdachlos, stimmt das?«

Das kam völlig unerwartet, ich wusste vor Schreck nicht, was ich sagen sollte. Darüber hatte ich bis jetzt noch nie mit jemandem gesprochen, nicht mal mit Ricky.

Unbeirrt fuhr Dragic fort: »Meine Familie hat im Kosovokrieg ihr Haus verloren. Ich war in Deutschland, als das passiert ist, hab viel gearbeitet. Ich war Profi in der jugoslawischen Handballnationalmannschaft, müssen Sie wissen. Über die Connection bin ich nach dem Mauerfall hergekommen, hab ein neues Leben angefangen. Ich habe nur aus der Ferne mitbekommen, wie schlimm der Krieg gewesen ist. Natürlich hab ich Geld geschickt und war oft zu Besuch seitdem, aber ich bin nicht zurück, habe nicht dabei geholfen, alles wiederaufzubauen. Ich weiß nicht, wie es sich anfühlt, ohne ein Dach über dem Kopf leben zu müssen.« Dragic richtete seinen Husky-Blick nun voll auf mich. »Aber ich weiß, was Heimweh ist.«

Ich wich seinem Blick aus und zuckte die Schultern, konnte aber nicht anders, als ebenso ehrlich zu antworten.

»Obdachlos kann man es nicht nennen. Ich hab immer darauf geachtet, eine Meldeadresse zu haben. So konnte ich mein Konto behalten und hab immer wieder Jobs bekommen. Für den Zeltplatz in Spandau hat es fast immer gereicht und wenn nicht, dann hab ich ein paar Nächte auf dem Sofa von Bekannten überbrückt, oder manchmal auch auf Arbeit, kam auf den Job an. Wenn gar nichts mehr ging, bin ich S-Bahn gefahren, am Wochenende ging das auch nachts.«

»Ich wusste es«, nickte Dragic triumphierend. »Sie kennen sich aus mit dem Überleben auf den Straßen Berlins.«

»Na ja, kommt drauf an … In der Hausbesetzerszene oder irgendwelchen Notunterkünften war ich nie, auch nicht beim Arbeitsamt, ich dachte, ich brauche niemanden. Einmal hab ich dabei geholfen die Räume einer Kita zu streichen, da hatte ich den Schlüssel und für zwei Wochen einen guten Schlafplatz. So hab ich mich von einer Woche zur nächsten gehangelt.«

»Aber Sie sind doch direkt nach dem Tod Ihrer Großmutter hergekommen. Da waren Sie gerade mal achtzehn, oder nicht?«

»Ja, aber zuerst bin ich nach Leipzig und mit neunzehn nach Berlin. Da war ich dann ein Jahr ohne festen Wohnsitz, bis ich Fanny getroffen hab.«

»Mit neunzehn«, überlegte Dragic. »Waren Sie da auch am Alexanderplatz?«

»Nee, ich habe jede Ecke vermieden, an der andere Leute rumhingen, die ›lost‹ waren. Musste doch so tun, als wäre ich es nicht, sonst hätte ich den Stempel weggehabt.«

»Hm, verstehe.«

»Ich glaube, Sie machen sich kein Bild davon, wie stigmatisierend das ist.«

»Ja, kann sein. Ich dachte, unter jungen Leuten wäre das anders.«

»Worum geht's überhaupt? Wieso fragen Sie mich diese ganzen Sachen?«

»Ortlebs Sohn, Ben, war die letzten drei Jahre immer wieder auf Trebe. Ist erst vor Kurzem nach Hause zurückgekehrt. Sein Vater hat ihm das ganze Obergeschoss renoviert und hergerichtet. Es sollte ein gemeinsamer Neuanfang werden.«

»Dann war er zwischen fünfzehn und achtzehn auf der Straße?«

»Immer wieder, ja. Auch viel am Alexanderplatz. Ich dachte, Sie wären ihm da vielleicht begegnet. Oder könnten mir was darüber erzählen. Dinge, die man nur wissen kann, wenn man dazugehört, Insiderinfos.«

»Eher nicht. Tut mir leid.«

»Okay«, sagte Dragic und versuchte, sich mit beiden Händen die Enttäuschung aus dem Gesicht zu streichen, massierte seine Schläfen, rieb sich die Augen wie ein Kind nach der Sandmännchenbegegnung.

Vielleicht war er auch einfach nur müde vom Warten.

»Wieso ist er denn von zu Hause weg?«, wollte ich wissen.

Dragic gähnte lang und ausgiebig, zuckte dann die Schultern.

»Gewalt war angeblich nicht mit im Spiel. Auch kein sexueller Missbrauch. Er hat sich mit seinem Vater einfach nicht mehr verstanden, sagt er. Meinungsverschiedenheiten. Pubertätsprobleme. Ich hab auch seine Kumpels befragt, was übrigens sinnlos ist, die reden mit Polizisten nicht.«

»Klar, wenn man im Chaos lebt, sind Ordnungshüter die Pest.«

»Hm. Ich hab auch mit seinen alten Klassenkameraden gesprochen, den Lehrern, seinem Kinderarzt, der Familienhelferin, und ich hab mich in die Akten vom Jugendamt eingelesen.

Alle zeichnen das Bild eines liebevollen Vaters von Hannes Ortleb, vielleicht etwas überfordert so ganz allein, aber ehrlich bemüht um das Wohl seines Sohnes. Also, wieso rennt man von einem Tag auf den anderen so hartnäckig oft von zu Hause weg? Irgendwas muss vorgefallen sein, als Ben fünfzehn war. Aber was?«

»Seit wann ist der Vater denn alleinerziehend? Was ist mit der Mutter? Vielleicht ist mit ihr vor drei Jahren was passiert?«

»Nein, sie hat die Familie schon viel früher verlassen, da war Ben noch jünger. Acht muss er da gewesen sein. Seitdem wenig Kontakt, so gut wie gar keinen.«

»Ja, solche Mütter gibt's«, sagte ich und dachte dabei an meine eigene, die es damals nicht mal zur Beerdigung ihrer eigenen Mutter geschafft hatte. Die Telefonate mit ihr waren so belanglos, dass ich sie inzwischen nicht mehr vermisste.

Die folgenden Minuten verbrachten wir tief eingesunken in die Sitze, regungslos, schweigend – bis wir Ben mit seinem Fahrrad über die Felder zu seinem Haus radeln sahen.

Dragic setzte sich wortlos auf und ließ den Motor an.

***

36

Dragic parkte das Auto direkt vor der Tür, noch während Ben dabei war, sie aufzuschließen.

Er schien gar nichts von uns mitzubekommen, hatte Ohrstöpsel drin und drehte sich nicht um. Wir stiegen gleichzeitig aus. Mein Weg war länger, ich schlenderte ums Auto herum, während Dragic Ben bereits auf sich aufmerksam machte. Ich hatte den jungen Mann bis jetzt nur einmal aus einiger Entfernung auf dem Gang der Mordkommission gesehen. Da hatte er eine Baseballkappe aufgehabt und älter gewirkt.

Dieser Junge hier sah mit seinem runden Sommersprossengesicht, den erhitzten Wangen, den erstaunt schauenden Knopfaugen und den nach allen Seiten abstehenden kurzen roten Haaren wie ein zu groß geratenes Schulkind aus, das beim Schwänzen erwischt wurde. Er trug einen prall gefüllten Rucksack, der ihm schwer auf den Schultern lastete, blaue Trainingshosen, weiße Turnschuhe und ein verschwitztes graues T-Shirt mit der Aufschrift *Smells Like Teen Spirit*.

Jetzt nahm er den rechten Stöpsel aus dem Ohr und sagte zu Dragic, den er um mehr als einen Kopf überragte: »Kann ich morgen zu Ihnen kommen? Ich wollte mir gerade eine Pizza machen.«

»Wir haben nur eine Frage, solange können Sie die Pizza ja in den Ofen schieben. Dürfen wir?«

Ben Ortleb zuckte ergeben die Schultern, zupfte nun auch den zweiten Stöpsel aus dem linken Ohr und schob sein Rad durch die Tür.

Dragic folgte ihm, und ich folgte Dragic. Ich dachte daran,

dass Hannes Ortlebs letzte Mahlzeit auch ein Stück Pizza gewesen war, und fragte mich, ob Ben dieses Detail beim Schubsen wohl aufgefallen war. Ich fragte mich außerdem, welchen Grund es wohl geben konnte, dass ein Sohn seinen Vater zum Sterben aufs Gleis stieß, und ob Dragic sich mit dieser Theorie nicht irrte, von Mandarino einmal ganz abgesehen.

Außerdem fiel mir neben dem Teen-Spirit-Geruch eine weitere animalische Note auf, die ich als hundefellspezifisch bezeichnen würde, so als hätte sich vor nicht allzu langer Zeit ein Hund an Bens Hosenbeinen gerieben.

Der Hof war kleiner, als ich ihn mir von den Ausmaßen der Mauer her vorgestellt hatte. Viele Dinge standen herum und nahmen Platz weg, ein Betonmischer, Steinplatten, Eimer, Planen, Tapezierböcke, ein Klotz mit Axt zum Holzhacken, aufgehäuftes Holz in großen Mengen, alte Möbel, die ebenfalls zum Zerhacken vorgesehen waren, von der Wand abgerissene Tapetenbahnen und mehrere Regentonnen. Sofort dachte ich an Dragics Truthahngeiergeschichte, aber die Tonnen waren bis zur Hälfte mit Regenwasser gefüllt, und alles roch normal, abgesehen von dem Renovierungsgeruch, der in der Luft lag. Eine Mischung aus frischer Farbe und altem Muff.

»Will hier bald jemand einziehen?«, fragte ich.

»Nein«, sagte Ben mit bockigem Ton. »Hier wird gar nichts passieren.«

»Sie könnten doch eine Jugendherberge aufmachen«, schlug Dragic vor.

»Hier draußen will keiner wohnen.«

Ben lehnte sein Rad an die Streben eines leeren Hundezwingers an, der neben der Scheune stand. Dann setzte er seinen schweren Rucksack ab, die Rückseite seines T-Shirts war komplett durchgeschwitzt. Er nahm sein Rad und schob es in die

Scheune, die als Garage und Werkstatt diente. Durch die offene Tür konnte ich Werkzeuge und Arbeitsflächen sehen und auch die Stellfläche des Autos, das nun auf dem Hof stand. Es war größer als ein Kombi und kleiner als ein Van, mit abgedunkelten Seitenfenstern im hinteren Bereich, und musste etwas Schweres geladen haben, denn die Reifen waren ziemlich platt.

Während Ben mit seinem Rad noch in der Scheune beschäftigt war, schaute Dragic durch die Fenster des Anbaus und ich durch die abgedunkelte Heckscheibe von Hannes Ortlebs Firmenwagen. Auf der Ladefläche lagen mehrere rostige Heizkörper und Rohre, soweit ich das erkennen konnte.

»Die sollten am Freitag zum Schrottplatz, deshalb hatte er am Donnerstag die Bahn in die Stadt genommen«, bemerkte Dragic, ohne sich zu mir umzudrehen. Ich nahm an, dass er mein Spiegelbild in dem Fenster beobachtete, vor dem er stand.

Als Ben aus der Scheune kam, drehte Dragic sich zu ihm um und fragte:

»Wissen Sie, wann Ihr Vater das Auto das letzte Mal gewaschen hat? Den Innenbereich meine ich.«

»Gewaschen?«

»Gereinigt. Den Beifahrersitz vor allem. Oder haben Sie den geputzt in den letzten Tagen?«

»Ich, hä? Nein. Den Autoschlüssel haben doch Sie. Der war am Schlüsselbund von meinem Vater dran, als er ...«

»Sind Sie öfter bei Ihrem Vater im Auto mitgefahren?«

»Ab und zu.«

»Weil wir gar keine Spuren von Ihnen auf dem Beifahrersitz gefunden haben. Überhaupt keine Spuren, um genau zu sein. Ist alles ziemlich gut gereinigt worden.«

»War ja auch der Firmenwagen, der sollte immer sauber sein.«

»Sind Sie manchmal damit gefahren?«

»Wie denn? Ich hab keinen Führerschein.«

»Ich weiß. Ich meinte, so zum Üben, auf den Feldwegen zum Beispiel.«

»Nein. Gehen Ihnen nie die Fragen aus? Das ist die hundertste in sechs Tagen. Ihre Leute waren ganze zwei Tage hier, haben alles durchsucht, sogar die alte Tapete durchleuchtet. Reicht doch jetzt mal.«

»Leider noch nicht. Es gibt neue Aspekte in dem Fall. Darüber wollte ich mit Ihnen sprechen. Können wir reingehen?« Dragic zeigte zum Hauseingang. »Dann können Sie auch die Pizza in den Ofen schieben.«

»Was soll's?« Ben zuckte wieder die Schultern und ging voran ins Haus.

Im Flur flogen Arbeitsschuhe, Gummistiefel und Turnschuhe der Größen 45 und 46 durcheinander, über die man erst mal drübersteigen musste. Eine Holztreppe führte ins Obergeschoss, das von frischer weißer Farbe leuchtete. Ebenerdig befand sich eine große Wohnküche, gemütlich eingerichtet, mit Schränken und Arbeitsflächen aus hellem Holz, einem glatt polierten Tisch und einer Sitzecke. Tassen und Teller, die herumstanden, gehörten zu ein und demselben Service – weißes Porzellan mit roten Punkten.

An der Wand hingen gerahmte Tuschezeichnungen von Katzen, Hunden, Vögeln, dazwischen ebenfalls gerahmte Tierzeichnungen von ungeübter Kinderhand.

Es roch nach Ovomaltine und Backofenreiniger.

Ben hatte seinen Rucksack abgesetzt und räumte seine Einkäufe in den Kühlschrank. Die Tiefkühlpizza wurde von Karton und Plastikfolie befreit und wanderte in den Ofen.

Dragic hatte sich in die Sitzecke gesetzt, den Rücken zum

Fenster, das auf die Allee hinausging. Mit aufgestützten Unterarmen wartete er darauf, dass Ben, der eben samt Rucksack rauslief, um die Tiefkühlprodukte in einem anderen Raum zu verstauen, sich gesprächsbereit zeigte.

Vermutlich ging er in den Keller, ich hörte ihn einige Treppen abwärts laufen.

Dragic fing meinen fragenden Blick mit einer beruhigenden Geste auf und deutete an, dass es hier vor allem auf Geduld und Fingerspitzengefühl ankäme.

Wir hörten Ben wieder treppauf stapfen. Mit eingesammeltem Geschirr in der Hand kam er zurück und fing an, die Geschirrspüle einzuräumen.

Ich stand nahe der Küchentür zum Flur hin und schaute mir die gelungene Tuschezeichnung eines Hundes an, der über einen Graben sprang. Am rechten Bildrand war das Kürzel des Künstlers zu lesen – Fine Ortleb. Bestimmt Bens Mutter.

»Tolles Bild«, sagte ich in Bens Richtung. Er hielt kurz inne, folgte meinem Blick und nickte.

»Die anderen sind auch großartig, gibt's noch mehr davon?«, wollte ich wissen.

Ben schüttelte den Kopf und widmete sich wieder dem Geschirr.

Dragic trommelte derweil ungeduldig mit den Fingerspitzen auf die Tischplatte. »Fangen wir mal an«, sagte er. »Können Sie sich kurz setzen?«

Wieder zuckte Ben mit den Schultern, ließ von der Geschirrspüle ab und lümmelte sich schräg gegenüber von Dragic in die Sitzecke.

»Das hier ist kein Verhör, nur eine Befragung. Sie dürfen natürlich trotzdem einen Rechtsbeistand hinzuziehen oder Ihre Familienhelferin vom Jugendamt. Möchten Sie das?«

Ben zuckte die Schultern und schaute zu mir.

»Ich weiß, Sie sind schon achtzehn«, sagte Dragic. »Aber erst seit Kurzem, nicht? Was ist mit Ihrer Mutter? Hat sie sich inzwischen bei Ihnen gemeldet?«

»Nein. Von mir aus fragen Sie. Ich brauche keinen Beistand.«

»In Ordnung. Sie können natürlich auch Aussagen verweigern, die Sie selbst belasten würden«, fuhr Dragic fort, und ich fragte mich, ob er überhaupt ein Interesse daran hatte, dass Ben etwas sagte.

»Also, hier ist meine Frage«, kam Dragic endlich zum Punkt. »Valerie Winter. Sagt Ihnen der Name etwas?«

Ben zuckte die Schultern »Nie gehört.«

»Wie erklären Sie uns dann, dass Sie den Geldbeutel der Dame bei sich hatten, letzten Donnerstag?«

»Kann gar nicht sein, ich hab mit meinem eigenen Geld eingekauft.«

»Ich spreche nicht vom Baumarkt. Es gibt einen Zeugen, der Sie am Alexanderplatz gesehen hat. Er hat Ihnen Valerie Winters Geldbeutel abgenommen. Der steckte in Ihrer Gesäßtasche. Fällt es Ihnen jetzt wieder ein?«

Zur Abwechslung schüttelte Ben den Kopf. »Muss eine Verwechslung sein.«

Der Backofen knackte vor Hitze, Pizzaduft machte sich im Raum breit.

»Sie haben recht, die Spurensicherung war zwei Tage hier auf dem Hof und in den Häusern. Jetzt warten wir auf die Laborauswertung. Meinen Sie, wir werden da auch DNS von Valerie Winter finden? Könnte das passieren?«

Schulterzuckende Antwort: »Ich habe keine Ahnung, wen mein Vater alles so kennt oder trifft, getroffen hat. Woher soll ich das wissen?«

»Und Sie? Wen kennen Sie so? Vielleicht können Sie sich nur nicht an ihren Namen erinnern, kennen sie aber vom Sehen.«

Dragic legte eine Vergrößerung von Valeries Ausweisbild vor Ben hin, der darauf nur die Schultern zuckte. Es schien eine ganz elementare Bewegung für ihn, fast so wie atmen.

»Oder haben Sie ihren Geldbeutel irgendwo gefunden?«, bohrte Dragic weiter.

»Ich klaue nicht! Hab ich noch nie.«

»Das wollte ich damit nicht sagen.«

Ein rhythmisches Piepgeräusch drang aus dem Keller herauf, das lauter wurde.

»Scheiße, die Tiefkühle spinnt wieder.« Ben stand auf und verließ die Küche Richtung Keller, um die Sache zu beheben.

Ich schaute Dragic mit großen Augen an. »Und wenn Valerie noch hier ist? Wenn sie das ist, die sich aus dem Keller bemerkbar macht?«

Dragic schüttelte den Kopf und sagte mit gedämpfter Stimme: »Ich habe vorhin die Laborauswertung bekommen. Es gibt einige DNS-Spuren hier auf dem Hof, die weder Vater noch Sohn zugeordnet werden können, Valerie leider aber auch nicht. Gestern wurden ja Proben aus ihrer Wohnung genommen und damit verglichen. Also Fehlanzeige, sie war nicht hier.«

»Dann haben Sie halt an den falschen Stellen Proben genommen.«

Dragic hielt inne und nickte dann. »Zugegeben, wir haben da noch nicht nach einer entführten Frau gesucht. Aber wir haben uns trotzdem gründlich umgesehen, wie wir das bei jedem Mordopfer tun, das können Sie mir glauben.«

»Und nebenan? Vielleicht war sie erst drüben, und jetzt hat er sie hergeholt.«

»Drüben waren wir auch. Da hatte sein Vater sich eingerichtet. Er wollte Ben das komplette Haus hier zum Wohnen überlassen, deshalb die Renovierungsarbeiten. Und einen Keller gibt's im Anbau nicht. Jedenfalls haben wir keinen gesehen, wir haben allerdings auch nicht das Parkett oder die Schrankböden mit der Axt aufgehackt, um nach geheimen Eingängen zu suchen.«

Mir war Dragics bissiger Unterton nicht entgangen, aber ich blieb trotzdem dran.

»Und die Scheune?«

»Sie kommen von diesem Entführungsgedanken einfach nicht los. Das hier ist nicht der Schattenmann-Fall, Frau Buck.«

»Dann ist es eben ein Mordfall für sich, und Valerie wurde im Hof verscharrt.«

Dragic schüttelte den Kopf.

»Ich wünschte ja auch, wir hätten einen schönen blutverschmierten Tatort mit Valeries Blut gefunden, dann gäbe es endlich ein Motiv für Ben, seinen Vater zu ermorden! Nämlich Zeugenbeseitigung. Darauf deutet aber nichts hin. Es gibt nicht einmal Hinweise, dass Valerie Winter überhaupt hier war. Wir haben lediglich einen Taschendieb, der behauptet, Ben ihren Geldbeutel abgenommen zu haben, und einen gut gereinigten Beifahrersitz.«

Dragic griff sich mit beiden Händen in die Haare, als wolle er sie raufen. »Das ist gar nichts. Ich sagte ja, ich habe ein Problem mit Bens Motiv! Bis Valerie ins Spiel kam, bin ich davon ausgegangen, dass sich hier ein Sohn von seinem dominanten Vater befreien will. Aber dazu passte schon nicht, dass der Vater freiwillig in den Anbau gezogen ist, um Platz zu machen.«

Das Piepen aus dem Keller hatte vor einer halben Minute aufgehört, trotzdem tauchte Ben nicht wieder auf.

»Wollen Sie nicht trotzdem nachsehen, was mit dem Tiefkühler los ist? Die meldet sich ja nicht umsonst.«

Dragic erhob sich seufzend von der Sitzbank und schob sich auf ungelenke Altherrenart aus der Ecke heraus.

»Ben, alles in Ordnung bei Ihnen?«, rief er vom Flur zum Keller hin, und dann folgten wir seinen Worten die Treppen hinunter.

Hier roch es ebenfalls frisch renoviert, allerdings mehr nach Beton als nach Farbe, außerdem nach Waschpulver und Zigarettenrauch. Von Ben war nichts zu sehen. Ich achtete ganz besonders auf alarmierende Gerüche, weil mir die Tiefkühltruhe Angst machte, die am Fuße der Treppe stand. Sie war groß genug, dass ein Mensch darin Platz gehabt hätte.

Als Dragic den Deckel aufriss, machte ich die Augen zu.

»Ist nur Teeniefutter«, gab er Entwarnung.

Und Tatsache, die Truhe war gefüllt mit Pommes-Tüten, Chicken Wings, Fertiggerichten für die Mikrowelle und Fürst-Pückler-Sandwicheis.

Es gab noch drei weitere Räume, einen für Waschmaschine, Trockner und Wäscheständer, einen Vorratsraum mit Regalen voller Konservendosen auf der linken Seite und geradeaus einen Spieleraum, vollgestellt mit Fußballkicker, Tischtennisplatte und Minibar. An der Stirnseite der Wand hing eine Dartscheibe.

Ben stand dort auf einem Stuhl und rauchte zum Kippfenster hinaus, durch das Tageslicht fiel. Dragic trat in den Raum und sagte mit Blick auf den gesamten Kellerbereich und das Haus insgesamt: »Ihr Vater hat hier richtig viel Arbeit reingesteckt, nicht?«

»Er wollte eben, dass alles perfekt ist, wenn ich hier einziehe.«

»Nett von ihm ...«, meinte Dragic und berührte die Dartscheibe an der Wand.

»Ja«, sagte Ben, und für einen kurzen Moment war ein Glitzern in seinen Augen zu sehen, dann biss er die Zähne zusammen und schluckte die Tränen weg.

»Sind wir dann fertig für heute?«, fragte er gefasst und abweisend.

»Ja. Ja, natürlich«, sagte Dragic. »Nur noch eine Frage zu diesem Geldbeutel von Valerie Winter ...«

Ben riss der Geduldsfaden: »Ich hab doch schon gesagt, ich kenne die Frau nicht! Ich war am Donnerstag nicht am Alexanderplatz. Ich war im Baumarkt und habe dann oben weitergestrichen. Wer mich woanders gesehen haben will, irrt sich!«

Dann drückte er seine Zigarette an der frisch verputzten Wand aus, was einen hässlichen Fleck hinterließ, pfefferte die Kippe auf den Boden, direkt vor Dragics Füße und sprang vom Stuhl herunter.

»Sie sagen, es war ein Dieb, der mich erkannt haben will?«, ging er den Kommissar nun direkt an. »Was ist, wenn er mir diesen Geldbeutel nur unterjubeln will und selber was mit der Frau am Laufen hat? Schon mal darüber nachgedacht? Sie glauben lieber einem Dieb als mir, ja?«

Während Dragic, höflich und auf Deeskalation bedacht, antwortete, zog ich mich in den Vorraum zurück, damit Ben sich nicht länger von zwei Personen bedrängt sah.

Was, wenn er recht hatte?

Wenn Mandarino etwas mit Valeries Verschwinden zu tun hatte?

Wenn das alles ganz anders zusammenhing?

Was, wenn Ben einfach nur ein einsamer junger Mensch

war, der keine Chance bekam, um seinen Vater zu trauern, weil er als dessen Mörder verdächtigt wurde?

Jetzt wurde ihm sogar noch eine Entführung unterstellt.

Vielleicht ging das, was Dragic und ich hier machten, zu weit.

Mein Blick fiel auf die Tiefkühltruhe, all die Pommes und Fertiggerichte und das Eis darin würde Ben ganz allein essen. Neben der Truhe lag sein Einkaufsrucksack auf dem Boden, kopfüber, von weißem Staub beschmutzt.

Ich hob ihn auf, um ihn abzuklopfen, da fiel ein kleines rundes Ding heraus und rollte unter die Truhe. Ich tastete auf den Knien danach und spürte schon beim Anfassen, was es war. Trotzdem starrte ich den Gegenstand noch ungläubig an, nachdem ich ihn hervorgeholt hatte. Es war eine kleine rote Dose, und sie war nagelneu. Ben musste sie zusammen mit den anderen Dingen vorhin erst gekauft haben.

Ich schraubte sie auf. Der Inhalt fühlte sich an wie warmes Wachs, und der Geruch nach Menthol war scharf und beißend, der nach Pfefferminzöl erfrischend. Es war genau die Sorte weißer Tigerbalm mit gelbem Stern auf der Dose, die Valerie bevorzugte.

***

37

Während mir die charakteristische Mischung aus Menthol und Minzöl in den Riechkanälen brannte, kamen Dragic und Ben Ortleb aus dem Dartraum heraus, und mir blieb nur eine Sekunde, um zu entscheiden, wie ich mit der Entdeckung der Tigerbalmdose umgehen sollte: Ben mit dem Verdacht konfrontieren, dass er sie für Valerie gekauft hatte, und ihm dabei zusehen, wie er versuchen würde, sich herauszureden – oder auf Nummer sicher gehen?

Ich war auf Nummer sicher gegangen und stellte nun fest, dass im Leben nichts sicher war. Dragic weigerte sich, mitzuspielen. Dabei war meine Idee für unser weiteres Vorgehen einfach nur genial! Ich hatte es beim Verabschieden und auf dem Weg zum Tor geschafft, ganz unauffällig ein bisschen Tigerbalm hier und da auf Bens Kleidung zu verteilen, sodass er ziemlich gut zu riechen war. Der Geruch war so markant, dass ich mir zutraute, Bens Fährte zu folgen, die er zweifellos in der Luft hinterlassen würde, sobald er sich auf den Weg zu Valeries Versteck machte. Dazu mussten wir nur den richtigen Moment abpassen. Also rauf auf die Mauer und auf die Lauer gelegt, Herr Kommissar, und zwar zackig!

Doch Dragic sagte: »Nö.«

Bei Koller hätte ich das ja noch verstanden, wegen seines Beins, aber Dragic war früher mal Profisportler gewesen, da sollte so eine Kletterpartie doch keine Hürde sein. Allerdings war er sehr kurzatmig, sobald er mal etwas schneller gehen oder gar Treppen steigen musste. Waren das Nachwirkungen des Rauchens? Mein Gott, wie viel hatte er denn früher gequarzt?

»Wenn Sie das Auto nah an die Mauer fahren, kommen wir ganz leicht rauf. Auf das Autodach schaffen Sie es doch? Das ist ja fast wie eine Treppe!«

»Darum geht's überhaupt nicht«, wies Dragic mich ärgerlich zurecht. »Was sind das bitte für abenteuerliche Methoden? Und dieses Mentholzeug ist kein ausreichendes Indiz. Das holen sich viele Leute, daran ist nichts Exklusives.«

»Ich kenne nur Valerie Winter, die das benutzt. Und Ben Ortleb kauft es ein. Das kann doch kein Zufall sein.«

»Ben Ortleb hat in seiner Schule auch *Die Welle* gelesen. Sie wissen schon, das Buch von Valeries letztem Instagram-Post. Zufall? Ja! Das Buch ist Pflichtlektüre, alle Schüler lesen es.«

»Wow, *noch* ein Puzzleteil mehr, das passt!«

»Eben nicht!« Dragic sah schon wieder so aus, als wolle er sich die Haare raufen. »Wir haben das Buch hier nicht gefunden. Es gibt einfach keine Beweise für diesen Valerie-Verdacht. Verdammt, ich habe hier einen Mord aufzuklären, Frau Buck! Es geht hier um das Mordopfer Hannes Ortleb. Das gerät Ihnen völlig aus dem Fokus. Sie sehen überall nur noch verschwundene Frauen, genau wie Koller!«

»Da ist auch noch dieser Geruch, am Hosenbein!« Fast hätte ich ihn vergessen. »Der könnte doch von Samu stammen!«

»Am Hosenbein? Von welchem Samu?«

»Na, Valeries Hund!«

Dragic schloss die Augen, schüttelte den Kopf, straffte sich, öffnete die Augen wieder und tippte aufs Autodach. »Steigen Sie bitte jetzt ein.«

»Aber ...«

»Steigen Sie ein, Frau Buck!« Da war er wieder, dieser autoritäre Ton eines Vorgesetzten.

Ich stieg ein – aber nur als Praktikantin.

Als Nina blieb ich in Gedanken vor Ortlebs Haus stehen und überlegte, wie ich doch noch Bens Duftspur folgen konnte.

Am Abendhimmel verblasste ein bombastischer Sonnenuntergang, und im Hause Ortleb ging das Licht an.

Dragic steckte den Zündschlüssel ein, ließ das System hochfahren. In versöhnlichem Ton sagte er: »Natürlich werde ich an Ben dranbleiben, ich beantrage eine weitere Durchsuchung. Mit Fokus auf geheime Verstecke, Räume und Kammern, vielleicht gibt es hier ja wirklich noch mehr zu finden. Ich denke da an illegale Nebengeschäfte, irgendetwas wobei der Sohn den Vater erwischt hat oder andersherum. Ben weiß auf jeden Fall mehr, als er sagt, das sehe ich genauso wie Sie, Frau Buck, er bekommt ganz offiziell eine Vorladung zum Verhör, und ich werde auch seine Mutter ausfindig machen. Aber alles schön der Reihe nach und mit den nötigen Genehmigungen. Ich habe mich hier schon sehr weit aus dem Fenster gelehnt. Schnallen Sie sich bitte an jetzt.«

Er ließ den Motor an und fuhr los. Im Seitenspiegel sah ich Ortlebs Haus kleiner und kleiner werden.

Chance vertan.

Mein Herz krampfte sich zusammen, es war kaum auszuhalten. Bis Dragic mich irgendwo absetzen würde und ich die Gelegenheit hatte, zum Haus zurückzukehren, ging wertvolle Zeit verloren. Derweil fuhr Dragic mit seinem Plädoyer für korrekte Polizeiarbeit fort. »Es muss alles seine Richtigkeit haben, damit es später vor Gericht überhaupt verwendet werden darf. Das können Sie sich schon mal als obersten Leitsatz Ihrer Polizeikarriere irgendwohin tätowieren.«

»Wieso soll ich mir das tätowieren?«

»Ich meine ja nur, dass es wichtig ist.«

»Ja, klar«, sagte ich. »Können Sie mal eben anhalten?«

»Wieso?«

»In der Nähe von Bäumen ...«

»Ach so, das wieder.«

»Müssen Sie nie? Wir sind schon über zwei Stunden unterwegs.«

»Ja, ist schon recht.«

Dragic lenkte den Wagen in einen Seitenweg der Allee hinein.

»Dann kann ich auch gleich telefonieren«, sagte er und stieg zeitgleich mit mir aus.

Er sah nicht, dass ich mich noch mal ins Auto zurückbeugte, um nach meiner Tasche zu greifen und den Zündschlüssel abzuziehen.

Ich ging nicht davon aus, dass Dragic mit seiner Kurzatmigkeit einen Jogginglauf über die Felder in Erwägung ziehen würde, so wie ich.

Im Moment telefonierte er ganz angeregt und drehte mir den Rücken zu. Bis er merkte, dass ich vom Pinkeln nicht zurückkam, würden auch noch einmal wertvolle Minuten vergehen. Ich gab dem Groschen zehn, fünfzehn Minuten zum Fallen. Und dass er dann seine Kollegen anrufen und zu Ortlebs Haus schicken würde, war mir mehr als recht. Es gab schließlich keine Zeit mehr zu verlieren! Jedenfalls nicht, wenn man die Sache aus Valeries Perspektive betrachtete – und das tat ich.

Ganz eindeutig betrachtete ich die Lage nicht aus den Augen einer Frau, die vorhatte, die Stufen einer Polizeikarriere zu erklimmen.

Die nahende Nacht wusch alle Farben weg, und während ich im Schutz der Bäume, die den Weg säumten, zum Haus von Ortleb zurückjoggte, fühlte ich mich Valerie verbunden wie nie zuvor. Der einzige Mensch, der sie vermisste, war ihr Stalker. Sie war allein, und ich kannte dieses Gefühl nur zu gut. Inzwischen gab es Ricky in meinem Leben und auch Koller, aber viele Jahre lang hätte es niemanden gegeben, der mich vermisst, niemanden, der sich länger als zwei, drei Wochen darüber gewundert hätte, wo ich bleibe, was mit mir ist.

Ich legte einen Zahn zu. Wenn Ben das Grundstück mit dem Auto verlassen hatte, würde ich gar nichts riechen können. Zuerst musste ich den Bereich am Tor checken, dann einmal drum herum und schließlich zur Rückseite. Ich wusste schon, von welcher Stelle der Mauer ich gut in den Hof gelangen konnte – genau dort, wo der Hundezwinger stand, denn von dort konnte man an den Gitterstangen hinunterrutschen.

Nur wie raufkommen?

Ich erinnerte mich daran, dass an der Streuobstwiese ein Brunnen gestanden hatte, neben einem Steinhaufen. Von da ließen sich vielleicht ein paar Steine herbeischleppen. Ich brauchte nur eine kleine Tritthilfe. Sobald ich die Kante erreichte, würde ich mich hochziehen können. Was Klimmzüge betraf, war ich nicht die Schlechteste.

Der Himmel wechselte seine Farbe von milchblauviolett zu dunkel, die ersten Sterne glitzerten.

Ich drehte mich in Dragics Richtung um, sah nur die Schemen seines Autos mit denen der Büsche und Bäume in der Landschaft verschwimmen. Wenn er mich anrief, würde ich ihm verraten, dass ich den Autoschlüssel nicht mitgenommen, sondern an den Zweig eines Haselnussstrauches gehängt hatte. Vielleicht schickte ich ihm später eine SMS, das Handy stellte ich jetzt besser auf lautlos.

Fünfzig Meter vom Tor entfernt fiel ich ins Schritttempo, um den Puls wieder zu senken und die Atmung zu normalisieren. Ich reckte die Nase in die Luft und konzentrierte mich auf Tigerbalmaroma, doch vor dem Haus war nichts davon wahrzunehmen. Ein Blick durch das Schlüsselloch am Tor bestätigte mir, dass das Auto noch auf dem Hof stand. Wenn Ben sich also nicht umgezogen hatte, war er noch auf dem Grundstück.

Im weißen Licht des Mondes, das die Szenerie gespenstisch beleuchtete, lief ich an der Mauer entlang bis zur Streuobstwiese, was gar nicht so einfach war, denn das Gras war hoch, der Boden uneben und die Ausläufer der Brombeerhecken garstig.

Der Duft der Sommerbirnen leitete mich aber gut, und so fand ich schnell die Stelle mit dem Brunnen und dem Steinhaufen.

Obwohl es mich immer gruselte, wenn ich in einen Brunnen schaute, und im Dunkeln erst recht, blieb ich stehen und warf einen Blick über den hüfthohen Rand hinein.

Im besten Fall würde ich das Spiegelbild des Sternenhimmels sehen, der weit und wolkenlos über mir funkelte.

Aber da war kein Wasser, der Brunnen war leer und schwarz wie eine tote Augenhöhle, und mich packte das blanke Grauen, denn viel schlimmer als diese Finsternis, die mich anstarrte, war der Geruch, der herausströmte. Und zwar nicht, weil er übel war, ganz im Gegenteil! Hier roch es nach Menthol und Pfefferminzöl, und ich fragte mich, wie das möglich war. Kam der Tigerbalmgeruch wirklich aus dem Brunnen? Und plötzlich drang ein Schaben und Rascheln herauf wie von Stoff auf Metall, durch Echos verfremdet, kam näher und näher. Ich wich vom Brunnen zurück – und dann tauchte ein Schatten über dem Rand auf.

***

38

Ben Ortleb trug jetzt einen schwarzen Kapuzenpullover über dem grauen Teen-Spirit-Shirt und sprang geschickt vom Brunnenrand herunter. Sein Gesicht war unter der Kapuze nicht zu sehen, ich wusste trotzdem, dass er es war.

»Ich hab dich angelogen, vorhin«, sagte er. »Aber das hast du gemerkt, sonst wärst du nicht hier. Ich sag Du zu dir, okay, denn du bist bestimmt nicht älter als Valerie, und die hat auch kein Problem damit.«

»Wo ist sie?«

»Zeig ich dir gleich«, sagte er und kam näher. »Du bist allein übers Feld gerannt. Wo ist dein Kollege?«

»Einen Kilometer entfernt. Aber er hat bestimmt schon Verstärkung gerufen.«

»Gut.« Ben zeigte zum Brunnen hin. »Komm.«

Ich bewegte mich nicht.

»Was ist?«, fragte er. »Es gibt auch einen Zugang durch den Anbau, aber hier lang geht's schneller. Das ist es doch, was du sehen willst, oder?«

Er kletterte über den Brunnenrand und ließ sich auf eine Metallkrampe hinunter, die aus dem Stein herausragte und zusammen mit weiteren als Leiter diente, zum Abstieg in die Tiefe.

Ich konnte mir nichts Schlimmeres vorstellen, als in diese Finsternis hinabzusteigen, die schwärzer war als jeder Schatten es je sein konnte.

Ich fragte mich, ob Dragic wirklich Verstärkung gerufen hatte.

Ich dachte an Ricky und Mo.
Ich fragte mich, was Koller an meiner Stelle tun würde.
Und folgte Ben.

* * *

39

Da, wo die Steine lagen, hatte vor dem Krieg einmal das Haupthaus eines Bauernhofs gestanden. Der Brunnen gehörte zum Hof, ebenso die Scheune und das Nebengelass auf Ortlebs Grundstück. Nebengelass und ehemaliges Bauernhaus waren über stollenartige Gänge mit einem gemeinsamen Keller verbunden. Von dem heute niemand mehr etwas wusste. Denn im Krieg wurde das schöne alte Bauernhaus zerstört, in der DDR dann dem Verfall und dem Vergessen überlassen, ein neues Haus zur Straße hin gebaut. Das Nebengelass und die Scheune gehörten aber nicht dazu und wurden von LPG-Bauern als Versorgungsstelle und Lager genutzt. Nach dem Mauerfall stand alles einige Jahre leer, bis die Grundstücksgrenzen um Haus, Nebengelass und Scheune neu definiert wurden und Ortleb mit seiner Frau einzog.

»Siehst du, wie eingesunken da alles ist?« Wir standen gebückt in einem sehr engen und niedrigen Gang, der vom Brunnenschacht zum Kellerraum führte. Der Eingang in diesen Gang befand sich etwa vier Meter unterhalb des Brunnenrands hinter einer Tür.

Ben hatte seine Handylampe aktiviert und leuchtete damit in einen verschütteten Nebengang hinein. »Da ging's früher zum alten Haus. Die drei Meter zum Brunnenschacht sind neu, man sieht's hier auch an den Stützbalken und Steinen.«

Ben fuchtelte mit der Handylampe herum in meine Richtung, sodass ich geblendet wurde und gar nichts mehr sah. Dann ging es schon weiter in diesem Höllengang, in dem es außer nach Menthol und Minzöl vor allem nach Erde roch, nach Moder, Dreck und kalter Einsamkeit.

Mir war nicht klar, ob der Tigerbalmgeruch allein von Ben ausging oder ob es hier noch eine weitere Quelle gab. Auch ein penetranter Geruch nach Hund drängte sich immer wieder auf. Mal schien er von Ben zu kommen, mal aus dem Gang. Der junge Mann war mir nicht nur geruchsmäßig ein Rätsel. Er hatte trotz seiner Größe etwas sehr Kindliches an sich, das mich rührte und verhinderte, dass ich schreiend davonlief. Aber ich war auch misstrauisch und wachsam.

Mein Herz schlug mir seit dem Einstieg in den Brunnen bis zum Hals, vor allem jetzt, als ich auf der rechten Gangseite das Metall einer Kellertür im weißen Handylichtschein aufblitzen sah.

»Ich weiß gar nicht, wofür die den Keller früher gebraucht haben«, sagte Ben. »Wahrscheinlich um Korn und so Zeugs vor irgendwelchen Feudalherren zu verstecken.«

Er legte die Hand auf die Klinke und öffnete die Tür. Sie ging nach außen auf, zum Gang hin, und ein überwältigender Geruch geballter Widerwärtigkeit strömte heraus.

Den musste ich erst mal wegatmen, ohne ohnmächtig zu werden. Es stank nach Exkrementen, Urin, fauligen Abfällen, verrottendem Essen, Staub, Erde, Dreck, Moder, Angst, Schweiß, Tränen und Hundekot.

Ben schien das nicht zu stören, er hielt die Tür auf, als wäre der Gestank nach Tod und Teufel ganz normal.

Da er keinen Schlüssel gebraucht hatte, ging ich davon aus, dass Valerie entweder nicht dort drin war oder sich nicht bewegen konnte. In dem Fall war sie fixiert oder bewusstlos. In der Tür war ein Guckloch, wie man es von Gefängnistüren kennt.

»Nach dir.« Ben nickte mir zu und leuchtete mit seinem Handylicht in den Kellerraum hinein.

»Ich gehe nur nach dir, Ben, sorry.«

Er zuckte die Schultern und ging vor.

Die Tür war schwer und fiel sofort zu, sodass ich mich beeilen musste, Ben zu folgen. Beim Reingehen hatte er eine Art Deckenleuchte angeschaltet, die über einen Akku Strom bezog. Das Licht flackerte heftig, bevor es anblieb, und tauchte dann die gesamte Szenerie in ein eigenartiges Blaulicht.

Der Raum war riesig und für einen hundert Jahre alten Keller auf dem neuesten Stand, was Aufenthaltskeller für Entführungsopfer betraf. Die Wände waren schallisoliert und ordentlich verkleidet. Vollkommen überflüssig, denn von hier unten würde man so oder so niemanden schreien hören.

Der Boden war mit Steinplatten ausgelegt.

WC und Waschbecken mit einem Tank zur chemischen Auflösung kannte ich vom Typ her von Rickys Wohnmobil. Nicht weit vom Klo entfernt: ein großes IKEA-Doppelbett.

Es stand nah an der Wand, die schmuddelig und von Fingernägeln zerkratzt wirkte. Die ganze Seite entlang war so eine Art Ballettstange angebracht, von der verschieden lange Ketten abgingen, kurze und längere. Wahrscheinlich konnte die dort angekettete Person auf diese Weise von der Tür ferngehalten werden und trotzdem hin und her laufen und auf die Toilette gehen. Auffällig war, dass sich der Tisch, auf dem altes Obst vor sich hin stank, nur wenige Zentimeter außerhalb der Reichweite des Kettenradius befand.

Von Valerie und ihrem Hund war nichts zu sehen, wenn auch sehr viel zu riechen.

»Wo sind sie?«

»Oben, auf dem Sofa, beide. Samu war die ganze Zeit bei ihr. Ich wollte sie freilassen, aber Valerie kann gar nicht laufen, ihre Kopfschmerzen sind so schlimm, da hab ich sie hochgetragen.«

»Wann ...?« Mir blieb ganz kurz die Stimme weg, angesichts der Ungeheuerlichkeiten, mit denen ich mich konfrontiert sah.

»Was?«

»Ich meine, wann hast du sie hier rausgelassen?«

»Na, eben ... vorhin. Direkt nachdem ihr gegangen seid.«

»Und warum?«

»Warum?«, fragte Ben erstaunt und druckste herum: »Ich weiß nicht, du hattest mich in der Küche was gefragt, und da hab ich ... ich kann's gar nicht erklären, ich glaube, es war mehr so, wie du mich angeguckt hast, das hat mich an jemanden erinnert.«

Ich wusste, was er meinte. Ich hatte es auch gespürt, irgendwas war da zwischen uns, ich wusste nur nicht genau, was.

»Ich meinte eigentlich, warum jetzt erst?«, präzisierte ich. »Warum hast du Valerie nicht schon am Donnerstag rausgelassen? Darum hast du deinen Vater doch vor die Bahn geschubst – um sie zu befreien. War es nicht so?«

Ben schüttelte den Kopf. »Ich wollte an dem Tag eigentlich nur zur Polizei. Ich hatte ihren Geldbeutel in Papas Auto entdeckt, aber dann ...«

Er verstummte, wischte sich die Augen, rang sichtlich um Worte. Die Beichte würde länger dauern. Ich nahm ihn am Ärmel und schob ihn zum Ausgang zurück. »Lass uns auf dem Gang reden, hier krieg ich keine Luft.«

»Warte mal«, sagte er und drehte sich zu einer Ecke des Raumes um, die ich bisher wenig beachtet hatte. Das Blaulicht reichte kaum bis dahin.

Jetzt, wo wir näher kamen, konnte ich eine weitere Tür erkennen.

»Was ist da? Wo führt die hin?«

»Na, zu den anderen.«

Zu den anderen? Welchen anderen? Wollte ich fragen, aber meine Stimme machte nicht mit.

Ben holte einen Schlüssel hervor. Er öffnete krachend das Schloss, zog die schwere Eisentür auf, aktivierte wieder seine Handylampe und leuchtete in einen kleinen Raum hinein, der offenbar die Quelle des Modergeruchs war und dessen Wände nur aus hölzernen Stützbalken zu bestehen schienen. Der Boden war nicht mit Steinplatten ausgelegt, und in unbarmherziger Deutlichkeit konnte ich vier mit Erde aufgeschüttete Gräber erkennen.

***

40

Hannes Ortleb war der Schattenmann.
Und nicht Koller hatte seinem Treiben ein Ende bereitet, nicht Dragic oder sonst ein Polizist. Nein, sein eigener Sohn hatte es getan, und zwar auf die brutalste Art und Weise, die man sich denken konnte. Brutal auch gegen sich selbst. Er würde lange ins Gefängnis wandern und für immer damit leben müssen, seinen eigenen Vater getötet zu haben.

»Ich finde es viel schlimmer, der Sohn vom Schattenmann zu sein«, sagte Ben. »Ich glaube, das ist das Schlimmste, was einem passieren kann.«

Das Bild der Gräber noch vor Augen, schüttelte ich den Kopf. Sicher nicht.

Auf meine Bitte hin waren wir in den Gang zurückgekehrt, dahin, wo der Geruch erträglich war. Am liebsten hätte ich diesen grässlichen Ort ganz verlassen, aber Ben schien sich im Schutz des Stollens sicher zu fühlen, und ich hatte so viele Fragen an ihn.

»Weißt du, wer die Frauen sind?«

»Ich kenne nur eine«, sagte Ben. »Und die andere, von der ich etwas mitbekommen hatte, ist nicht hier begraben. Ich weiß gar nicht, wo sie liegt, ich weiß nur, wo sie gestorben ist.«

»Am Lichtenrader Bahnhof, auf den Gleisen.«

»Ja, genau.«

»Sonja Freisang. Die hast du gekannt?«

»Ich weiß nicht, ob man das so nennen kann. Damals führte vom Keller unseres Wohnhauses ein Gang hierher, da durfte ich nie rein. Ich weiß sogar, wann mein Vater den gegraben hat.

Daran kann ich mich noch erinnern. Sechs oder sieben muss ich gewesen sein, Mama war noch da. Ich hab sogar beim Graben geholfen damals, ist elf, zwölf Jahre her jetzt. Papa hat mir die alten Gänge gezeigt, die waren zum Teil eingestürzt. Er war total begeistert, das entdeckt zu haben. Aber ein paar Monate später war es dann vorbei mit dem Ausgrabungsspiel. Er hat eine Tür eingebaut, in dem Dartraum. Wo ich die Kippe ausgedrückt habe, da war diese Tür, und die war von da an immer zu. Der Gang war tabu für mich. Aber einmal, da kam ich früher nach Hause als gedacht, die Übernachtung bei einem Kumpel war ausgefallen, ist ja auch egal, jedenfalls stand die Tür plötzlich offen, und ich ...«

»Wie alt warst du da?«

»Fünfzehn.«

»Dann ist das drei Jahre her.«

»Die Tür war offen. Ich hatte schon gar nicht mehr an den Gang gedacht! Ich meine, das war ewig her, ich hatte es echt vergessen. Ich bin also in den Gang, und er war viel kleiner und kürzer, als ich ihn in Erinnerung hatte. Ich meine, ich war ja das letzte Mal da drin, als ich sieben war. Wenn man fünfzehn ist, dann ist das mehr als ein halbes Leben her. Und dann war sogar die Tür zum Geheimkeller offen, und ich hab diese Frau gesehen. Sie saß auf dem Bett und sah so traurig aus. Erst als sie mich gesehen hat und sich bewegte, hab ich die Ketten bemerkt. Sie war da angekettet. Ich war so was von geschockt, ich hab mich nicht mehr eingekriegt. Es war irre.«

»Und dann? Hast du sie befreit? Aber wie?«

»Der Schlüssel steckte noch in der Tür, und da waren auch diese Kettenschlüssel dran. Das war reines Glück. Ich hab überhaupt nicht weiter nachgedacht und sie einfach rausgelassen. Auch ohne Jacke und so. Sie ist schnurstracks raus und wollte auch gar nichts haben. Ich hätte ihr eine Decke mitgeben sollen, mein Handy. Ich hätte ihr mein Fahrrad geben sollen. Aber in dem Moment hab ich gedacht: Hauptsache, sie ist raus hier und weg vom Hof. Ich hatte dann auch Schiss vor meinem Vater. Wer ist der Mann, ein kranker Irrer oder was? Ich hatte keine Ahnung, was bei ihm abging. Und er war übelst sauer auf mich deswegen, hat so getan, als würde ich ihm hinterherspionieren, als wäre ich der Verrückte und nicht er.«

»Hat er dich geschlagen?«

»Nein! Komplett nicht, niemals, das ist ja das Verrückte. Ich kann das gar nicht erklären. Ich hatte auch wirklich ein schlechtes Gewissen ihm gegenüber, hab mich wie ein Verräter gefühlt, na ja ...«

»Und wie ging es weiter in der Nacht, als du Sonja rausgelassen hast, was ist dann genau passiert?«

»Als er gesehen hat, dass sie weg ist, hat er kein Wort zu mir gesagt. Er hat nur vorwurfsvoll geguckt, dann ist er ins Auto gestiegen und vom Hof gefahren. Das war es. Wir haben nie darüber geredet, das war einfach kein Thema. Ich hätte gar nicht gewusst, wie. Wie hätte ich ihn darauf ansprechen sollen, was ich da gesehen habe? Es war nicht möglich. Er ist mitten in der Nacht los und hat die Frau ... ich bin sicher, dass er sie vor die Bahn gestoßen hat. Er hat sie überall gesucht, ist mit dem Auto bis Lichtenrade. Von der Prinzessinnenstraße aus kann man den Bahnsteig sehen, der ist hell beleuchtet. Ich kenn den Bahnsteig. Von der Straße aus muss er gesehen haben, wie sie auf die Bahn wartet, und da hat er sie ...« Ben schluckte und atmete tief durch, bevor er weitersprach. »Sie gehört eigentlich auch hierher. Fünf Frauen, mit Valerie sechs.«

»Das ist Wahnsinn.«

»Ja. Damals dachte ich, diese eine Frau, die ich freigelassen hatte, wäre die erste gewesen. Dabei war sie die fünfte, ja, die fünfte, wenn man es sich jetzt durchzählt. Damals, wie gesagt, war sie die erste, von der ich was mitgekriegt hatte, und ich bin dann von zu Hause weg. Es ging einfach nicht. Ich hatte Schiss vor meinem Vater, der war ein Monster für mich. Obwohl er sich mir gegenüber nie danebenbenommen hat. Er war immer voll korrekt gewesen, wollte, dass ich nach Hause zurückkomme. Als gäb's den Keller nicht. Das war so krank, ich kam echt nicht klar damit.«

»Deswegen warst du dann lieber auf den Straßen unterwegs.«

»Ja, nur so hab ich das ausgehalten. Viele Leute um mich rum und freier Himmel. Ein Dach über dem Kopf wäre auch schlimm gewesen in der Zeit für mich, ich hätte richtig Platzangst gekriegt. Konnte stellenweise nicht mal shoppen. Vor allem im Edeka nicht, viel zu enge Gänge.«

»Geld hattest du?«

»Dafür bin ich immer wieder nach Hause. Mein Vater hat mir kommentarlos Kohle hingestreckt. Ich brauchte nur in mein Zimmer zu gehen, und da lag meistens ein Fünfziger auf dem Schreibtisch. Damit kommt man schon ein Stück weit, wenn man muss.«

»Ich weiß. Aber geredet hast du mit niemandem darüber?«

»Nie. Das ist einfach zu abartig. Aber ich hab Zeitungen gelesen, alles über Sonjas Tod, und ich hab mitgekriegt, wie die Polizei die Schattenmann-Theorie aufstellte, wie nah sie uns damals gekommen sind.«

»Du sagst *uns* ...«

»Meinem Vater, ja, aber ich häng ja mit drin.«

»Und wie ging's weiter?«

»Na ja, mein Vater hat mich beschworen, heimzukommen.

Immer wenn ich Geld abgeholt hab, stand er in der Tür und meinte, er würde den Gang zumauern. Ich bräuchte keine Sorge haben, dass so was noch mal passiert. Irgendwann war die Tür im Keller dann wirklich weg, und wenn man an die Stelle geklopft hat, dann war es nicht hohl dahinter. Er hat es ernst gemeint und den Scheiß zubetoniert. Dachte ich jedenfalls. Mir war nicht klar, dass es vom Anbau neben der Scheune auch einen Zugang gibt. Hätte ich wissen müssen. Ja, das wurde mir als Kind schon mal erzählt, aber ich hab's wahrscheinlich verdrängt, keine Ahnung, wieso es mir nicht von selber in den Kopf gekommen ist. Ich hab echt gedacht, mein Vater wäre wieder normal, ich hab es jedenfalls gehofft. Er hat mir sogar einen Hund versprochen. Das hat er früher auch manchmal gemacht, wenn ich wegen Mama deprimiert war. Dann kam er immer mit einem Hund an. Zeitweise hatte ich sogar zwei. Aber der eine ist an Altersschwäche gestorben, und der andere hatte mich gebissen und war dann am nächsten Tag weg.«

»War das ein Cockerspaniel, schwarz-weiß meliert?«

»Ja, genau.«

Ben kickte das Handy ein Stück von sich weg. Es lag so, dass sein Lichtkegel auf die Decke gerichtet war und den Gang beleuchtete. Wir hatten uns in der Nähe des Brunnenzugangs auf den Boden gesetzt, die Luft war hier am besten.

Bis zum Zugang im Nebengelass war es nicht weit, aber weil davon auszugehen war, dass Dragic und seine Mannschaft inzwischen das gesamte Grundstück nach uns absuchten, scheute Ben verständlicherweise davor zurück, aufzutauchen.

»Ich habe das erst spät begriffen«, sagte Ben.

»Was?«

»Na, den Zusammenhang mit den Hunden.«

»Dass zu jedem Hund auch eine Besitzerin gehörte, die er in den Keller sperrte?«

Ben nickte. »Ein Spielzeug für mich, ein Spielzeug für sich.«

»Das kann man auch nicht begreifen.«

»Stell dir vor, wenn das rauskommt. Wenn jeder erfährt, was hier passiert ist. Jahrelang.«

»Aber das wird sich nicht vermeiden lassen. Wir können hier nicht ewig sitzen bleiben.«

»Aber ein paar Minuten schon noch, ja?«

»Okay.«

Ich sah Ben dabei zu, wie er an dem Kapuzenband seines Pullis herumzupfte, wie er es einrollte, um seinen Finger wickelte und wieder glatt strich. Ich schaute ihm aus den Augenwinkeln dabei zu, er sollte sich nicht angestarrt fühlen.

»Du schiebst das seit Donnerstag vor dir her, stimmt's? Denn wenn du Valerie sofort freigelassen hättest, dann wäre schon längst bekannt, was hier abging. Wer dein Vater ist.«

Ben zuckte die Schultern und zupfte noch heftiger an seinem Kapuzenband herum.

»Deshalb hast du das auch nicht der Polizei gemeldet. Du hattest Valeries Ausweis dabei, ihren Geldbeutel, den du abgeben wolltest, mit Hinweis auf ihren Aufenthalt, anonym wahrscheinlich, hab ich recht? War das der ursprüngliche Plan?«

Ben nickte.

»Deshalb hast du einen Freund beauftragt, mit deiner Geldkarte im Baumarkt zu bezahlen, sich dort filmen zu lassen. Weil du sichergehen wolltest, dass die Denunziation deines Vaters nicht mit dir in Verbindung gebracht wird.«

»Das war der Plan.«

»Wusste der Freund, was du vorhattest?«

»Nee, wir fragen nie, wofür der andere ein Alibi braucht, wäre auch sonst 'ne Scheißfreundschaft.«

»Dein Vater hätte trotzdem sofort gewusst, wer ihn verpfiffen hat. Darum hast du den Plan dann geändert, stimmt's?«

»Ja, Mann, ich hab den Schattenmann einfach aus dem Verkehr gezogen. Smash, Bro! Geile Aktion, oder?« Unvermittelt krampfte Ben sich zusammen und kicherte zuckend vor sich hin. War das Lachen oder Weinen? So oder so. Der Tod seines Vaters hatte das Problem nicht beseitigt, sondern nur verschoben. Valerie saß immer noch im Keller und musste rausgelassen werden. Und sobald sie draußen war, würde alle Welt wissen, was Bens Vater hier jahrelang getrieben hatte. Von diesem Moment an wäre Ben nur noch der Sohn des Schattenmanns.

»Ich wollte sie ja gleich rauslassen, aber dann dachte ich, morgen reicht auch noch. Ich wollte nur noch einen Tag normal sein.«

»Wieso hast du sie heute rausgelassen? Ich meine, du hättest doch alles über dich ergehen lassen können, wer weiß, ob man die Eingänge je gefunden hätte. Sie sind schon ziemlich gut versteckt.«

Ben sagte nichts. Ihm war anzusehen, dass er gern geantwortet hätte, aber nicht wusste, wie. Ich gab ihm die Zeit, die er brauchte, und lauschte, ob über uns Geräusche zu hören waren, von Dragic, der durch den Anbau spazierte und jede Wand, jede Bodendiele auf einen versteckten Öffnungsmechanismus, eine geheime Klappe, einen doppelten Boden überprüfte.

»Weiß Valerie denn, wo der Eingang ist?«

»Ich glaub nicht, sie hatte vorhin eine Kühlbrille auf den Augen und Schlaftabletten intus.«

Ich schaute ihn an.

»Was denn? Sie wollte die Tabletten selber. Ich bin extra los, um welche zu holen und noch so eine komische Salbe. Ich hab ihr auch immer das Essen gemacht, was sie wollte. Ich hab sie gut versorgt. Ich wollte nur, dass sie noch ein paar Tage durchhält, damit ich mir überlegen konnte, was ich machen soll.« Weil ich ihn immer noch so kritisch anschaute, schob er nach: »Es geht ihr gut, Mann. Für die Kopfschmerzen kann ich nichts.«

»Okay, Ben«, sagte ich und klopfte ihm auf die Schulter. Falls die Polizei doch noch nicht da war, mussten wir uns um Valerie kümmern, einen Krankenwagen rufen. »Es wird Zeit rauszugehen, komm.«

»Nein, warte!« Er schrie beinahe.

Dann griff er unter seinen Pulli. Ich hörte es rascheln, aber das Handylicht ging aus, der Akku war vermutlich alle. Ich tastete nach meiner Umhängetasche, die mir halb auf dem Rücken hing, und holte mein Handy raus. Das Display zeigte fünfzig Prozent Batterieleistung an und keinen Empfang. Egal, ich aktivierte die Taschenlampenfunktion, die wesentlich funzeligeres Licht verströmte als Bens Handy, aber besser als nichts. Ich konnte sehen, dass Ben mir einen dicken Briefumschlag hinhielt, der mit Zetteln gefüllt war. Ich nahm ihn entgegen und schaute mir die Zettel an. Es waren an die hundert Stück in unterschiedlichen Formen und Größen, bunte Notizzettel, zusammengefaltete DIN-A4-Seiten karierten Papiers. Es gab sogar ausgerissene Buchseiten, und überall waren Kritzeleien von Hunden drauf, die sich bei näherem Hinsehen als wunderbare Zeichenkunst entpuppten. Bleistiftskizzen von lockerer Hand, die die Charakteristik der Vierbeiner pointiert trafen. Im selben Stil wie die Tuschezeichnungen in der Küche.

»Sind die von deiner Mutter?«

Ben nickte. »Siehst du, es gibt doch mehr Zeichnungen von ihr. Ich hab ja gesagt, dass ich dich vorhin angelogen habe.« Er zeigte hinter sich auf die Kellertür. »Die hat sie alle da drin gemacht. Lange nachdem ich dachte, sie hätte uns verlassen.«

»Da drin? Aber ich dachte ... o mein Gott ...«

»Ich glaube, sie hat sie für mich gemacht. Damals hab ich mir so sehr einen Hund gewünscht. Aber ich durfte keinen haben, weil meine Mutter allergisch darauf war. Auch auf Katzen. Darum hat sie mir welche gezeichnet. Oben am Küchentisch, da saßen wir immer zusammen und haben gemalt.«

»Aber wieso war sie denn im Keller?«

»Ich glaube, weil sie uns verlassen wollte. Ich war acht Jahre alt und hab die Streitereien mitbekommen, und wie sie ihre Sachen gepackt hat. Ich weiß nicht, ob sie mich mitnehmen wollte. Ich glaube schon, dass sie das vorhatte. Genau weiß ich es nicht. Weil sie dann plötzlich weg war.«

»Er hat sie in den Keller gesperrt.«

Ich hörte Ben schlucken, seine Augen glitzerten, er hatte doppelt so viele Sommersprossen wie ich, und in diesem Licht hier wirkten sie wie dunkle Tuschetupfer.

»Weißt du, wie lange sie da drin war?«

Ben zuckte die Schultern.

Ich sah ihn vor mir, wie er als acht-, neun-, vielleicht auch noch zehnjähriger Junge aus seinem Kinderzimmerfenster nach seiner Mutter Ausschau hielt, während sie zwei Stockwerke unter ihm dahinsiechte.

»Es war immer so lustig mit ihr.« Ben strubbelte sich durch die Haare und wischte sich die Wangen trocken. »Aber nur solange Papa nicht dazukam. Er fand immer was zu meckern an ihr. Wenn sie durch die Wohnung tanzte, wenn sie Eis direkt aus der Packung löffelte, alles machte ihn wütend, und wenn sie zu laut lachte, sagte er immer, das klingt ja, wie wenn eine Mülltonne den Berg runterrollt.«

»Fies.«

»Wieso hat ihn das geärgert, wenn sie lachte? Wieso konnte er es nicht leiden, wenn sie ihre Haare offen trug? Sie hatte so schönes buntes Haar, rotblond eigentlich, aber in jedem Licht sah es anders aus. In einem Moment kupfern und schon im nächsten goldgelb wie Honig.«

»Klingt nach einer tollen Frau.«

»Ja.«

Und, als wollte sein Vater all das, was er an seiner Frau nicht hatte beherrschen können, zerstören. Aber das sprach ich Ben gegenüber nicht aus, er wusste es längst, er hatte es miterlebt.

»Ich hab das jetzt erst geschnallt. Als er seine Sachen aus dem Haus in den Anbau geräumt hat«, ließ Ben seinen Gedanken freien Lauf. »Jahrelang hab ich was anderes geglaubt. Es gibt Briefe von ihr, da erklärt sie, dass wir sie nicht suchen sollen, dass wir ohne sie besser dran wären. Es ist wirklich ihre Handschrift! Er hat sie selber auf Echtheit prüfen lassen, um aus dem Schneider zu sein und vor aller Welt behaupten zu können, dass sie ein schlechter Mensch war, eine Rabenmutter.«

Mein Mitgefühl für Ben ließ sich nicht mehr steigern. Am liebsten hätte ich ihn in den Arm genommen, aber er wirkte nicht, als fände er das angebracht. Er schaute auf die Zeichnungen in meiner Hand wie auf Diamanten. Ich verstaute sie wieder ganz vorsichtig im Briefumschlag, darauf bedacht, ja keines der wertvollen Blätter zu knicken oder einen Bleistiftstrich zu verwischen.

Ein lautes Wummern ließ uns beide zusammenzucken. Es kam vom Gangende, das in den Anbau mündete. Wie es aussah, hatten Dragics Leute den geheimen Eingang nun doch mit der Axt gesucht. Weitere dumpfe Schläge gegen die doppelte und dreifache Verkleidung der Eingangstür ließen Ben hochfahren. Er verstaute den Briefumschlag rutschsicher zwischen Hosenbund und Bauch, schnappte sich sein Handy und wollte Richtung Brunnenschacht losstürmen.

Auf und davon.

Ich hielt ihn am Arm fest. »Wo willst du hin?«

Er drehte sich zu mir um und sagte: »Danke. Seit meine Mutter weg ist, hat mich niemand mehr so angeschaut.« Dann umarmte er mich fest und innig, und mir blieb die Luft weg. So musste es sich anfühlen, von seinem Kind umarmt zu werden. Viel zu schnell ließ Ben mich wieder los, wirkte verlegen, traurig, gehetzt. »Kannst du Valerie sagen, dass es mir leidtut? Ich hab's zu spät geblickt, aber was hätte ich tun sollen? Ich wollte nie so werden wie mein Vater. Jetzt bin ich doch ein Mörder.«

Die Axtschläge wurden lauter.

Wieder wollte Ben sich aus dem Staub machen, und abermals hielt ich ihn fest.

»Was hast du vor?«

»Ich verschwinde!«

»Das wird nicht funktionieren!«

»Keiner wird mich vermissen. Ich bin der Sohn vom Schattenmann.«

Ich packte Ben an beiden Armen, er war einen Kopf größer als ich, aber er fühlte sich an wie aus Papier. Ich spürte, wie sein Herz raste, sein ganzer Körper vibrierte vor Angst. Wieder krachte es hinter uns, diesmal splitterte Holz. Ben heulte auf und wollte sich losreißen. Wenn ich ihn jetzt gehen ließ, würde er sich etwas antun, das spürte ich.

Also umarmte ich ihn doch, fester noch, als er mich eben

umarmt hatte. So fest, wie man ein Kind an sich drücken würde, um es vor der Welt zu beschützen.

»Ja«, sagte ich in seine zuckenden Schultern hinein, »der Sohn vom Schattenmann zu sein ist scheiße, das stimmt, und es wird ganz sicher eine schwere Bürde für dich sein, aber Ben – du darfst niemals vergessen, dass du auch der Sohn deiner Mutter bist.«

***

41

Bis Dragics Leute sich durch die Eingangstür gehackt hatten, vergingen noch ein paar Minuten, und als sich Dragic endlich selber durch die Öffnung zwängte, war Ben ruhig genug, um seinen Fluchtreflex zu beherrschen und mit ihm mitzugehen.

Ich sagte Dragic, er solle ihm den Briefumschlag mit den Zeichnungen lassen, wenn er wollte, dass Ben mental stark genug bliebe, um Rede und Antwort zu stehen. Die Zeichnungen seiner Mutter, ihr Schicksal waren der Schlüssel zu ihm, Ben, der nicht nur ihren Mörder umgebracht hatte, sondern auch seinen Vater.

Aus der gruseligen Grabkammer wurden neben ihren sterblichen Überresten auch die Skelette der drei anderen Frauen geborgen und ausführlich untersucht. Möglicherweise war eine von ihnen Marion Koller.

Ich rief Koller an und erzählte ihm von den Ereignissen, aber hinfahren konnte ich heute Nacht nicht mehr. Ich war fix und fertig und brauchte erst mal eine Dosis Ricky.

Er holte mich von der LKA-Adresse in der Keithstraße ab, wo ich von Dragic und seinen Kolleginnen ausgiebig befragt worden war und meine Aussage zu Protokoll gegeben hatte. Angesichts des Ausgangs der Geschichte sah Dragic hoffentlich davon ab, mir ein schlechtes Praktikumszeugnis auszustellen. Ich hatte ihn nicht nur dumm dastehen lassen, sondern auch einen Alleingang gestartet, der mich als angehende Polizistin eigentlich auf ganzer Linie disqualifizierte.

Andererseits war Valerie gerettet worden. Sie lag mit schweren Clusterkopfschmerzen im Krankenhaus, war dehydriert und unterernährt, hatte aber außer wund geriebenen Handgelenken keine körperlichen Verletzungen. Wie es psychisch aussah, ließ sich noch nicht genau sagen. Immerhin nahm sie psychologische Hilfe bereitwillig in Anspruch.

Ihr Hund hatte andere Probleme. Ich konnte kaum abwarten, Koller davon zu erzählen. Es war der Grund, weswegen Valerie mit ihm zum Tierarzt gewollt hatte – diffuse Bauchschmerzen und Unwohlsein, die sich als Schwangerschaft rausstellten. Samu war eine Hündin, die Nachwuchs erwartete. Hannes Ortleb hatte das erkannt und war Bens Einschätzung nach auf dem Weg zur Hundemesse gewesen, um herauszufinden, wie viel so ein Samojedenwelpe einbrachte. Auf jeden Fall nicht unter tausend Euro, tippte Ricky.

Ben selbst war ich noch einmal kurz auf den Gängen der Mordkommission begegnet.

Wir hatten es anscheinend mit Gängen.

Er kam in Begleitung von drei Polizisten an mir vorbei, sah blass und sorgenvoll aus. Aber er hielt den Kopf hoch erhoben. Ich nickte ihm zu, und er nickte zurück.

Wann immer ich an ihn denke, wünsche ich ihm, dass er die nächsten Jahre, Monate, Wochen durchhält. Und wenn er aus der Jugendstrafanstalt kommt, ein neues, eigenes Leben beginnen kann.

***

42

Die Woche nach der Entdeckung des Schattenmann-Kellers zog sich unglaublich in die Länge. Wir warteten auf die Auswertung der Spuren, auf Laborergebnisse und den Bericht der Pathologin. Vor allem aber warteten wir auf Erkenntnisse, was die Identifizierung der vier Frauen in den Gräbern betraf.

Ich fürchtete schon, Koller könnte die Nerven verlieren, aber er kompensierte die Warterei auf Gewissheit mit unbändigem Aktionismus, kaufte sich einen neuen Anzug, ließ sich die Haare schneiden, überlegte sogar, sich den Bart zu rasieren. Zum Glück ließ er ihn dran, er stand ihm einfach zu gut. Vor allem jetzt, wo seine Augen nicht mehr von dem langen Pony verdeckt wurden und von wolkenlosem Stahlgrau waren. Er fand endlich ein Prothesensystem, das ihm passte und mit dem er laufen konnte, und dann lief er auch damit, ging viel mit Ricky und Mo spazieren. Er hängte den Stadtplan und die Schattenmann-Fotos ab und rückte alle Möbel wieder zurecht. Er kaufte sich neues Geschirr, ein ganzes Service aus passenden Tellern, Tassen und Krügen, und lud Ricky und mich zum Essen ein, um es einzuweihen.

Er kochte ein khanwürdiges Fünf-Gänge-Menü. Die Süßkartoffelecken bestreute er mit Schnittlauch aus Marions Kräutertopf. Auch von ihrer Petersilie und dem Dill mischte er etwas in den Salat, den er uns servierte. Ich wagte kaum, die Kräuter auf die Gabel zu piken, aber Koller ermutigte mich pantomimisch dazu, die Bissen samt Kräutern zum Mund zu führen, zu kauen und runterzuschlucken. Er spachtelte selber auch ordentlich rein. Nur Ricky hielt sich zurück und wirkte insgesamt wenig begeistert von Kollers Elan, traute der Sache nicht.

Und dann trudelten die Laborergebnisse ein.

Sie bestätigten Bens Aussage, dass sein Vater für die Entführung von Sonja Freisang verantwortlich war. Die DNS auf dem Fahrersitz ihres Autos, das Koller mit Sherlocks Hilfe vor drei Jahren auf dem Schrottplatz aufgespürt hatte, konnte eindeutig Hannes Ortleb zugeordnet werden. Außerdem wurde ihre DNS im Geheimkeller gefunden.

Die vier verscharrten Frauen in der Grabkammer waren allesamt grausam verhungert. Im Durchschnitt hatten sie fünf Monate im Keller überlebt. Dann hatte Ortleb das Interesse an ihnen verloren und sie nicht mehr versorgt. Oder war diese Versorgungsfrage am Ende Sinn und Zweck seines Handelns gewesen? Dragic vermutete Letzteres.

Dafür sprach auch die Tatsache, dass weder bei Sonja Freisang noch bei Valerie Winter sexuelle Gewalt angewendet worden war. Hannes Ortleb hatte sich daran berauscht, Frauen einzusperren, um sie anschließend dabei zu beobachten, wie sie um ihre Freiheit bettelten, um Essen, Wasser, einen Toilettengang, ein Minimum an Würde, jeden verdammten Tag, monatelang. Er ergötzte sich daran, zuzusehen, wie sie langsam ihre Lebenskraft verloren, wie jeder Funken Widerstand aus ihnen wich. Er wollte Kerkermeister sein, die volle Kontrolle erleben, immer und immer wieder etwas von der Macht spüren, mit der er seine Frau in die Knie gezwungen hatte.

»In seinem kleinen kranken unterirdischen Universum hat er Gott gespielt«, fasste Dragic es zusammen.

»Echt teuflisch. Und armselig zugleich.«

»Valeries Aussagen zufolge gab es zwischendurch immer

wieder was Ordentliches zu essen und auch die Aussicht darauf, bald nach Hause zu können.«

»Leere Versprechungen.«

»Ja, der wusste, wie das geht. Hat immer wieder Grund zur Hoffnung gegeben, wahrscheinlich hat sich das deswegen so lang hinziehen können.«

»Grausam.«

»Wenn Valerie zu aufmüpfig war, hat er damit gedroht, ihrem Hund etwas anzutun.«

»Klar, der Hund war sein bester Trumpf. Damit hat er sie ja überhaupt erst geködert, nicht?«

»Das war seine Masche. Erst hat er den Hund ›gepetnappt‹. So nennt sich das bei Tieren.«

»Petnapping. Klingt komisch.«

»Und dann wartet er, bis sie Suchanzeigen in der Nähe der Stelle aufhängt, wo das Tier verschwand. Wie zufällig kommt er dann vorbei und zeigt ihr ein Foto von dem Hund, der seiner Frau erst gestern zugelaufen ist.«

»Dass er behauptet, er hätte eine Frau, sollte vermutlich vertrauenswürdig wirken.«

»Hat funktioniert. Und auch, dass er Handwerker ist und Arbeitskram im Auto hat. Macht plausibel, warum er zufällig vorbeikommt.«

»Er hat so getan, als wäre er gerade fertig mit dem Job und auf dem Weg nach Hause, sie könne direkt mitkommen und ihren Hund abholen, stimmt's?«

»Genau. Noch ein Fake-Anruf bei seiner Fake-Frau, um ›nachzufragen‹, ob sie gerade zu Hause ist – und Valerie steigt in sein Auto.«

»Wie war das mit Sonja Freisang, sie hat ja anscheinend darauf bestanden, selber zu fahren.«

»Ja, das war ein Sicherheitsrisiko für ihn, weil sie in der Zeit Freunden hätte Bescheid geben können, wohin sie fährt. Darum nehme ich an, dass er bei ihr mitgefahren ist und sie vom Telefonieren abhielt. Spätestens auf seinem Hof hat er sie dann überwältigt.«

»Darum musste er ihr Auto loswerden.«

»Und so kam der Schrottplatz ins Spiel.«

»Verstehe«, sagte ich, obwohl sich alles in mir dagegen sträubte, mich in Ortlebs Perspektive hineinzuversetzen. Es war nunmal nötig, um seine Gedankengänge und Handlungen nachzuvollziehen. »Wie ging's mit Valerie weiter, nachdem sie zu ihm ins Auto gestiegen war?«

»Da gab's direkt ein Getränk mit K.-o.-Tropfen, und sie war ausgeknockt.«

»Dann grapschte er sich ihr Handy, damit sie niemandem mitteilen konnte, wo sie war oder was sie vorhatte.«

»Richtig. Den Entsperrungscode bekam er dann später von ihr ganz leicht, im Tausch für was zu essen. Auch den PIN für ihre Bankkarte.«

»Alles, was er nur wollte – für einen Schluck Wasser oder ein Käsebrot.«

»Prinzip erkannt«, sagte Dragic. »Mit dem Handy setzte er noch Wochen später irgendwelche Nachrichten ab, um den Moment hinauszuzögern, dass ernsthaft nach den Frauen gesucht wird.«

»Was ja auch ganz wunderbar funktioniert hat«, bemerkte ich spitz. »Jahrelang. Obwohl es Leute gab, die das hinterfragt haben. Sogar in Ihrem Kollegenkreis, Herr Dragic ...«

»Ja. Nun. Was soll ich dazu sagen?«, versuchte er sich herauszulavieren. »Ich bin natürlich froh, dass Koller richtiglag und der ganze Spuk nun endlich ein Ende hat, auch für ihn.«

Doch welches, blieb noch abzuwarten.

Drei der Frauen aus den Gräbern hatten sich auf Kollers Opferliste befunden, zusammen mit Sonja Freisang und Valerie Winter, die ihr Martyrium als Einzige überlebt hatte. Mit diesen Vermutungen hatte Koller richtiggelegen, nur mit einer nicht: Opfer Nummer eins war nicht seine Marion gewesen, sondern Filine Ortleb, die Frau des Schattenmanns. Mit ihr hatte die Mordserie begonnen.

Von Marion Koller war auch nach weiteren Grabungen und Durchsuchungen des gesamten Grundstücks keine Spur gefunden worden. Keine Fingerabdrücke, kein Haar, keine Hautschuppe, nichts. Das war einerseits gut, andererseits war Koller, was die Suche nach ihr betraf, damit wieder am Anfang.

Falls der Schattenmann doch etwas mit ihrem Verschwinden zu tun hatte, dann musste er sie woanders versteckt haben. Ob er noch andere Morde begangen hatte, wurde untersucht.

Sein genetischer Fingerabdruck wurde mit den in weiteren Mordfällen gefundenen Spuren verglichen, ergab aber kein Match.

Mit neunundneunzigprozentiger Wahrscheinlichkeit war Marion Koller dem Schattenmann nie begegnet.

Seit ich das wusste, grübelte ich darüber, wie Koller diese Erkenntnis schonend beizubringen war.

»Auf jeden Fall nicht am Telefon«, sagte Ricky, nachdem ich ihn das vierte Mal bei der Arbeit angerufen hatte. »Ich war übrigens in meiner Mittagspause kurz bei ihm und hab ihm was vorbeigebracht. Er ist jetzt ein mentaler Fels in der Brandung und für jede Nachricht gewappnet, du kannst hin.«

»Wie das? Hast du ihm Pillen verabreicht?«

»Die nehme ich lieber selber.«

»Vielleicht ist jetzt der falsche Zeitpunkt. Ihm geht's doch gerade so gut.«

»Geht's ihm nicht. Das ist nur die falsche Hoffnung, die ihn pusht. Er wünscht sich, seine Frau endlich begraben zu können. Einen Ort zu haben, wo er Blumen hinbringen kann.«

»O Mann ...« Die ganze Sache machte mich echt fertig.

»Enttäuschung ist nur ehrlich«, fand Ricky. »Falsche Hoffnung ist brutal.«

»Wie kann Hoffnung überhaupt falsch sein, sie klammert sich doch nur an die letzte Möglichkeit auf etwas Gutes.«

»Was ist gut daran, seine Frau im Keller des Schattenmanns zu finden?«

»Gut daran ist, dass die Suche ein Ende hat. Brutaler ist wohl die Ungewissheit.«

»Doch nur, weil sie von Hoffnung genährt wird.«

»Ohne Hoffnung gibt's keine Zukunft.«

»Worauf soll diese Zukunft denn aufgebaut sein, wenn nicht auf radikaler Ent-Täuschung?«, fragte Ricky. »Setz ihm die Brille endlich ab, Ninja, nur dann kann es weitergehen.«

»Womit denn? Dann weiß er doch wieder nicht, was mit seiner Frau ist«, sagte ich. »Daran wird er kaputtgehen.«

»Ganz im Gegenteil. Er kann endlich sicher sein, dass sie nicht elendig im Keller des Schattenmanns verhungern musste. Und das ist eine gute Gewissheit.«

Mit diesem Gedanken machte ich mich zu Koller auf.

Als er mir die Wohnungstür öffnete, spürte ich den Stimmungsumschwung, noch bevor ich Hallo sagen konnte. Ich war zu spät dran, im Flur hing Dragics Aftershave in der Luft. Er hatte Koller bereits darüber informiert, dass Marions Schicksal ungeklärt blieb und sie beide weiterhin wie ein dunkler Schatten begleiten würde. Was das betraf, waren Dragic und Koller Gefährten wider Willen. Und vielleicht war Dragic auch der passendere Bote für diese Nachricht.

Ich versuchte, in Kollers Augen zu schauen, seine Miene zu deuten, aber er hatte mir den Rücken zugedreht und ging vor mir her in die Küche. Also folgte ich ihm und sah ihm dabei zu, wie er zwei halb volle Kaffeetassen ins Waschbecken räumte.

»Einen Tee für Sie?«, fragte er. »Ich hab hier noch welchen in der Thermoskanne.«

»Ja, warum nicht.«

Er spülte die Tassen aus.

»Wollen Sie nicht mal in Urlaub fahren?«, schlug ich vor. »Einfach mal raus hier?«

»Geht nicht, meine Schwiegermutter wartet zum Sportschaugucken auf mich. Außerdem muss ich mich um den da kümmern.« Koller zeigte hinter sich ins Wohnzimmer, und jetzt registrierte ich, dass der Hundegeruch, den ich die ganze Zeit schon wahrgenommen hatte, gar nicht in seinen Klamotten hing, sondern einen lebendigeren Ursprung hatte.

Sollte Dragic ihm einen Welpen von Valeries Samojedenwurf gebracht haben? Geniale Idee! So viel Einfühlungsvermögen hätte ich Dragic gar nicht zugetraut. Ein Hund würde Koller ganz sicher aus der Krise führen. Ein kleiner Vierbeiner, um den er sich kümmern konnte, der seine Hilfe brauchte und mit dem er jeden Tag an die frische Luft und in Bewegung kam.

So ein lächelnder sibirischer Schneeball war bestimmt unheimlich niedlich. Ich ging ins Wohnzimmer und schaute mich in allen Ecken nach dem Hund um, sah aber nur Mo in seiner eigenen Pfütze auf dem Teppich liegen.

Koller kam mit zwei gefüllten Teetassen aus der Küche. Reichte mir eine und schaute dann zu Mo. »Der braucht jetzt erst mal ein ordentliches Programm. Ricky hat ihn viel zu sehr verwöhnt, so wird das nie was mit dem Stubenreinsein.«

»Ach so, Sie trainieren jetzt Mo«, sagte ich ernüchtert. »Ich dachte, Sie hätten wieder einen eigenen Hund.«

»Hab ich auch. Ricky hat mir Mo geschenkt. Er meinte, Sie beide wären noch nicht so weit. Also, was Haustiere betrifft. Und dass jetzt gar nicht der Zeitpunkt dafür sei.«

Ich war ehrlich perplex. Es war Mo, den Ricky in seiner Mittagspause vorbeigebracht hatte? Mo?

Nicht dass ich unbedingt so versessen auf Mo war, aber Ricky liebte ihn, das wusste ich ganz genau. Und nun hatte er ihn Koller überlassen. Ich war sprachlos.

»Buck? Was ist los? Wussten Sie gar nichts davon? Sie können Mo natürlich jederzeit zurückhaben, ist doch klar.«

»Nein, nein, alles gut. Ricky weiß schon, was er tut. Wenn Sie nicht der Richtige für Mo sind, wer sonst?« Ich stieß mit meiner Teetasse an Kollers an. »Glückwunsch also zum neuen Mitbewohner, der wird Sie auf Trab halten.«

»O ja. Gut, dass ich wieder laufen kann. Danke, Buck, für alles. Richten Sie das auch noch mal Ricky aus, ja? Ich hab mich bei ihm schon bedankt, aber doppelt hält besser.«

»Klar.« Verlegen nippte ich an meinem Tee.

»Ach, ich hab auch was für Sie. Moment.« Koller stellte seine Tasse auf dem Couchtisch ab und eilte in die Küche. Das ging fast ohne Humpeln, ich war richtig stolz auf ihn.

Mit einer Packung Heidelbeeren kam er zurück.

»Seit Sie hier waren und mir von Ihrem Heidelbeerproblem erzählt haben, kann ich auch keine mehr essen«, sagte er und hielt sie mir hin. »Bitte, nehmen Sie sie mit.«

»Aber was soll *ich* damit? Bei mir werden sie doch auch nur schlecht.«

»Am besten vergraben Sie sie«, sagte er Koller. »Unter einer Birke oder einem anderen Baum. Irgendwas Markantes.«

»Vergraben?«

»Dreißig Zentimeter tief etwa. Ricky sollte auch mitmachen. Dann sprechen Sie ein kleines Gedicht, jeder abwechselnd eine Zeile, verabschieden sich ordentlich von Elli, bedanken sich für ihren Besuch und sagen ihr, dass sie da, wo sie jetzt ist, in Frieden ruhen kann. Das hilft, das verspreche ich Ihnen.«

»Wirklich?«

»Ja. Aber merken Sie sich die Stelle. Dann können Sie sie jederzeit wieder besuchen.«

»Okay ...«

Birken waren ganz hübsch. In den Wäldern um Berlin herum gab es eine Menge Birken.

Und Sie?, wollte ich Koller fragen und hätte am liebsten hinter ihm auf die Kräutertöpfe in seiner Küche gezeigt. Die könnte er doch auch vergraben. Aber die Sache mit Marion war anders als die mit Elli. Bei Marion bestand noch die Chance auf eine Wiederkehr, so gering sie auch sein mochte – und sollte das eines Tages passieren, dann brauchte sie Dill für ihren Gurkensalat.

»Ich geh dann mal«, sagte ich. »Heute wäre eigentlich mein letzter Praktikumstag am Alexanderplatz, wenn nicht alles anders gekommen wäre, und da hab ich Billy und Khan versprochen, Kuchen vorbeizubringen. Muss ich noch besorgen.«

Koller nahm Mo auf den Arm und begleitete mich zur Tür. Wir verabredeten uns auf einen gemeinsamen Spaziergang am Wochenende, inklusive Schnüffeltraining, das schmählich zu kurz gekommen war in letzter Zeit, und verabschiedeten uns.

Ich war schon auf dem Treppenabsatz, da rief mir Koller noch hinterher: »Ach, übrigens – ich mache mit.«

Ich drehte mich verwundert um. »Wobei?«

»Na, wenn Sie Ihre Detektei eröffnen«, meinte Koller und kam mir ein paar Schritte entgegen. »Koller & Buck klingt ein bisschen flüssiger als Buck & Koller. Aber ist mir im Grunde egal, wen Sie zuerst nennen.« Dann winkte er kurz und verschwand in seiner Wohnung.

Ich hörte die Tür ins Schloss fallen und stand noch ein paar Sekunden auf der Treppe herum. Von welcher Detektei redete er? Ich hatte nie gesagt, dass ich eine eröffnen wollte. Als ich das vorschlug, hatte ich nur daran gedacht, Koller einen inspirierenden Zukunftsgedanken einzupflanzen: *Privatdetektei Koller. Ermittlungen aller Art. Spezialgebiet Vermisstenfälle.* Klang doch gut.

Aber er hatte recht: *Koller & Buck* klang besser.

***

43

Als ich Ricky am nächsten Morgen von Kollers Heidelbeer-Beerdigungsidee erzählte, zog er sich sofort an, holte die Beerenpackung aus der Küche, einen Löffel und griff nach dem Autoschlüssel.

»Bräuchten wir nicht zwei Löffel zum Graben?«

»Wir wechseln uns ab.«

»Und was ist mit dem Gedicht? Ich hab noch keins rausgesucht.«

»Wir improvisieren.«

Schon saßen wir im Wohnmobil und fuhren an den Liepnitzsee. Dort wanderten wir so lange herum, bis wir eine schöne kleine Birke fanden, an einem ruhigen Fleck.

Ich grub zuerst, dann Ricky, bis das Loch tief genug war.

Die Heidelbeeren nahmen wir einzeln raus und verbanden sie mit etwas, das wir uns für oder mit Elli gewünscht hätten, ein Blick in ihre Augen, dass wir sie gern einmal umarmt hätten, dass sie auf unserem Bett herumspringt, dass wir zusammen die Welt entdecken, dass wir eine Familie sind.

Dann holte ich die beiden Smoothieflaschen von Khan von vor einer Woche aus meiner Tasche und kippte den Inhalt hinterher, er stank unglaublich sauer und ranzig.

Ricky war empört. »Was sollte das denn jetzt?«

»Da waren auch Heidelbeeren drin, und ich wusste die ganze Zeit nicht, wohin damit. Hätte ich sie ins Klo kippen sollen?«

Ricky rollte mit den Augen und schüttete das Loch zu.

»Hast du nicht das Gefühl, dass es jetzt besser ist?«, fragte er.

Ich schaute in den wolkenlosen, strahlend blauen Himmel hinauf, dachte an Billys neues Lebensmotto und gab zu: »Wenn ich Ellis Bild hier vergraben hätte, vielleicht, aber so.«

Um auf andere Gedanken zu kommen, sprangen wir ins glitzernde Wasser des Liepnitzsees, was sich zur Abwechslung mal nicht wie eine Ersatzhandlung anfühlte.

Ein paar Tage später kam ein Brief an. So einen hatte ich noch nie gesehen – er wirkte wie vergoldet, und meine Adresse war in akkurater Schnörkelschrift geschrieben, mein Name in seiner ganzen Ausführlichkeit, genau so, wie ich ihn am meisten hasste: Ninella-Pritilata Buck. Als Absender zeichnete ein Paar: Armando Cesare Baron von Salpi & Adele Michaela Baronessa von Salpi und Freifrau von und zu Dannenstein.

Ricky hatte den Brief, Größe A5, aus dem Postkasten mit hochgebracht und hielt ihn mir mit großen Augen hin.

»Wer sind diese Leute?«, fragte ich ihn.

»Mach du auf, der ist an dich.«

Im Briefumschlag steckten verschiedene Dinge – ein mit Schnörkelschrift beschriebenes Blatt, Flugtickets und ein Foto von zwei mir völlig fremden Menschen, einem gut angezogenen Mann und einer noch besser frisierten Frau, die in palastartigem Ambiente vor einem gerahmten Bild standen.

Ricky griff nach den Tickets und fragte: »Was steht in dem Brief?«

Ich überflog ihn kurz: »Das ist 'ne Einladung für mich, mein Kind und eine Begleitperson.«

»Hä?«, fasste Ricky die Situation zusammen.

»Rate mal, wohin«, sagte ich.

Ricky hielt die Flugtickets hoch: »Erster Klasse nach Nizza

an der Cote d'Azur und von dort mit dem Hubschrauber zum Héliport de Monaco. Also noch mal: hä?«

»Das sind die Eltern von Mandarino«, stellte ich fest. »Und das hier ...« Ich hielt Ricky das Foto der beiden hin und zeigte auf das eingerahmte Bild hinter ihnen. »Das hier ist Ellis Ultraschallbild.«

Rickys Augen wurden noch größer.

»Die denken, Elli wäre ihr Enkelkind, der Arsch hat ihnen falsche Fotos geschickt, und jetzt wollen sie sie kennenlernen.«

»Ha.« Änderte Ricky seinen Kommentar um eine Nuance, griff nach dem Foto und hielt es zur besseren Sichtbarkeit ins Licht.

»Tatsache«, murmelte er. »Und noch mal: ha.«

»Wie kommen die an meine Adresse?«

»Die Arztpraxis steht auf dem Ultraschallbild. Und sie haben ganz offensichtlich genug Geld für Privatermittler.«

»Und was sollen wir jetzt machen?«

»Na, willst du Elli bei denen überm Esstisch hängen lassen?«

»Äh ... nein?«

»Dann lass uns packen.«

Und genau das taten wir.

ENDE

DANKSAGUNG

Die Entstehung dieses Buches begann mit dem ersten Corona-Lockdown und endete während der dritten Welle – ein Schreibprozess unter erschwerten Bedingungen, aber mit Support. Ich danke von Herzen:

Meinen Agenten Axel Haase und Lars Schultze-Kossack für ihre Arbeit und ihre Unterstützung. Meinen Lektor*innen Frederike Labahn, Hannah Paxian und Peter Hammans für die intensive und vertrauensvolle Zusammenarbeit.

Der Senatsverwaltung für Kultur und Europa für die Vergabe des *Kulturprojekte Berlin Sonderstipendiums 2020*, das mir Schreibzeit und -raum ermöglicht hat.

Dem Leiter des Stabes der Landespolizeidirektion, Jörg Dessin, sowie Polizeioberkommissarin Annika Dessin für den freundlichen Blick hinter die Kulissen und die Realitätsbezüge zur Polizeiarbeit (die hier und da der künstlerischen Freiheit weichen mussten). Polizeihauptkommissarin und Kontaktbereichsbeamtin Sigrid Brandt von der Polizeidirektion Mitte, Abschnitt 57, für ihren ganz besonderen Blick auf den Alexanderplatz.

Meinen Autorenkolleginnen Fenna Williams und Susanne Kliem für ihre inspirierenden und aufbauenden Fähigkeiten.

Meiner Schwester Angela Laurent für ihre stets positive und stärkende Kraft. Meinen Freund*innen und Testleser*innen Annett Grüner, Tobias Palmer, Csongor Baranyai, Norbert Anspann und Alexandra Rose für ihr wertvolles Feedback und ihren Zuspruch.

Meinen Eltern Heldi und Karl-Heinz Schwiethal, meiner Schwester Danea Körner und ganz besonders meinem Mann Laszlo von Vaszary und meinen Kindern Lucy und Vincent für all die Rückendeckung und Geduld.

Kein Krimi für schwache Nasen!

ANNE VON VASZARY

DIE SCHNÜFFLERIN

KRIMINALROMAN

Die schwangere Nina entgeht nur knapp einem Giftmordanschlag in einem Restaurant. Dank ihrer neuerdings starken Geruchsempfindlichkeit hat sie das Essen dort nicht angerührt. Alle anderen Gäste aber ringen mit dem Tod – auch der Vater ihres Kindes. Und Nina gerät als Hauptverdächtige in den Fokus der Ermittlungen. Um ihre Unschuld zu beweisen und den wahren Täter aufzuspüren, muss sie lernen, ihren Geruchssinn gezielt einzusetzen.

Hauptkommissar Koller von der Berliner Kripo weiß ihre olfaktorischen Fähigkeiten für sich zu nutzen. Aber kann Ninas Spürnase die beiden wirklich auf die Fährte des Mörders führen?